ALEXANDER PRO

KLETT-PERTHES

Gotha und Stuttgart

ALEXANDER PRO

Konzeption und Bearbeitung

Frithjof Altemüller
Ulrich Knippert

Wolfgang Knies
Joachim Krüger
Herwig Lendl
Ingolf Meier
Werner Samland
Walter Scivos
Christine Sieber
Karl Heinz Sindelar
Gudrun Spreng
Stefan Wagner

Fachdidaktische Beratung

Hans-Ulrich Bender, Köln
Prof. Dr. Christoph Borcherdt, Stuttgart
Dr. Egbert Brodengeier, Dresden
Prof. Ulrich Kümmerle, Saulgau
Prof. Dr. Dietrich Ottmar, Stuttgart
Norbert von der Ruhren, Aachen

Beratung und Mitarbeit

Dr. Jürgen Behrens, Eberswalde
Prof. Dr. Helmut Breuer, Aachen
Dr. Joachim Eberle, Stuttgart
Prof. Dr. Karl Eckart, Duisburg
Prof. Dr. Winfried Flüchter, Duisburg/Tokyo
Prof. Dr. Bodo Freund, Berlin
Prof. Dr. R. O. Greiling, Heidelberg
Prof. Dr. Hans-Dieter Haas, München
Prof. Dr. Roland Hahn, Stuttgart
Martin Harsche, Berlin
Prof. Dr. Jucundus Jacobait, Würzburg
Brigitte Knies, Stuttgart
Markus Koch, Backnang
Erika Krauss, Kornwestheim
Prof. Dr. Eberhard Kroß, Bochum
Dr. Walter Leisering, Viersen
Wolfgang Leuthner, Neustadt/W
Drs. Henk Meijer, Utrecht
Heike Schaar, Stuttgart
Wolfgang Schaar, Stuttgart
Oliver Schenker, Dinkelsbühl
Prof. Dr. Ulrich Scholz, Gießen
Prof. Dr. Theo Schreiber, Aachen
Prof. Dr. Jürgen Schultz, Aachen
Prof. Dr. Jörg Stadelbauer, Freiburg
Prof. Dr. Ernst Struck, Würzburg
Prof. Dr. Wolfgang Taubmann, Bremen
Peter Wittmann, Stuttgart
Dr. Klaus Zehner, Köln

 Gedruckt auf Papier aus chlorfrei gebleichtem Zellstoff, säurefrei.

1. Auflage   1   5   4   3   2 | 2001   00   99   98   97

© Justus Perthes Verlag Gotha GmbH, Gotha 1996.
    Alle Rechte vorbehalten.

Einband-Design und Layout: Erwin Poell, Heidelberg
Herstellung: Grit Panckow
Druck: Appl, Wemding
Bindung: Großbuchbinderei G. Lachenmaier GmbH & Co. KG,
       Reutlingen
ISBN 3-12-491010-9

Inhalt

Sachregister	2
Landschaft und Wirtschaft	4
Klima **Ökologie** **Geologie** **Tektonik**	18
Landwirtschaft **Industrie** **Verkehr** **Handel**	32
Raumordnung **Stadtplanung** **Bevölkerung** **Entwicklungspolitik**	46
Register geographischer Namen	60
Quellenverzeichnis	66

Sachregister

Ausgewählte Themen und Stichwörter

z.B. Arbeitsplatzindex 51.2

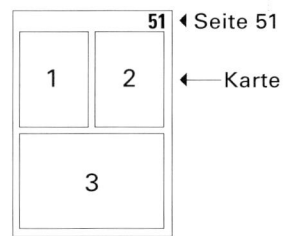

51 ◀ Seite 51

◀— Karte 2

Hinweis auf Region und Kartentyp = kursive Schrift
z.B.

Deutschland-Übersicht = *D*
Europa-Übersicht = *E*
Welt-Übersicht = *W*
Beispielkarte = *Lima*

A

Abflussregime (Euphrat): *Beispiel* 41.2
Abhängige Gebiete → Staaten
Abtauchzone → Subduktionszone
Ackerbausysteme → Agrarsysteme
Agglomerationen: *W* 52.1
Agglomerationsräume → Raumordnungsregionen
Agrarsysteme (Grasland-, Ackerbau-, Dauerkultursysteme) → Landwirtschaft (Übersichten)
ALADI (Asociación Latinoamericana de Integración): *W* 58.2
Alpidische Faltung → Faltungszonen
Alpine Decken: 23.2
Altindustriegebiet: *NO-England* 39.2
Altstadtsanierung → Stadtsanierung
Analphabeten: *Südostasien* 45.3; *W* 56.3
APEC (Asia Pazific Economic Cooperation and Development): *W* 58.2
Äquatoriale Zirkulation (Walker-Zirkulation): *Pazifik* 26.4
Äquatoriale Zone → Klimazonen
ARABISCHE LIGA: *W* 59.2
Arbeitsamtsbezirke: *D* 36.4
Arbeitslosenquote → Arbeitslosigkeit
Arbeitslosigkeit: *D* 36.4; *E* 38.2
Arbeitsplatzindex: *Großraum Paris* 51.2
Archaikum → Sedimentgesteine
Archaischer Kern: *E* 22.1
Aridität: *W* 28.2
Armut → Haushalte unterhalb der Armutsgrenze
Ärzte → Gesundheit
ASEAN (Association of Southeast Asian Nations): *Südostasien* 45.3; *W* 59.2
ASEAN-4-Staaten: *Südostasien* 45.3
Asylsuchende: *E* 52.2
Atmosphärische Ozonkonzentration: *W* 29.2
Atmosphärische Zirkulation → Meridionale Zirkulation → Äquatoriale Zirkulation
Aufschüttungen → Neulandgewinnung
Aufschüttungen (eiszeitliche): *E* 22.2
Auftriebswasser: *Pazifik* 26.4; *W* 40.2
Ausländer: *E* 50.2; *W* 52.2
Außenhandel: *W* 44.2
Autobahnen: *D* 36.1

B

Back-Arc: *Japan* 30.3
Bahnverkehr: *D* 36.2
Ballungsraum → Agglomeration
Barriadas: *Lima* 54.1, 54.2
Bebauungsstruktur: *Beispiele* 48.1, 49.3, 49.4, 53.2, 54.3
Bergbau: *GUS* 45.3, 45.4; *Rheinland/Lausitz* 48.2
Betriebstyp → Landwirtschaftliche Betriebe
Bevölkerungsbewegung → Wanderungen
Bevölkerungsdichte: *Lima* 54.1

Bevölkerungsentwicklung: *NO-England* 39.2; *D* 49.1; *E* 50.1
Bevölkerungsstruktur: *New-York* 53.3
Bevölkerungswachstum: *E* 50.1; *W* 57.2
Bewässerungsprojekt → GAP
Bewegungsrichtung → Plattentektonik
Bildung: *Südostasien* 45.3; *W* 56.3
Binnenflüchtlinge → Flüchtlinge
Binnenhandel: *W* 44.2
Binnenschiffahrt: *D* 36.3
Binnenwanderung: *W* 52.2
Biolandwirt: *Uckermark* 32.2
Biomasse: *W* 29.1
Biosphärenreservat → Naturschutz
Bodendegradierung: *W* 28.1
Bodenerosion → Erosion
Bodenqualität → Ertragsmesszahl
Bodenregionen: *D* 33
Bodentypen: *D* 33; *E* 37.1; *W* 40.1
Bodenzonen: *W* 40.1
Bora → Lokale Winde
Boreale Zone → Ökozonen
Brache: *Pferdehöfe* 32.1; *D* 34
Brachland → Brache
Braunkohlentagebau: *Rheinland/Lausitz* 48.2
Bruchzonen: *E* 22.2; *W* 31.1
Bruttoinlandsprodukt (Verwendung): *W* 55.1
Bruttoinlandsprodukt: *Südostasien* 45.3; *W* 44.1, 55.1
Bruttosozialprodukt: *E* 38.1; *W* 44.1
Bruttowertschöpfung: *D* 35
Bundesstraßen: *D* 36.1
Buran → Lokale Winde

C

CEFTA (Central European Free Trade Agreement): *E* 51.3
CFA (Communauté Financière Africaine): *W* 58.2
Chamsin → Lokale Winde

D

Dauerkultursysteme → Agrarsysteme
Dehnungszone → Plattentektonik
Desertifikation: *W* 28.2
Dienstleistungen → Tertiärer Sektor
Düngemitteleinsatz: *E* 37.2
Durchschnittsalter der Bevölkerung: *W* 57.2

E

ECOWAS (Economic Community of West African States): *W* 58.2
EFTA (Europäische Freihandelszone): *E* 51.3
Einkaufsstraße: *New York* 53.1
Einkommen: *USA* 45.4; *New York* 53.4
Einwohnerdichte → Bevölkerungsdichte
Eisenbahn → Bahnverkehr

Eisrandlagen: *D* 19
Eiszeit → Eisrandlagen
El Niño → Klimaanomalie
Elendsviertel → Barriadas
Emissionen: *Rheinland/Lausitz* 48.2
Energieverbund: *GUS* 45.1
Entlastungsstädte: *Großraum Paris* 51.2
Entwicklungshilfe: *W* 55.2
Entwicklungshilfeprogramme der UN: *W* 55.2
Entwicklungsstand der Bevölkerung: *W* 57.2
Erdbeben: *Kalifornien* 30.2; *E* 22.2; *W* 31.2
Erdgas → Bergbau
Erdkruste: *Japan* 30.3; *W* 31.1, 31.2
Erdöl → Bergbau
Ergussgesteine: *D* 19; *E* 22.1
Erholungsraum: *Beispiele* 48.1, 49.4, 51.1, 51.2, 53.1
Ernährung: *W* 57.1
Erosion: *W* 28.1
Ertragsmesszahl: *D* 34
Erwerbsfähige: *E* 38.2
Erwerbsstrukturen: *D* 35
Erwerbstätige im verarbeitenden Gewerbe: *NO-England* 39.2
Erwerbstätige nach Wirtschaftsbereichen: *D* 35; *E* 38.1; *W* 44.1; *USA* 45.4
Erz → Bergbau
Etesien → Lokale Winde
Ethnische Gruppen: *New York* 53.3; *W* 56.1
EU (Europäische Union): *E* 51.3
Euregio (Beispiel): 49.4
Europa-Wasserstraße: *Untere Saar* 46.1
Europarat: *E* 51.3
Europide → Ethnische Gruppen
EWR (Europäischer Wirtschaftsraum): *E* 51.3
Export: *W* 44.2

F

Faltengebirge → Faltungszone
Faltungszonen: *E* 22.2; *W* 31.1
Faserpflanzen (Produktion, Handel): *W* 43.2
Festlandskerne: *E* 22.2
Fettmangel → Ernährung
Fettüberschuss → Ernährung
Finanzzentrum → Wirtschaftszentrum
Flächenstillegung → Brache
Fleisch, Fisch (Produktion, Handel): *W* 42.1
Flüchtlinge: *W* 52.2
Flughäfen: *D* 36.3
Flugverkehr: *D* 36.3
Föhn → Lokale Winde
Fußgängerzone: *Görlitz* 48.1

G

GAP (Südost-Anatolien-Projekt): 41.2
Gebäudehöhe: *Frankfurt* 49.3; *New York* 53.1
Geberländer → Entwicklungshilfe
Gebirgsbildung → Faltungszonen
Geburtenrate: *W* 57.2
Geldwert pflanzlicher / tierischer Produktion → Landwirtschaftliche Gesamtrechnung
Gemäßigte Zone → Klimazonen → Ökozonen
Genussmittel (Produktion, Handel): *W* 42.2
Geotektonik → Plattentektonik
Gesundheit: *W* 56.2
Getreide (Produktion, Handel): *W* 42.1
Globalstrahlung: *W* 25.6
Grabenbruch → Bruchzone
Graslandsysteme → Agrarsysteme
Grenzübergänge: *Euregio* 49.4

Grundgebirgsschild: *E* 22.1; *W* 31.1
Grundwasserabsenkung: *Rheinland/Lausitz* 48.2
Grünflächen → Erholungsraum
Grünlandwirtschaft: *W* 41.1
GUS (Gemeinschaft Unabhängiger Staaten): *W* 58.2
Güterumschlag (Häfen): *D* 36.3

H

Hadleyzelle → Meridionale Zirkulation
Handel: *E* 38.1; *W* 44.2
Handelsgüter: *W* 42.1, 42.2, 43.1, 43.2, 44.1
Handelsverflechtungen: *W* 44.2
Handelsvolumen → Handel
Haushalte unterhalb der Armutsgrenze: *USA* 45.4
Hilfsorganisationen: *W* 55.2
Hochgeschwindigkeitsstrecken: *Beispiele* 49.4, 51.1, 51.2
Hochgestade: *Rheinniederung* 46.2
Hochhäuser: *Frankfurt* 49.3; *New York* 53.2
Hochschulbildung → Bildung
Höchster prognostizierter Bevölkerungsstand: *W* 52.2
Hochtechnologiebetriebe: *München* 39.1
Hochwasserregulierung: *Rheinniederung* 46.2
Holz (Produktion, Handel): *W* 43.2
Hotspot: *W* 31.2
Hügelländer: *E* 22.2
Human Development Index: *W* 55.1

I

IFAD (International Fund for Acricultural Development) → Entwicklungshilfeprogramme
Import: *W* 44.2
Industrie: *Beispiele* 45.1, 45.2, 48.2, 53.1
Industriegebiete: *GUS* 45.1
Industrieproduktion: *NO-England* 39.2
Innertropische Konvergenzzone (ITC): *Afrika* 26.1; *Asien* 26.3; *W* 25.1, 25.3,
Investitionsvolumen: *Barcelona* 39.3
Isotherme: *Pazifik* 26.4 25.2; *W* 25.4

K

Kaledonische Faltung → Faltungszonen
Kalmen: *W* 24.1, 24.2
Känozoikum → Sedimentgesteine
Kaufkraft: *Südostasien* 45.2; *W* 55.1
Kautschuk (Produktion, Handel) *W* 43.2
KEI (Wirtschaftliche Zusammenarbeit am Schwarzen Meer): *W* 58.2
Kläranlagen: *Rheinniederung* 46.2; *Tokyo* 54.4
Klimaanomalie (El Niño): *Pazifik* 26.4
Klimadiagramme (Europa): 20/21
Klimazonen: *W* 27.2, 30.1
Knollenfrüchte (Produktion, Handel): *W* 42.1
Kohleveredelungsbetriebe: *Rheinland/Lausitz* 48.2
Kollisionszone → Plattentektonik
Kontinentalschelf → Schelf
Konvektion (Plattentektonik): *Japan* 30.2
Kooperation (landwirtschaftliche): *Uckermark* 32.2
Kraftwerke (Standorte): *Beispiele* 41.2, 48.2, 54.4
Kristaline Gesteine → Metamorphe Gesteine → Tiefengesteine → Ergussgesteine
Kristallinmassen (alpine): 23.2, 23.3
Kultureinrichtungen (Museen, Theater etc.): *New York* 53.1

L

Ländliche Räume → Raumordnungsregionen
Landschaftsschutz → Naturschutz
Landwirtschaft: *Beispiele* 32.1, 32.2, 41.2, 41.3
Landwirtschaft (Leistungsfähigkeit): *E* 37.2
Landwirtschaft (Produktion, Import, Export): *W* 42.1, 42.2, 43.1, 43.2
Landwirtschaft: *Übersichten* 27.2, 34, 37.2, 41.1
Landwirtschaftliche Betriebsformen: *Uckermark* 32.2; *D* 32.1, 34
Landwirtschaftliche Gesamtrechnung: *D* 34
Landwirtschaftliche Produktion: *E* 37.2
Landwirtschaftlicher Strukturwandel: *Beispiele* 32.1, 32.2
Leitböden: *D* 33
Leveche → Lokale Winde
Lithosphäre → Erdkruste
Lokale Winde: *E* 21.1, 21.2
Luftbelastung → Emissionen
Luftdruck: *W* 24.1, 24.2

M

Mangrove → Vegetationszonen
Meeresoberflächentemperatur: *Pazifik* 26.4
Meeresströmung: *Pazifik* 26.4; *W* 40.2
Meridionale Zirkulation (Hadleyzelle): *Beispiele* 26.2, 26.4
Mesozoikum → Sedimentgesteine
Metamorphe Gesteine: *D* 19; *E* 22.1
Metropolisierung → Verstädterung
Migration → Wanderungen
Mistral → Lokale Winde
Mittelozeanische Rücken → Ozeanische Rücken
Molassevortiefen: *Alpen* 23.2, 23.3; *E* 22.2
Mongolide → Ethnische Gruppen
Monsun: *Asien* 26.3; *W* 24.1, 24.2,
Müllverbrennungsanlagen: *Tokyo* 54.4

N

Nachtbevölkerung → Tag-Nacht-Bevölkerung
NAFTA (North American Free Trade Agreement): *W* 58.2
Nahrungsbedarf: *W* 57.1
Nahrungsmittelimporte: *W* 57.1
NATO (North Atlantic Treaty Organization): *W* 59.2
Naturschutz: *Uckermark* 32.2; *Rheinniederung* 46.2
Negride → Ethnische Gruppen
Nehmerländer → Entwicklungshilfe
Neue Städte → Villes Nouvelles
Neulandgewinnung: *New York* 53.1; *Tokyo* 54.4
NICS (Newly Industrializing Countries): *Südostasien* 45.3
Niederschläge: *D* 18.1; *E* 20.1, 20.2; *W* 25.1, 25.3
Niederschlagsvariabilität: *W* 25.5, 28.2
Nordische Vereisung: *D* 19
Notia → Lokale Winde

O

OAS (Organization of American States): *W* 59.2
OAU (Organization of African Unity): *W* 59.2
Oberzentrum → Zentrale Orte
Obst (Produktion, Handel): *W* 42.1

OECD (Organization for Economic Cooperation and Development): *W* 58.2
Offshore-Anlage: *Tokyo* 54.4
Ökologische Landwirtschaft → Biolandwirt
Ökozonen: *W* 27.1
Ölfrüchte → Ölliefernde Pflanzen
Ölliefernde Pflanzen (Produktion, Handel): *W* 43.1
OPEC (Organization of Petroleum Exporting Countries): *W* 58.2
Orogenese → Gebirgsbildung
Ortsumsiedlungen: *Rheinland/Lausitz* 48.2
Ostseerat: *E* 51.3
OSZE (Organisation für Sicherheit und Zusammenarbeit in Europa): *W* 59.2
Ozeanischer Rücken: *E* 22.2; *W* 31.1
Ozonschicht → Atmosphärische Ozonkonzentration

P

Paläozoikum → Sedimentgesteine
Passat: *Afrika* 26.1; *Asien* 26.3; *Pazifik* 26.4; *W* 24.1, 24.2
Passat-Schema: *Beispiel* 26.2
Passatklimazone → Klimazonen
Pflanzungen → Plantagen
Phytomasse → Biomasse
Plantage: *Mexiko* 41.3; *W* 41.1
Plattengrenze: *W* 31.1, 31.2
Plattentektonik: *Kalifornien* 30.2; *Japan* 30.3; *W* 31.1
Pleistozäne Vereisung: *E* 22.1
Polare Zone → Klimazonen → Ökozonen
Politische Bündnisse: *E* 51.3; *W* 59.2
Primärer Sektor (Landwirtschaft) *D* 35, *E* 38.1
Proteinmangel → Ernährung
Proterozoikum → Sedimentgesteine

Q

Querstörung: *E* 22.2; *W* 31.1

R

Ranching → Weidewirtschaft
Randstad: *Niederlande:* 51.1
Randtropen → Ökozonen
Rassen → Ethnische Gruppen
Raumnutzung → Raumordnung
Raumordnung: *D* 47; *Beispiele* 46.1, 46.2, 49.4, 51.1, 51.2
Raumordnungsregionen (Deutschland) *D* 47
Rekultivierung: *Rheinland/Lausitz* 48.2
Restseen: *Rheinland/Lausitz* 48.2
Rift-Valley → Ozeanischer Rücken
Rohstoffe → Bergbau

S

San Andreas Verwerfung: *Beispiel* 30.2
Sanierungsgebiete → Stadtsanierung
Säuglingssterblichkeit: *W* 56.2
Savanne → Vegetationszonen
Schadstoffausstoß → Emissionen
Schelf: *E* 22.2; *W* 31.1
Schifffahrtsstraße → Europa-Wasserstraße
Schild → Grundgebirgsschild
Schirokko → Lokale Winde
Schlüsselindustrie → Industrie
Schul- und Hochschulbildung → Bildung
Schulbildung → Bildung
Schweinemast: *Uckermark* 32.2
Sedimentgesteine: *Alpen* 23.2; *D* 19; *E* 22.1
Sekundärer Sektor (Bergbau und Industrie) *D* 35; *E* 38.1

Spreadingzone: *W* 31.1
Spreizungszone → Spreadingzone
Staaten (Übersicht): *E* 58/59.1
Staatsbürgerschaft: *E* 50.2
Stadt-Umland-Wanderung: *Stuttgart* 49.2
Stadtentwicklung: *Görlitz* 48.1; *Beijing* 54.3
Stadterweiterungsflächen: *Großraum Paris* 51.2
Städtewachstum → Verstädterung
Städtische Bevölkerung: *W* 52.1
Stadtsanierung: *Görlitz* 48.1; *New York* 53.1
Steinkohle → Bergbau
Steppe → Vegetationszonen
Sterberate: *W* 57.2
Straßenverkehr: *D* 36.1
Streckenbelastung → Bahnverkehr → Straßenverkehr → Flugverkehr → Binnenschifffahrt
Strukturwandel → Landwirtschaftlicher Strukturwandel
Strukturwandel → Wirtschaftliche Strukturprobleme
Strukturwandel → Wirtschaftlicher Strukturwandel
Studenten → Bildung
Subduktion-Roll-Back: *Japan* 30.3
Subduktionszone: *Japan* 30.3; *W* 31.1
Subpolare Zone → Klimazonen → Ökozonen
Subtropische Zone → Klimazonen → Ökozonen

T

Tafelland: *E* 22.2
Tag-Nacht-Bevölkerung: *Frankfurt* 49.3
Temperaturen: *D* 18.2; *E* 21.1, 21.2; *W* 25.2, 25.4
Terms of Trade: *W* 44.2
Tertiärer Sekor (Dienstleistungen): *Beispiele* 39.1, 45.3, 45.4, 53.1; *D* 35; *E* 38.1; *W* 44.1
Tertiärisierung: *D* 35; *USA* 45.3
Thermischer Äquator: *W* 25.6
Tiefengesteine: *D* 19; *E* 22.1
Tiefseegraben: *W* 31.1
Tiefseerinne → Subduktionszone
TPK (ehemalige) Territoriale Produktionskomplexe: *Beispiele* 45.1, 45.2
Transformfault → Querstörung
Trinkwassergewinnung: 46.2
Tropen → Ökozonen
Tropisches Wechselklima → Klimazonen

U

Überflutungsgebiete → Hochwasserregulierung
Überweidung: *W* 28.2
Uferfiltrat → Trinkwassergewinnung
UNDP (United Nations Development Programme) → Entwicklungshilfeprogramme
UNFPA (United Nations Fund for Population Activities) → Entwicklungshilfeprogramme
UNICEF (Kinderhilfswerk) → Hilfsorganisationen
UNO (United Nations Organization): *W* 59.2
Unternehmensgründungen: *Barcelona* 39.3

V

Variskische Faltung → Faltungszonen
Vegetationszonen: *W* 40.2
Verdichtungsraum: *D* 47.1; *Stuttgart* 49.2; *Euregio* 49.4

Vereisung → Pleistozäne Vereisung → Nordische Vereisung
Verstädterte Räume → Raumordnungsregionen
Verstädterung: *Lima* 54.2; *W* 52.1
Verwerfung: *E* 19; *W* 31.1
Viehhaltung: *Uckermark* 32.1; *W* 41.1
Vier kleine Füchse → ASEAN-4-Staaten
Vier kleine Tiger → NICS
Villen: *New York* 53.2
Villes Nouvelles: *Großraum Paris* 51.2
Višegrád-Staaten (CEFTA) *E* 51.3
Vorherrschende Windrichtung: *E* 20.1, 20.2
Vulkanismus: *E* 22.2; *W* 31.2
Vulkanite: E 22.2; *W* 31.1

W

Wälder → Vegetationszonen → Waldgefährdung
Waldgefährdung: *W* 29.1
Waldgrenze: *W* 29.1
Walker-Zirkulation → Äquatoriale Zirkulation
Wanderfeldbau: *W* 41.1
Wanderungen: *NO-England* 39.2; *Stuttgart* 49.2; *E* 50.1; *W* 52.2
Warenströme → Handelsverflechtungen
Wärmeangebot: *W* 27.2
Wärmekraftwerk → Kraftwerke
Wasserkraftwerk → Kraftwerke
Weidewirtschaft: *W* 41.1
Weltbankkredite: *W* 55.2
Welthandel → Handel
Wertschöpfung → Bruttowertschöpfung → Wertschöpfung der landwirtschaftlichen Produktion → Wertschöpfung in der Industrie
Wertschöpfung der landwirtschaftlichen Produktion: *E* 37.2
Wertschöpfung in der Industrie: *Barcelona* 39.3
WEU (Westeuropäische Union): *E* 51.3; *W* 59.2
WFP (World Food Programme) → Entwicklungshilfeprogramme
Winde → Vorherrschende Windrichtung → Lokale Winde → Passat → Monsun
Wirtschaftliche Strukturprobleme: *NO-England* 39.2
Wirtschaftliche Zusammenschlüsse: *E* 51.3; *W* 44.1, 44.2, 58.2
Wirtschaftlicher Strukturwandel: *USA* 45.4
Wirtschaftsflüchtlinge → Flüchtlinge
Wirtschaftskraft → Bruttosozialprodukt
Wirtschaftsregionen → Wirtschaftliche Zusammenschlüsse
Wirtschaftssektoren → Primärer Sektor → Sekundärer Sektor → Tertiärer Sektor
Wirtschaftszentrum: *New York* 53.1
Wohlstand → Bruttoinlandsprodukt
WTO (World Trade Organization): *W* 58.2
Wüste, Halbwüste → Vegetationszonen
Wüstenbildung → Desertifikation
WWW (Weltwirtschaftsgipfel): *W* 58.2

Z

Zentrale Orte: *D* 47
Zentralität → Zentrale Orte
Zucker (Produktion, Handel): *W* 42.2

Landschaft und Wirtschaft

Übersichten

Deutschland, 1 : 3 Mio   4–5

Europa, 1 : 12,5 Mio   6–7

Afrika, 1 : 25 Mio   8–9

Asien und Pazifischer Raum, 1 : 30 Mio   10–11

Australien und Ozeanien, 1 : 25 Mio   12–13

Nordamerika, 1 : 25 Mio   14–15

Südamerika, 1 : 25 Mio   16

Arktis, 1 : 30 Mio   17

Antarktis, 1 : 30 Mio   17

Deutschland

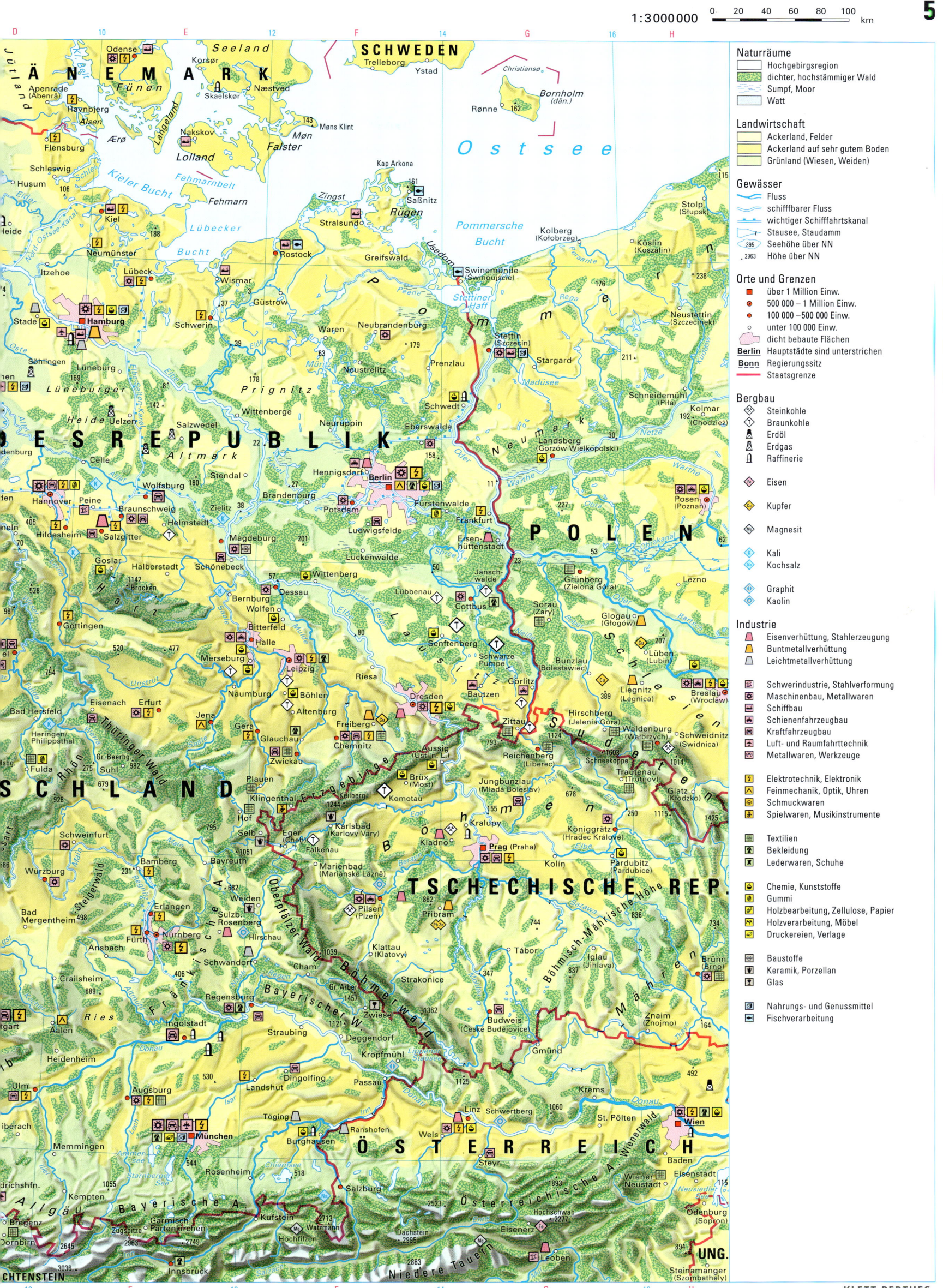

Afrika

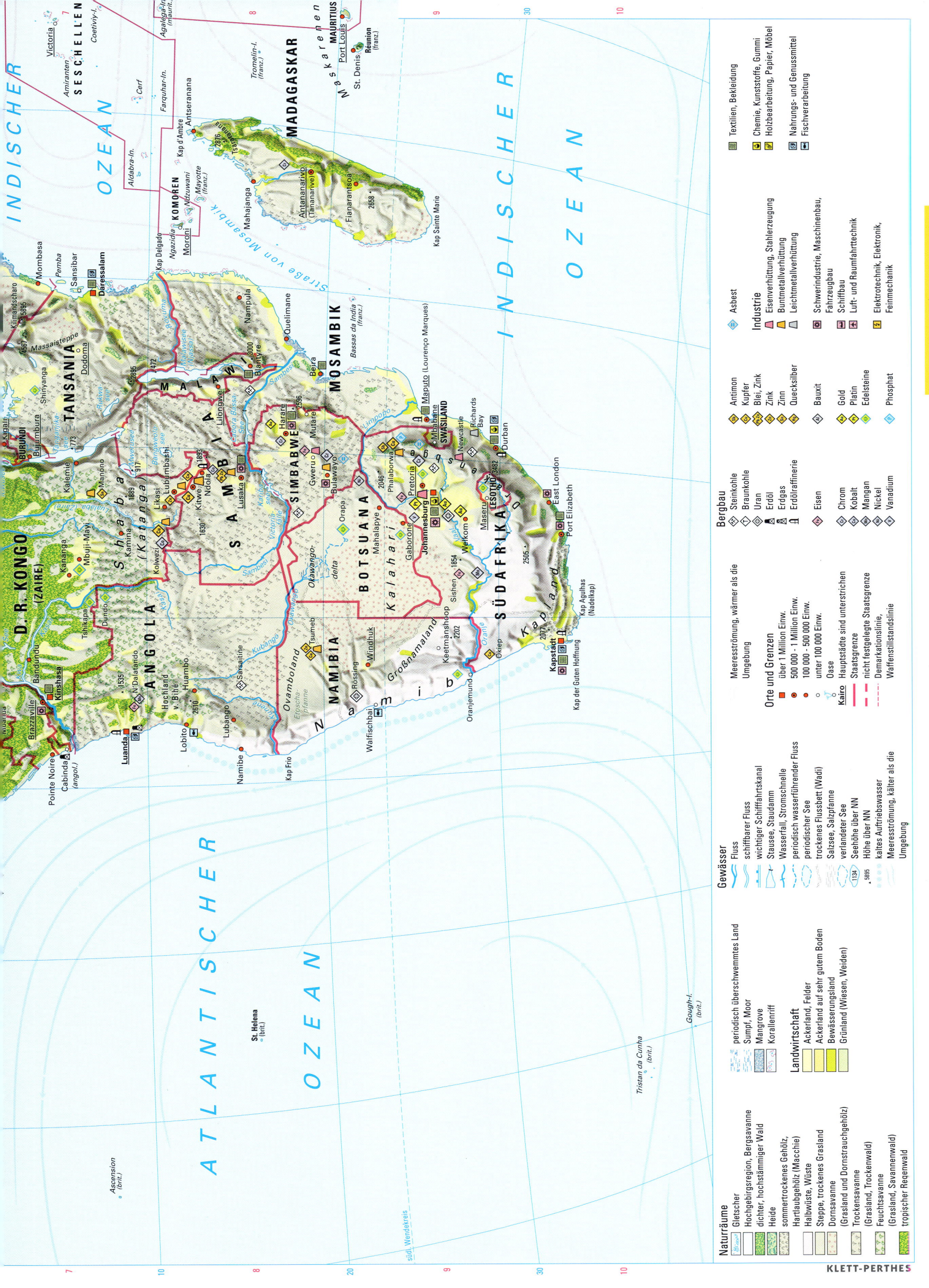

10 Asien und Pazifischer Raum

12 Australien und Ozeanien

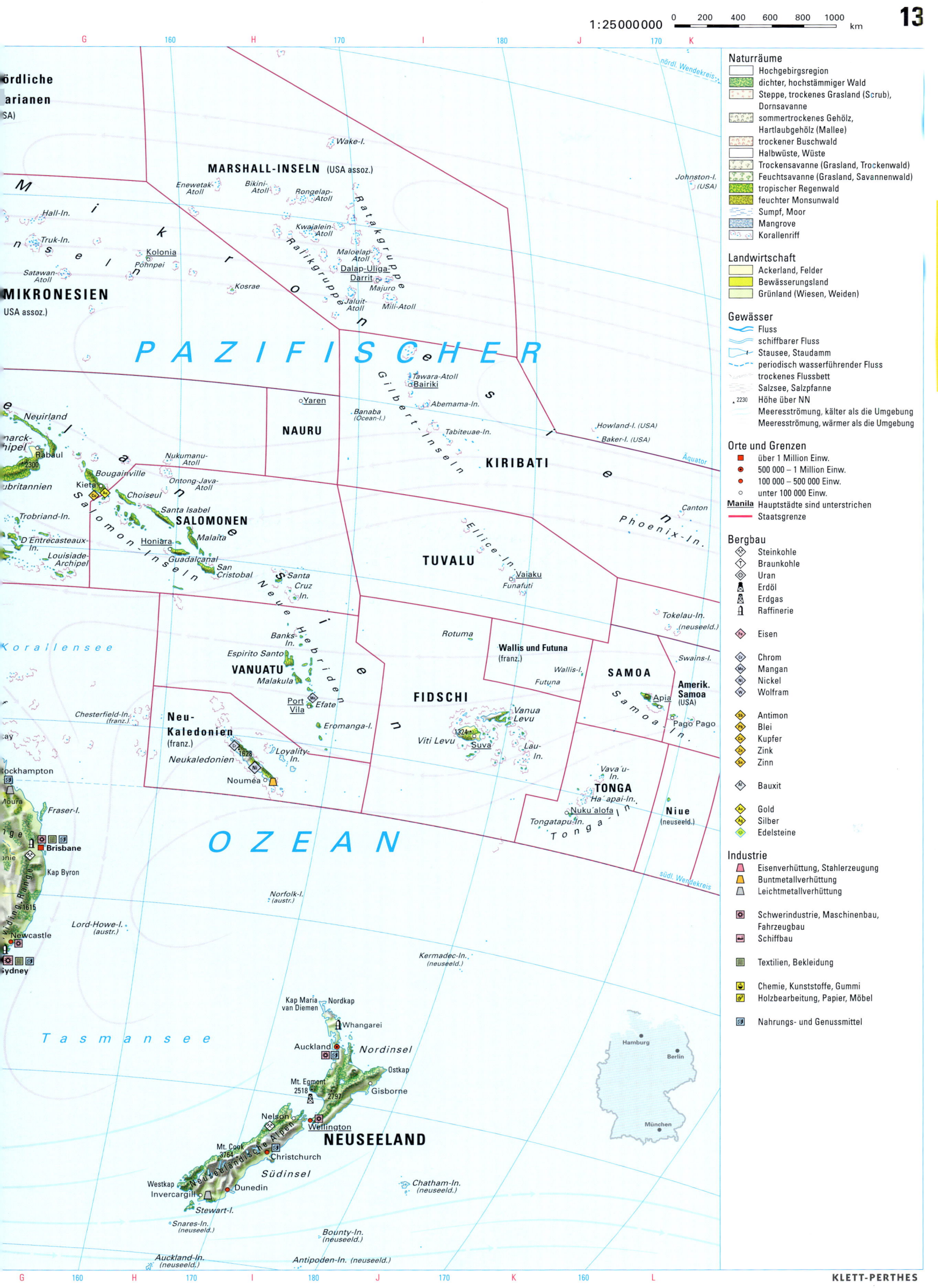

Nordamerika

Maßstab 1 : 25 000 000

km: 0, 200, 400, 600, 800, 1000

Länder und Regionen
- SCHWEDEN
- NORWEGEN
- GROSSBRITANNIEN
- Färöer (dän. Autonomes Land)
- ISLAND
- Grönland (dän. Autonome Region)
- RUSSLAND
- Alaska (USA)
- KANADA

Städte und Orte (Auswahl)
Göteborg, Oslo, Bergen, Stockholm, Trondheim, Narvik, Aberdeen, Piper, Frigg, Forties, Brent, Statfjord, Shetland-In., Reykjavík, Longyearbyen, Ittoqqortoormiit (Scoresbysund), Nuuk (Godthåb), Umanársuaq (Kap Farvell), Thule, Kap Morris Jesup, Resolute, Churchill, Kuujjuaq, Kap Chidley, Goose Bay, Labrador City, Sept-Îles, St. John's, Kap Race, St-Pierre und Miquelon (franz.), Sydney, Halifax, St. John, Bathurst, Thetford, Québec, Arvida, Montréal, Noranda, Matagami Lake, Chibougamau, Sudbury, Sault-Ste-Marie, Moosonee, Thunder Bay, Winnipeg, Lynn Lake, Flin Flon, Uranium City, Yellowknife, Norman Wells, Inuvik, Fort Nelson, Dawson Creek, Quesnel, Prince George, Edmonton, Calgary, Saskatoon, Regina, Medicine Hat, Weyburn, Kimberley, Kitimat, Vancouver, Victoria, Seattle, Portland, Spokane, Prudhoe Bay, Kap Barrow, Anchorage, Fairbanks, Whitehorse, Nome, Kap Pr. of Wales, Seward, Kodiak, Beringowski, Anadyr, Bilibino, Ust-Kamtschatsk, Magadan

Gewässer
- Europäisches Nordmeer
- Grönlandsee
- Dänemarkstraße
- Davisstraße
- Baffin Bay
- Labradorsee
- Hudsonstraße
- Hudson Bay
- Foxebecken
- St.-Lorenz-Golf
- Nordpolarmeer
- Beaufortsee
- M'Clure-Str.
- Amundsengolf
- Nordwestpassage
- Parry-In.
- Melvillesund
- Beringmeer
- Beringstr.
- De-Long-Str.
- Ostsibirische See
- Tschuktschensee
- Golf von Alaska
- PAZIFISCHER OZEAN

Inseln und Halbinseln
- Spitzbergen (norw.)
- Bäreninsel (norw.)
- Jan Mayen (norw.)
- Peary Land
- Ellesmere I.
- Devon-I.
- Sverdrup-In.
- Baffininsel
- Melville-H.I.
- Southampton-I.
- Boothia-H.I.
- Victoria-I.
- Banks-I.
- Ungava-H.I.
- Labrador
- Neufundland
- Neuschottland
- Anticosti-I.
- Sable-I.
- Neusibirische Inseln
- Wrangel-I.
- St.-Lorenz-I. (USA)
- St.-Matthäus-I. (USA)
- Nunivak
- H.-I. Alaska
- Aleuten
- Karaginski-I.
- H.-I. Kamtschatka
- Königin-Charlotte-Inseln
- Vancouver-I.
- Alexander Archipel

Gebirge und Berge
- 2119 (Island)
- Gunnbjørnsfjeld 3700
- 3231 (Grönland)
- 2591
- 2926
- Brookskette 2818
- Mackenziegebirge 2972
- Rocky Mountains 2898
- Küstengebirge
- Mt. Logan 6050
- Mt. McKinley 6193
- Alaskakette
- Mt. Rainier 4392
- 4017
- 3954
- Koljakengebirge 2562
- Anadyrgebirge 1843
- Kolymagebirge
- Kljutschewskaja Sopka 4750
- nördl. Polarkreis

Nordpol

Klima
Ökologie
Geologie
Tektonik

Deutschland

Klima
- Jahresniederschläge, 1 : 6 Mio — 18
- Jahrestemperaturen, 1 : 6 Mio — 18

Geologie
- Alter der Gesteine, 1 : 3 Mio — 19

Europa

Klima
- Niederschläge im Januar, 1 : 30 Mio — 20
- Niederschläge im Juli, 1 : 30 Mio — 20
- Wirkliche Temperaturen, 1 : 30 Mio — 21
- Wirkliche Temperaturen, 1 : 30 Mio — 21
- Klimadiagramme — 20–21

Geologie – Tektonik
- Geologie, 1 : 30 Mio — 22
- Tektonik, 1 : 30 Mio — 22
- Alpen: Geologie — 23
- Alpen: Tektonischer Bau — 23
- Alpen: Profile — 23

Erde

Klima
- Luftdruck und Winde im Januar, 1 : 150 Mio — 24
- Luftdruck und Winde im Juli, 1 : 150 Mio — 24
- Niederschläge im Januar, 1 : 240 Mio — 25
- Niederschläge im Juli, 1 : 240 Mio — 25
- Niederschlagsvariabilität, 1 : 240 Mio — 25
- Temperaturen im Januar, 1 : 240 Mio — 25
- Temperaturen im Juli, 1 : 240 Mio — 25
- Globalstrahlung, 1 : 240 Mio — 25
- Afrika: Niederschläge und Winde im Januar — 26
- Afrika: Niederschläge und Winde im Juli — 26
- Passat: Schema mit ITC — 26
- Südostasien: Niederschläge und Winde im Januar — 26
- Südostasien: Niederschläge und Winde im juli — 26
- Klimazonen (nach Neef), 1 : 120 Mio — 30

Ökologie
- Pazifik: El Niño – Klimaanomalie — 26
- Ökozonen, 1 : 120 Mio — 27
- Klima und Landwirtschaft, 1 : 120 Mio — 27
- Bodendegradierung, 1 : 1 20 Mio — 28
- Desertifikation, 1 : 120 Mio — 28
- Bedrohung der Wälder, 1 : 120 Mio — 29
- Nord- und Südhalbkugel: Ozon in der Atmosphäre — 29

Geologie – Tektonik
- Kalifornien: San Andreas Verwerfung — 30
- Japan: Tektonische Entwicklung — 30
- Geotektonik, 1 : 120 Mio — 31
- Vulkanismus und Erdbeben, 1 : 120 Mio — 31

Jahresniederschläge — Langjährige Mittelwerte

Jahrestemperaturen — Langjährige Mittelwerte

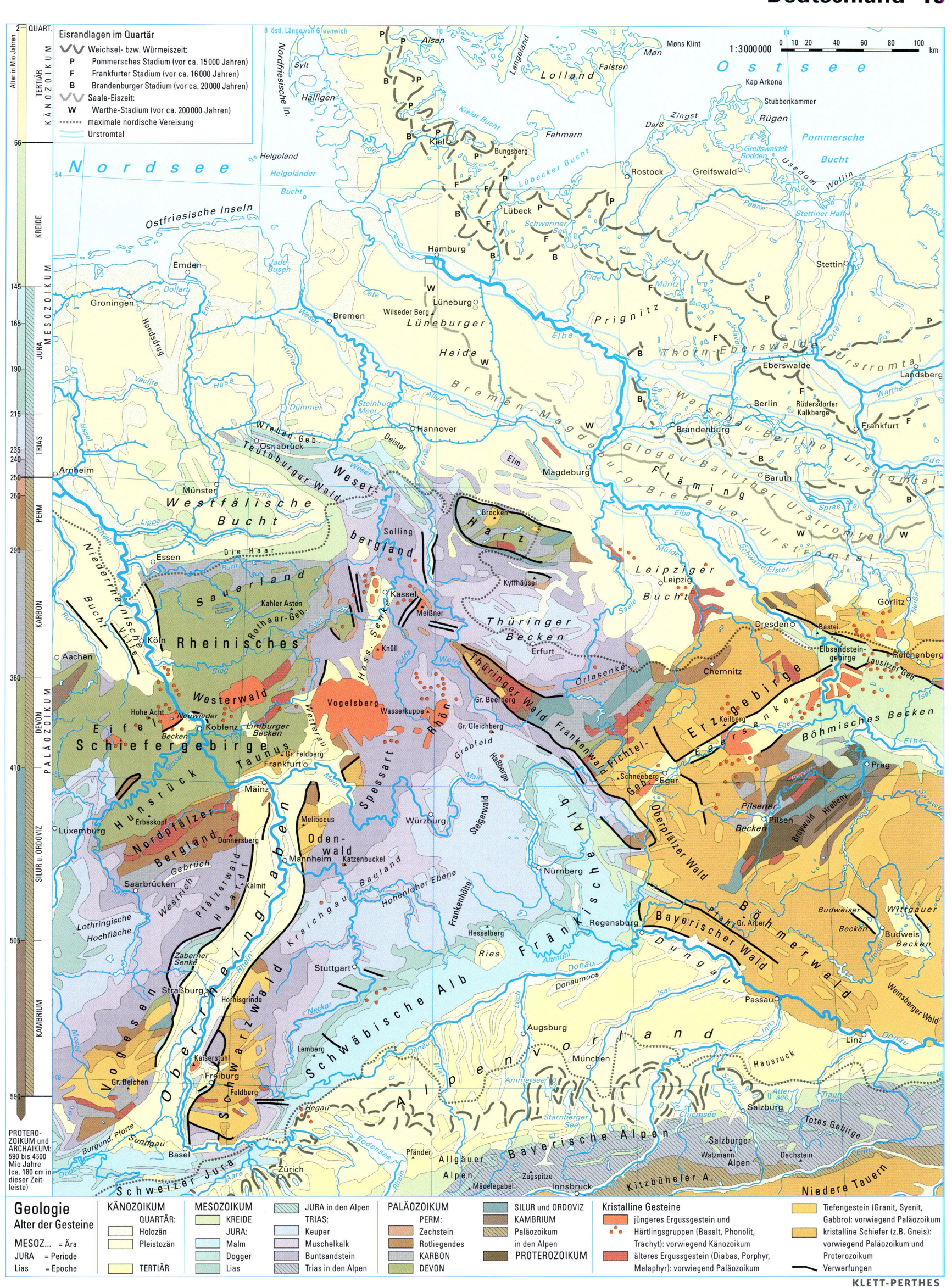

20 Europa

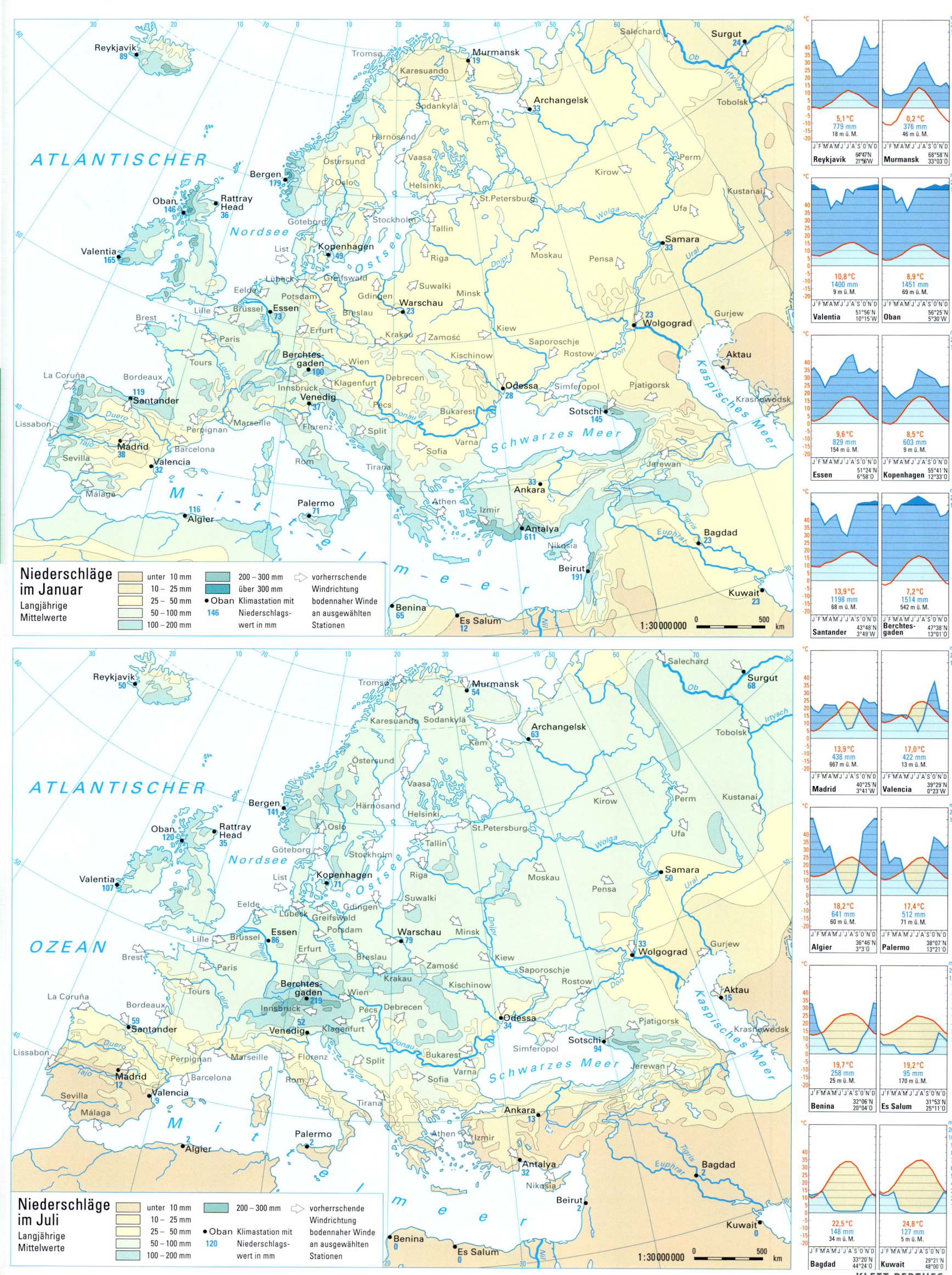

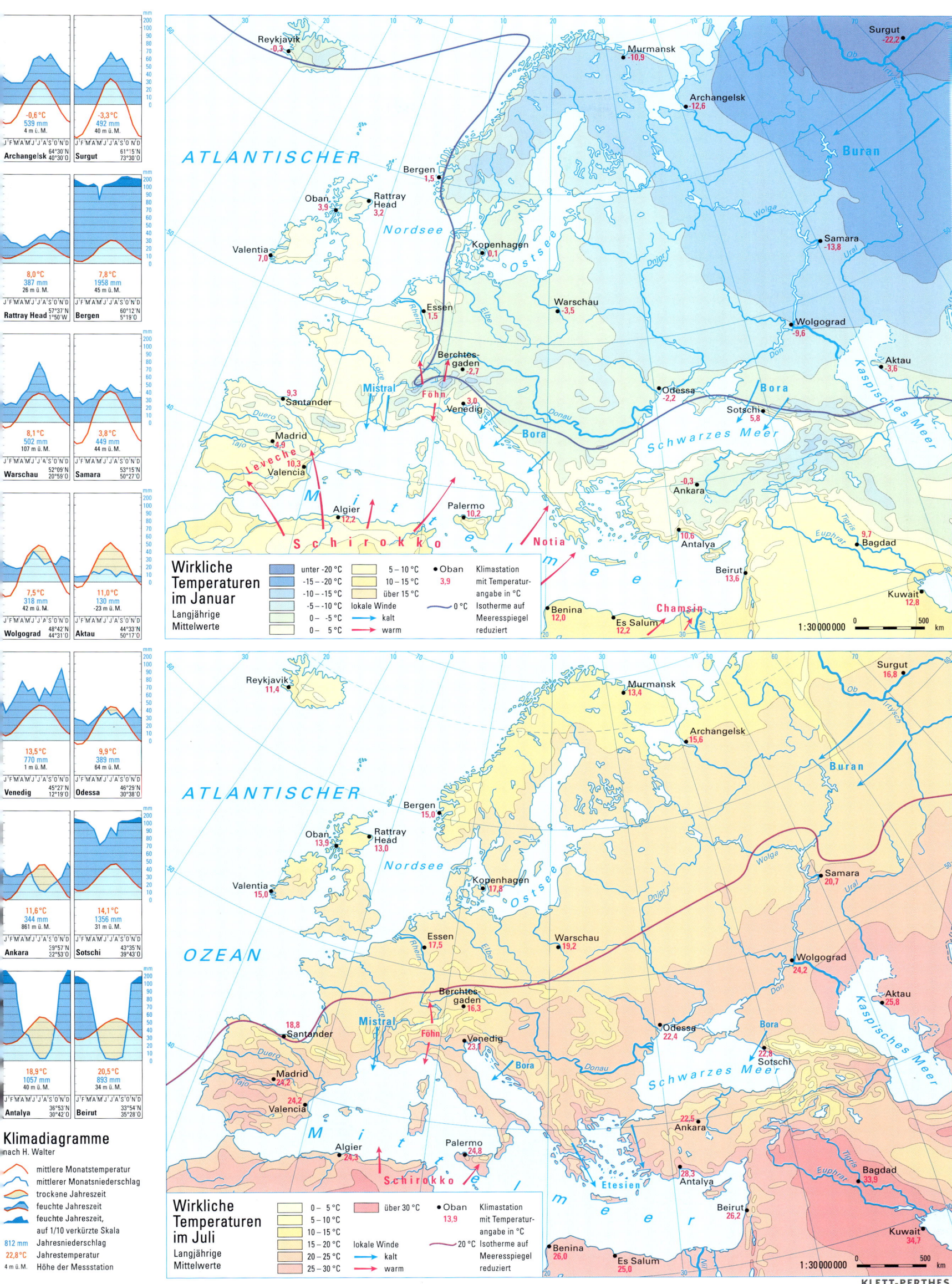

Europa 21

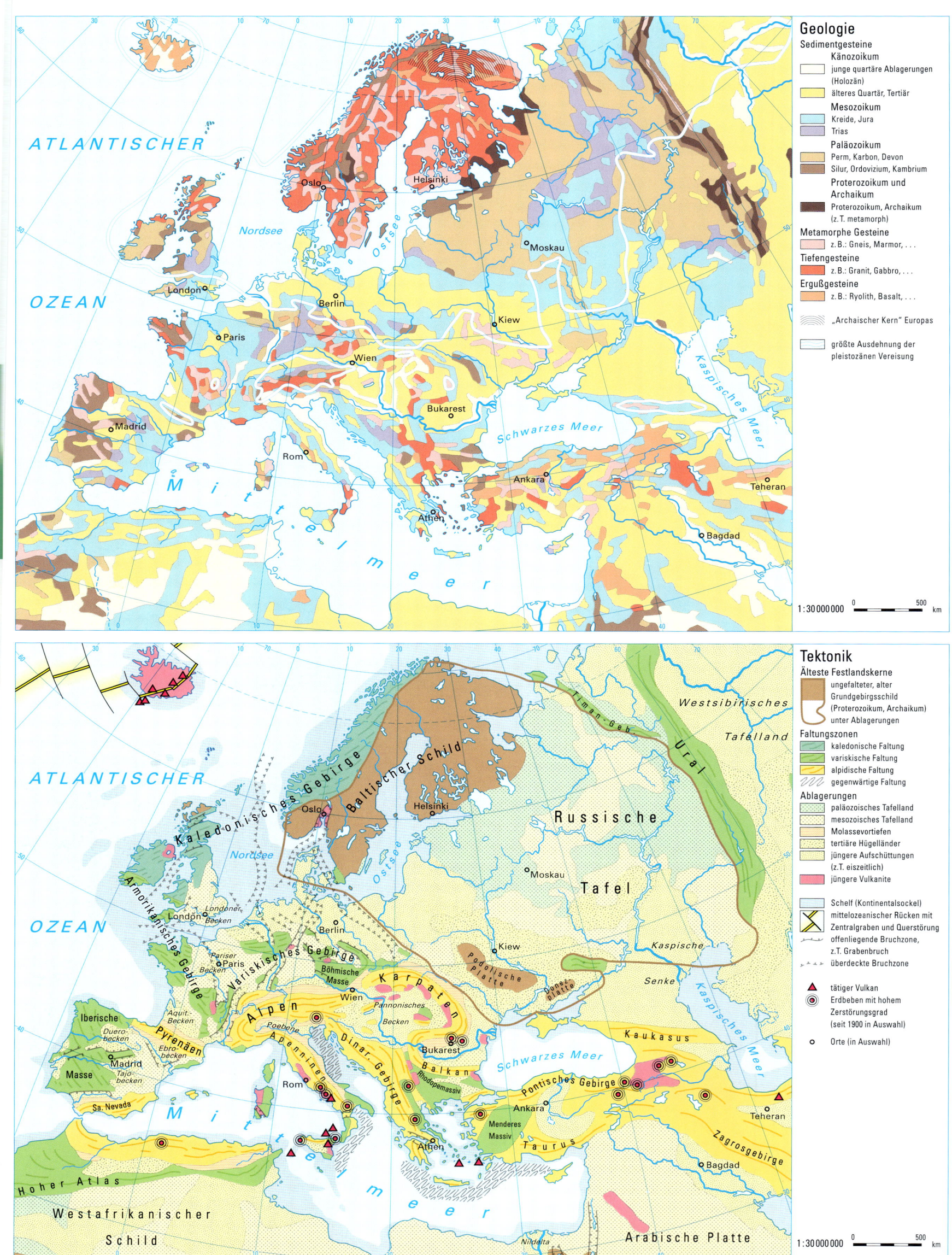

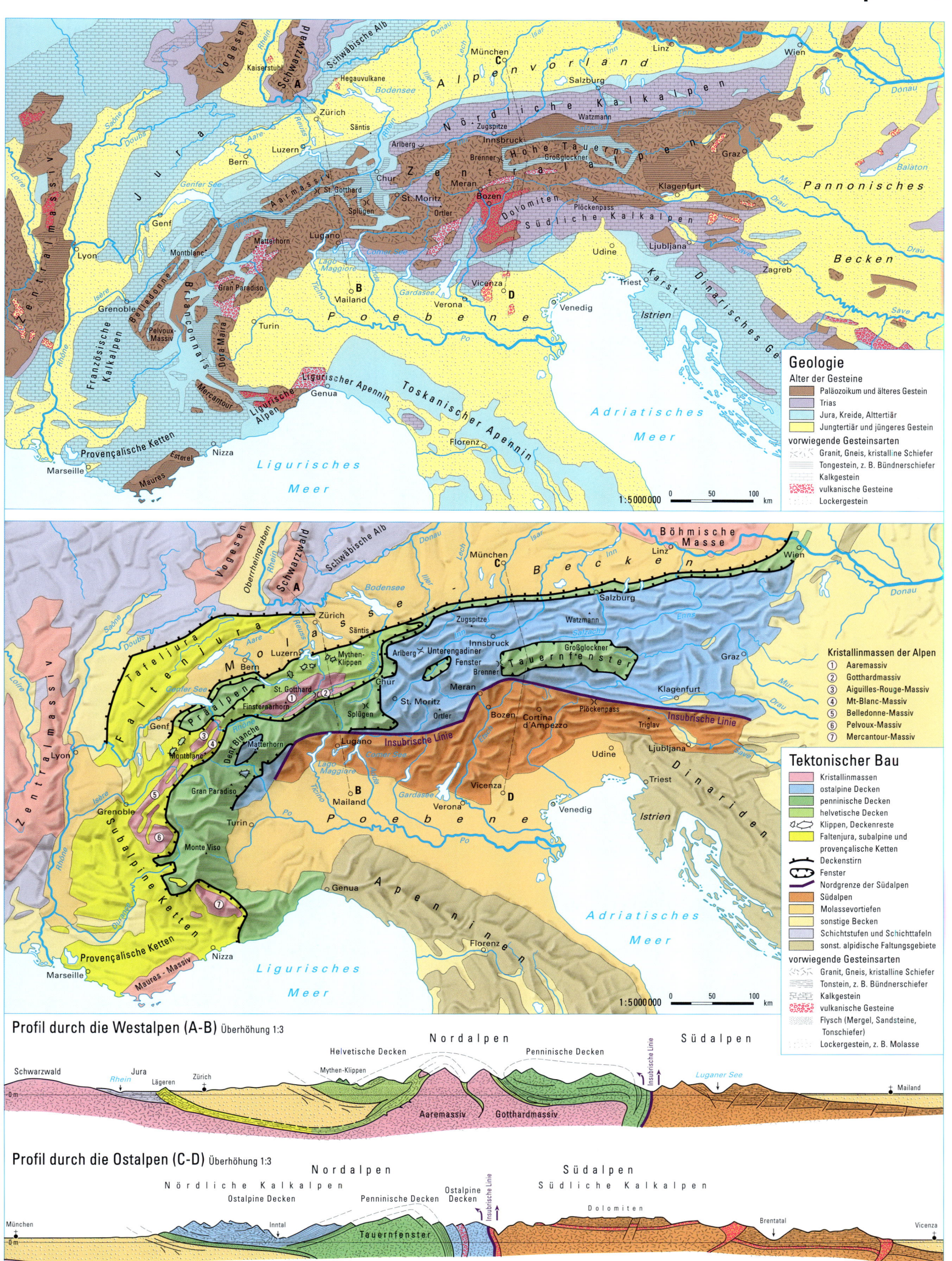

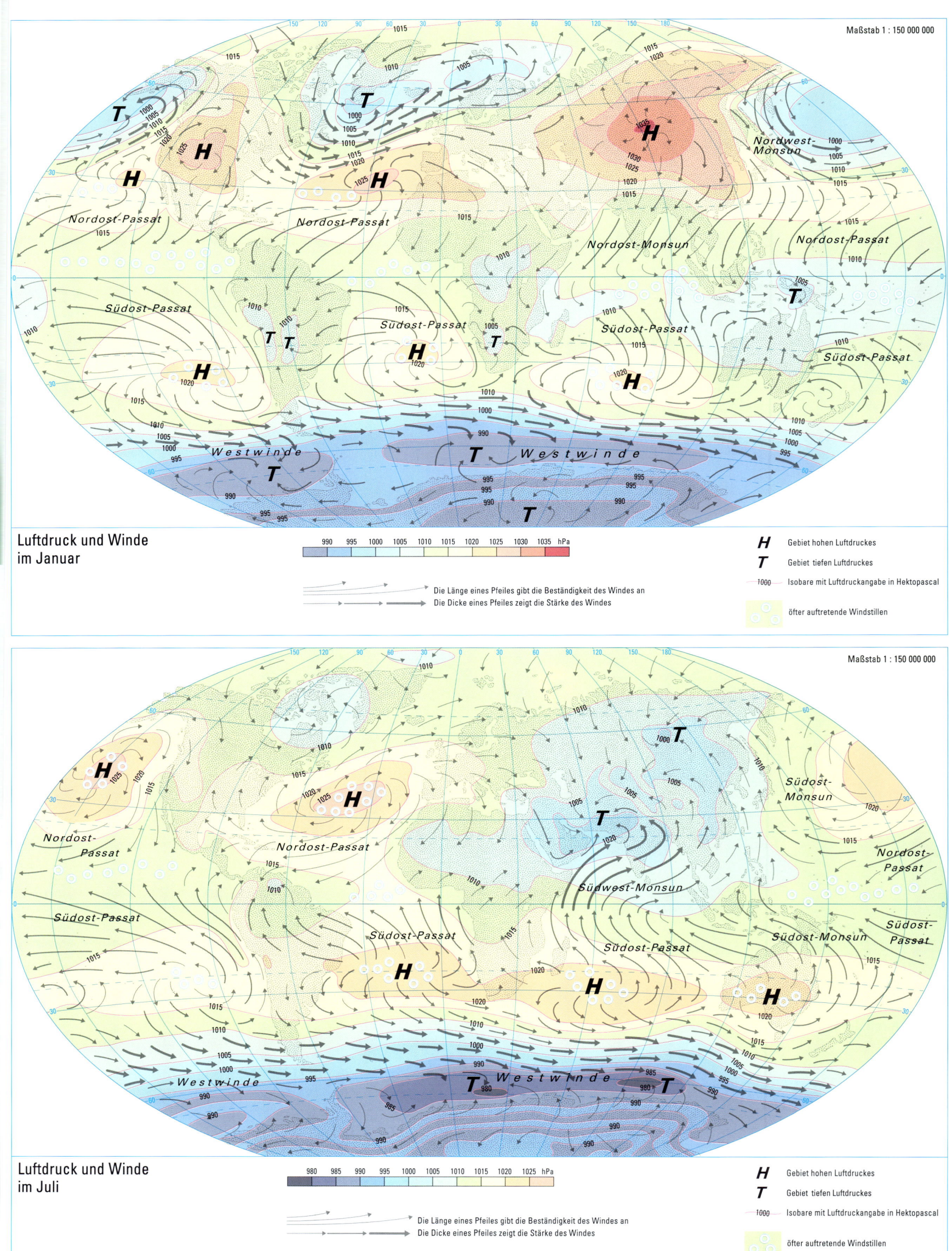

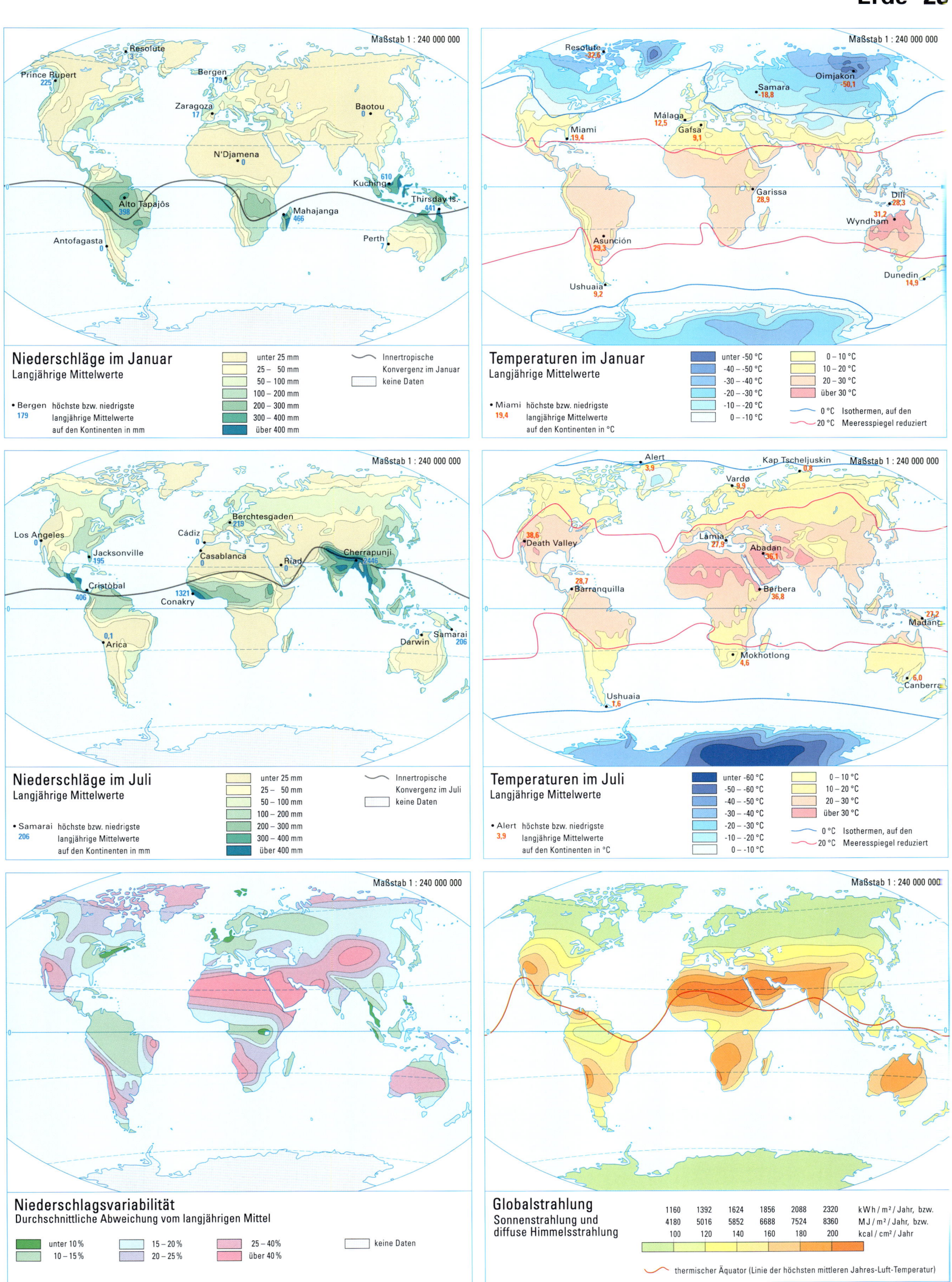

26 Erde

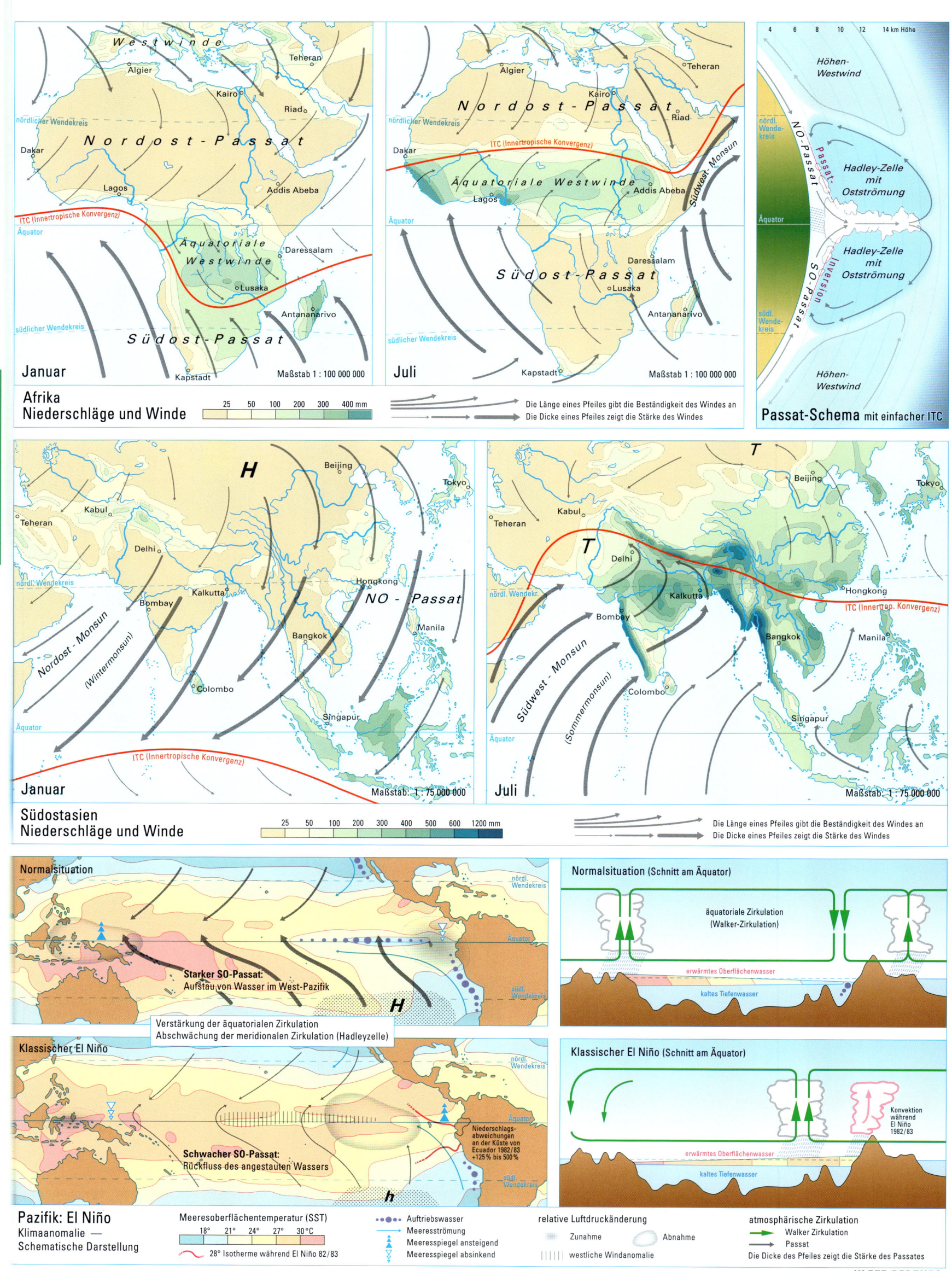

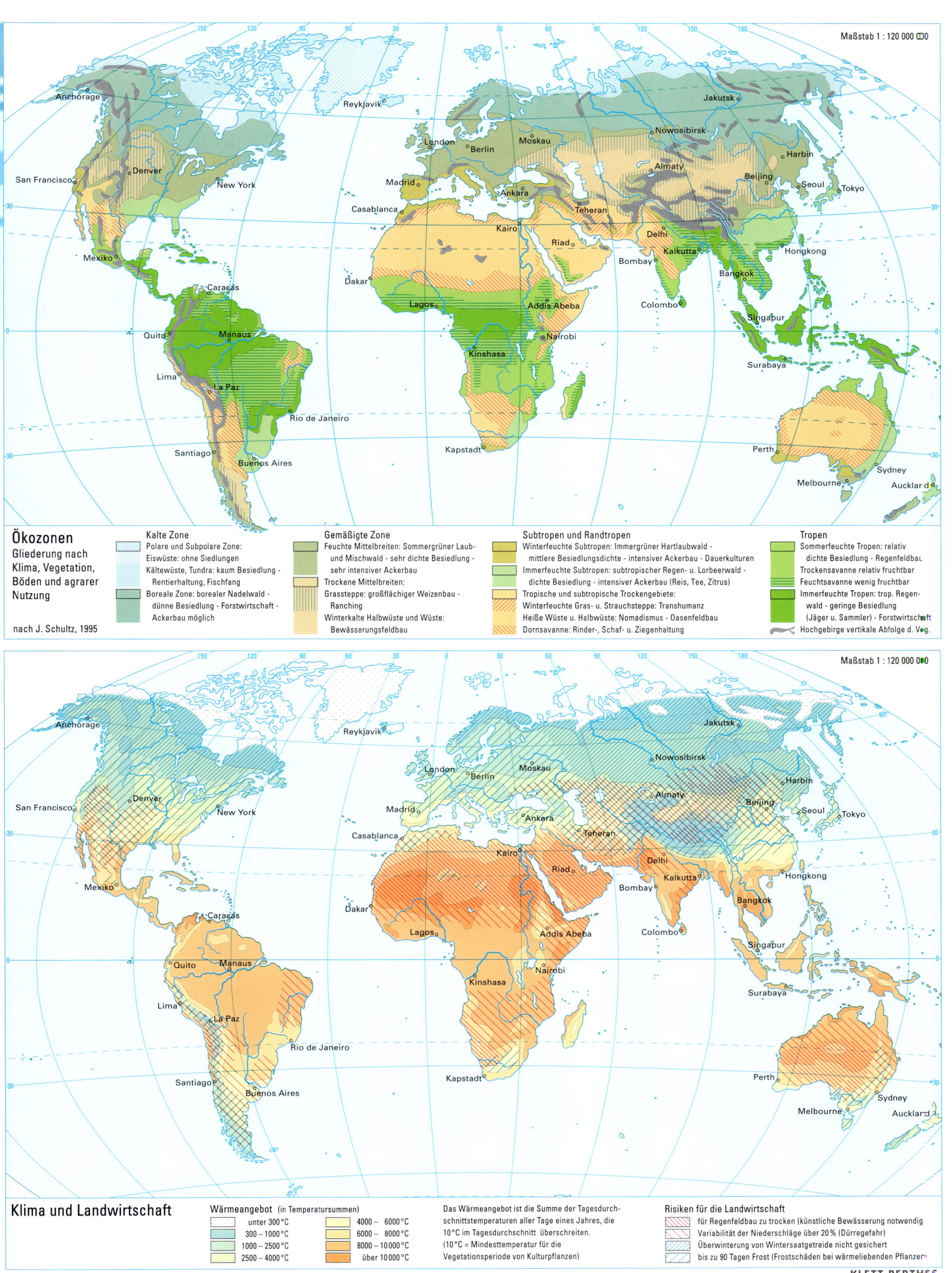

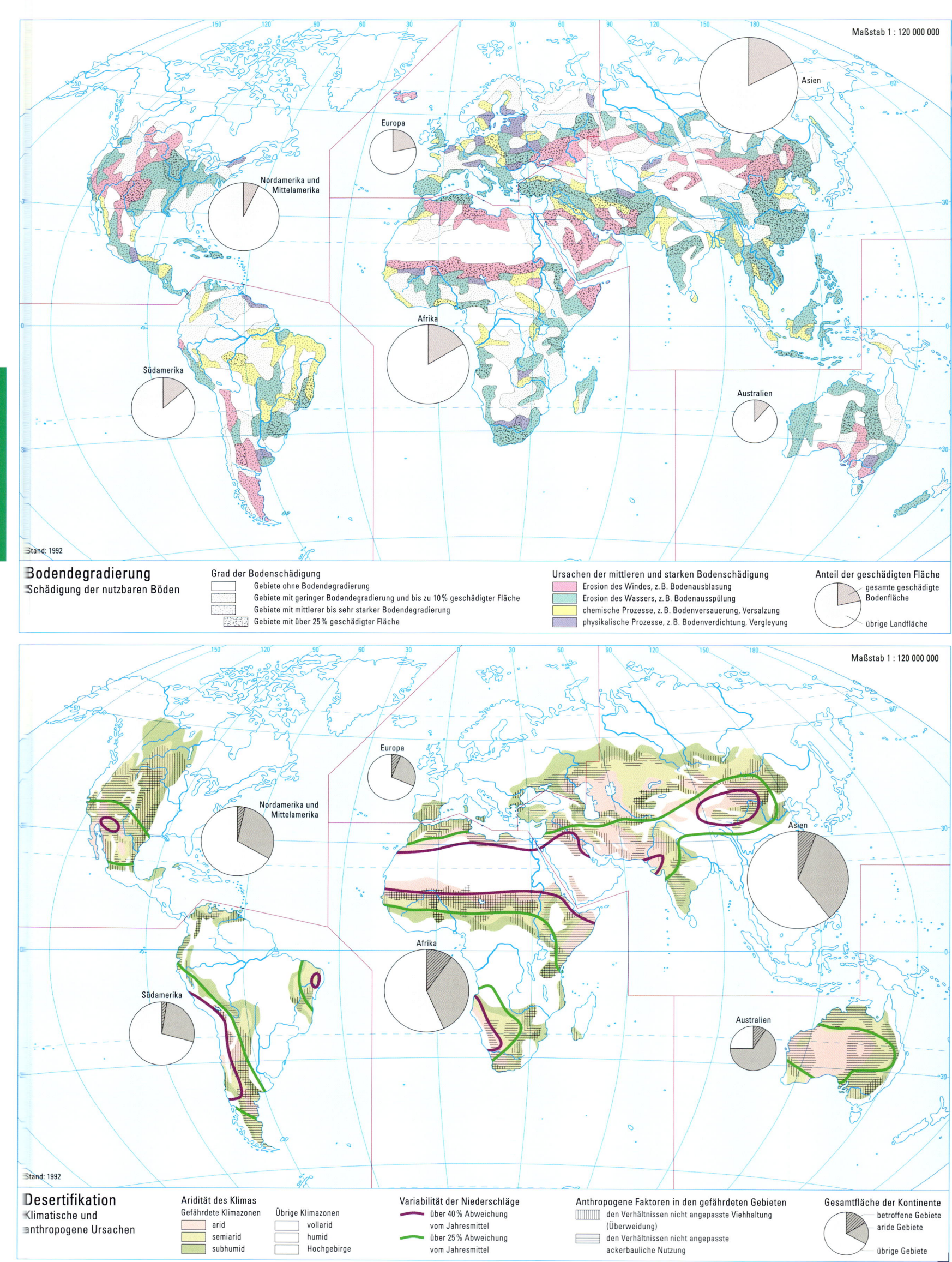

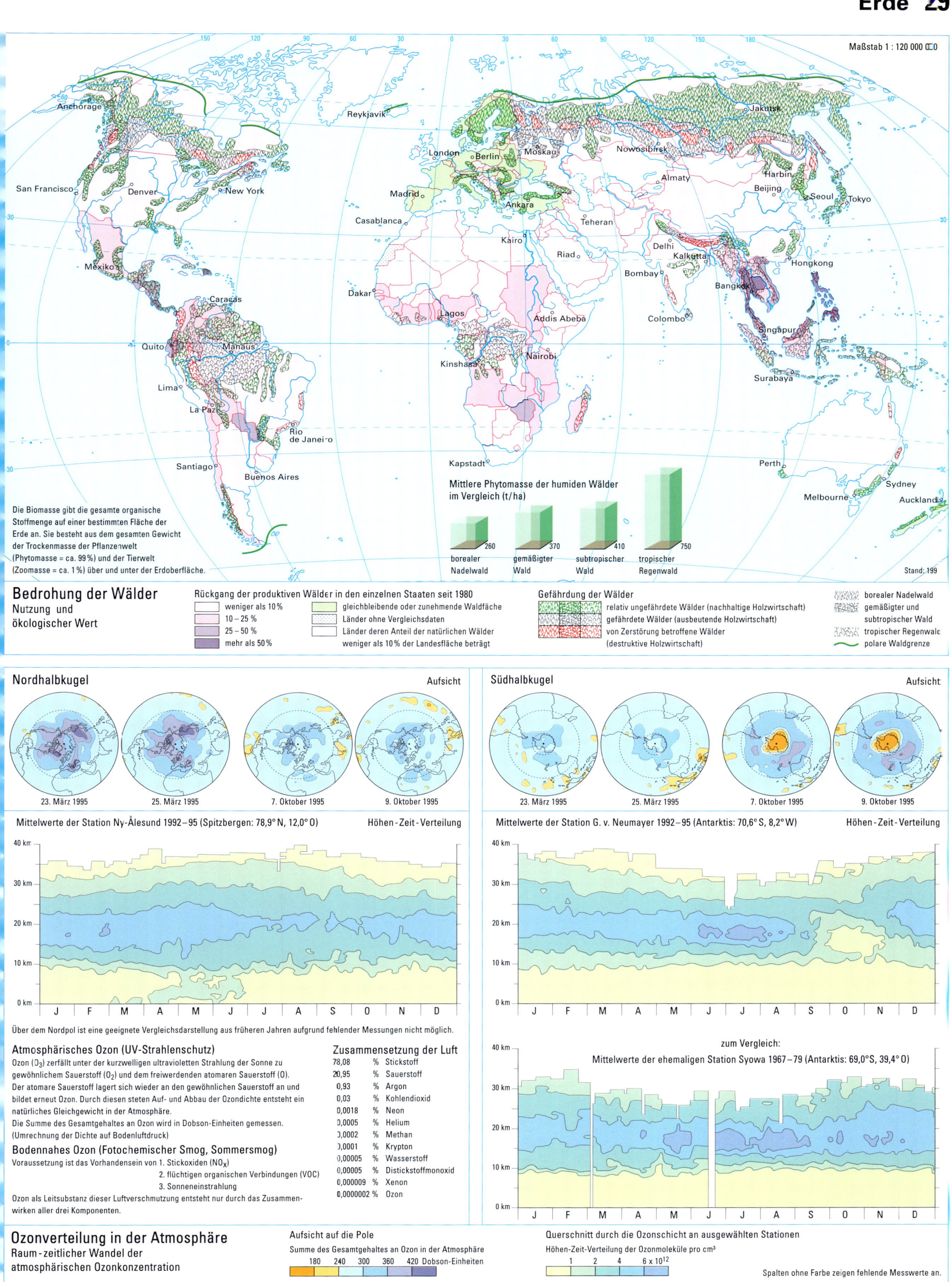

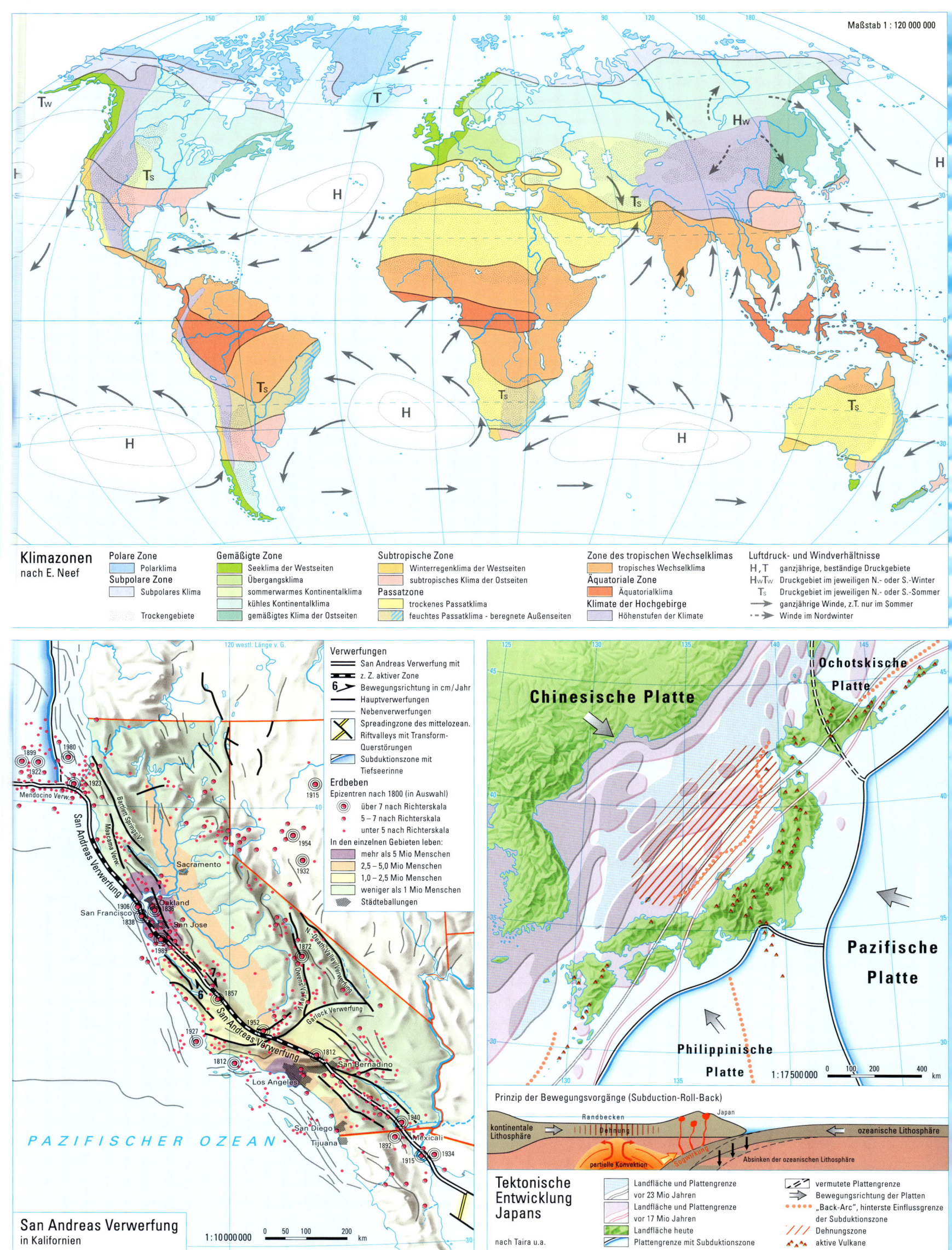

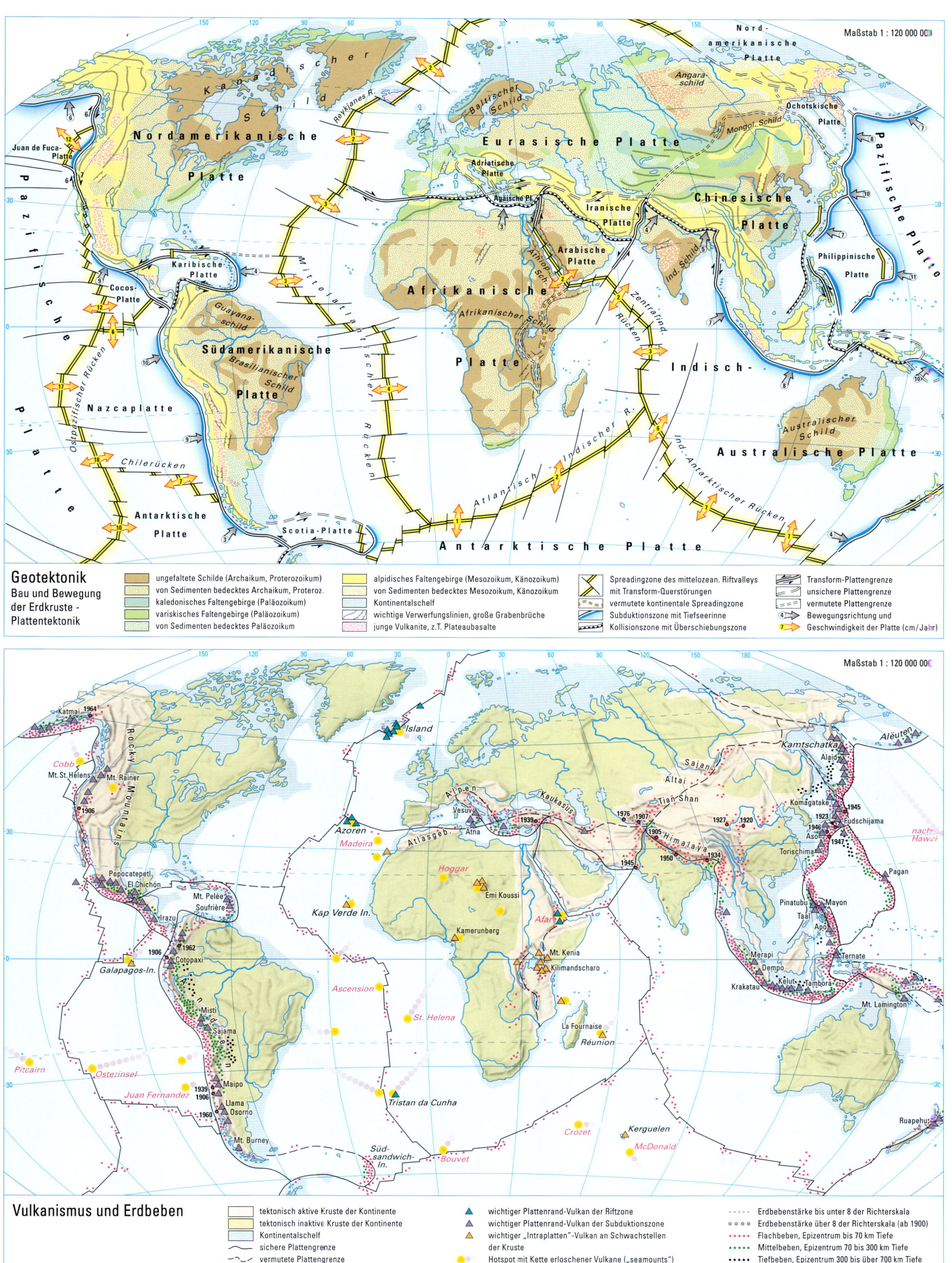

Landwirtschaft
Industrie
Verkehr
Handel

Deutschland

Landwirtschaft
- Köln: Vom landwirtschaftlichen Betrieb zum Pferdehof 32
- Uckermark: Von der Kooperation zum Einzelbetrieb 32
- Bodenformen, 1:3 Mio 33
- Landwirtschaft, 1:3 Mio 34

Wirtschaft – Verkehr
- Wirtschaft, 1:3 Mio 35
- Straßenverkehr, 1:6 Mio 36
- Bahnverkehr, 1:6 Mio 36
- Binnenschifffahrt – Flugverkehr, 1:6 Mio 36
- Arbeitslosigkeit, 1:6 Mio 36

Europa

Landwirtschaft
- Böden, 1:30 Mio 37
- Leistungsfähigkeit der Landwirtschaft 37

Wirtschaft
- Wirtschaft, 1:30 Mio 38
- Erwerbstruktur und Arbeitslosigkeit, 1:30 Mio 38
- Raum München: High Tech-Standorte 39
- Nordostengland: Strukturwandel in einem Altindustriegebiet 39
- Großraum Barcelona: Industrielle Dynamik 39

Erde

Landwirtschaft
- Bodenzonen, 1:120 Mio 40
- Vegetationszonen, 1:120 Mio 40
- Agrarsysteme, 1:120 Mio 41
- Südost-Anatolien-Projekt (GAP): Entwicklungsprojekt 41
- Kaffeeplantage in Mexiko 41
- Grundnahrungsmittel, 1:120 Mio 42
- Genussmittel, Zucker und Obst, 1:120 Mio 42
- Ölliefernde Pflanzen, 1:120 Mio 43
- Faserpflanzen, Kautschuk und Holz, 1:120 Mio 43

Wirtschaft
- Wirtschaft, 1:120 Mio 44
- Welthandel, 1:120 Mio 44
- GUS: Schwerpunkte der Industrieentwicklung 45
- Mittelsibirien: Ehemaliger TPK Sajan 45
- Südostasien: Entwicklung der Volkswirtschaften 45
- Raum Washington – Baltimore – Philadelphia: Wandel der Wirtschaftsstruktur 45

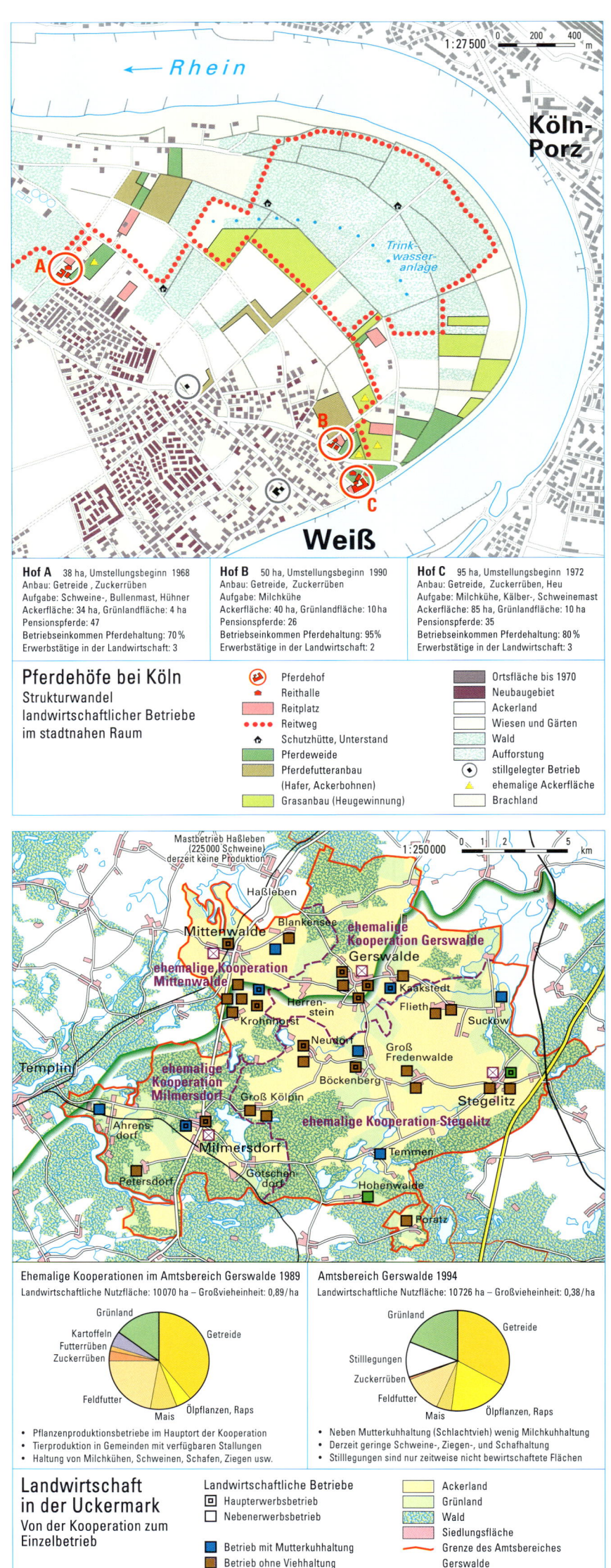

Deutschland 33

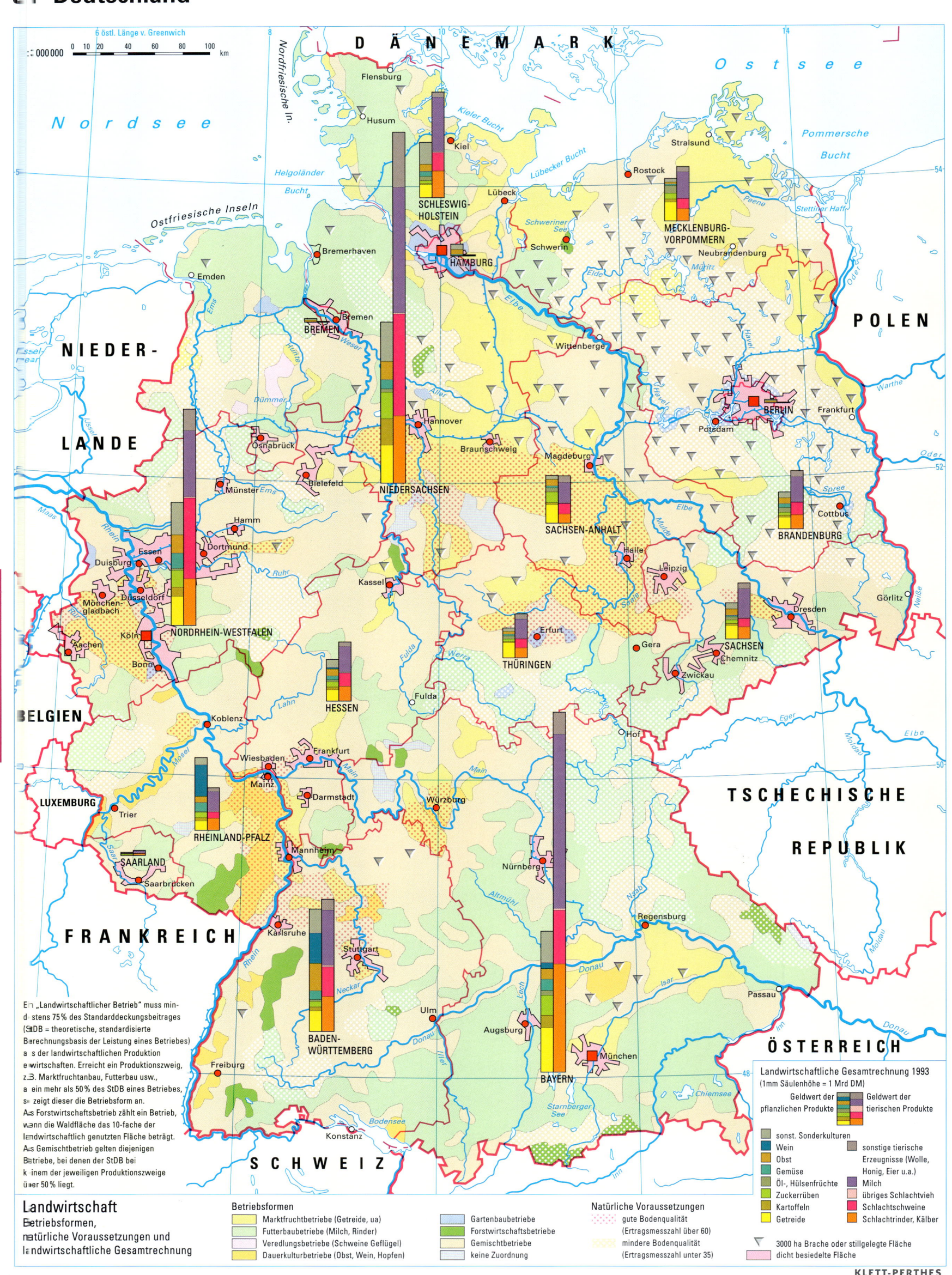

Deutschland 35

Wirtschaft

Bruttowertschöpfung pro Erwerbstätigem
Index: Deutschland ≙ 100 (106 000 DM)
- 25 – 50
- 50 – 75
- 75 – 100
- 100 – 125
- 125 – 150
- 150 – 175
- über 175

Grenzen:
- Staatsgrenze
- Landesgrenze
- Reg.-Bez.-Grenze
- Kreisgrenze

Tertiärisierung der Erwerbsstrukturen

II. Sektor	III. Sektor	
105–110	110–115	>115	1. Stufe
85 – 80			2. Stufe
80 – 75			3. Stufe
< 75			

Index: Erwerbstätige im II./III. Sektor ≙ 100
Erwerbstätigen-Index-Werte von deutlich unter 100 im Sekundären Sektor bzw. über 100 im Tertiären Sektor indizieren steigende tertiäre Beschäftigtenanteile in der Wirtschaft, d.h. entwickelte „moderne" Erwerbsstrukturen.

Erwerbstätige in Tsd. (Reg.-Bezirke/Länder)
2000, 1500, 1000, 750, 500, 150

Erwerbstätige nach Wirtschaftsbereichen

Tertiärer Sektor:
- Handel, Verkehr, Nachrichten, sonst. Dienstleistungen
- öffentlicher Dienst
- Banken, Versicherungen

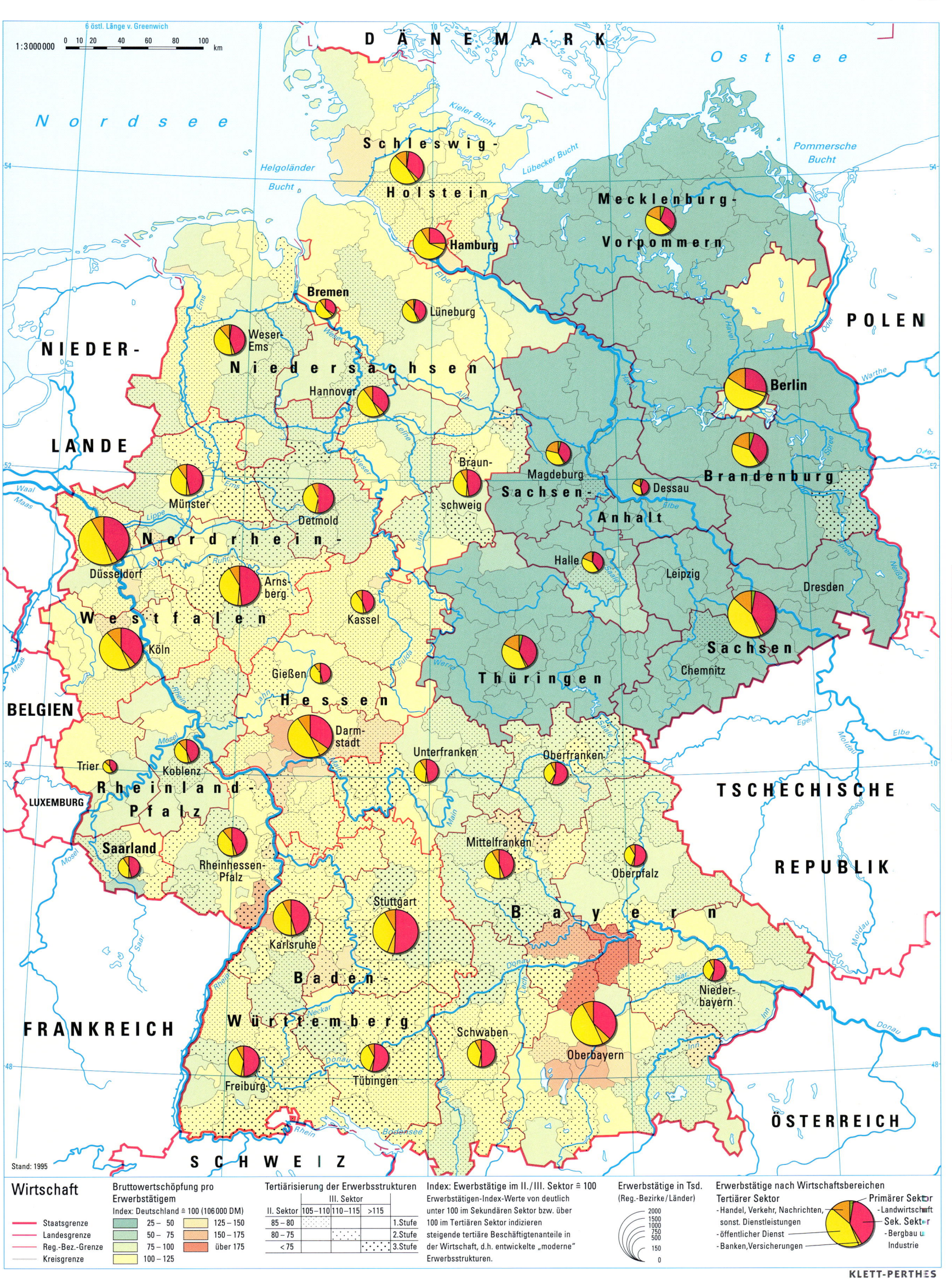

Primärer Sektor:
- Landwirtschaft

Sek. Sektor:
- Bergbau
- Industrie

Stand: 1995

Maßstab 1:3 000 000

KLETT-PERTHES

36 Deutschland

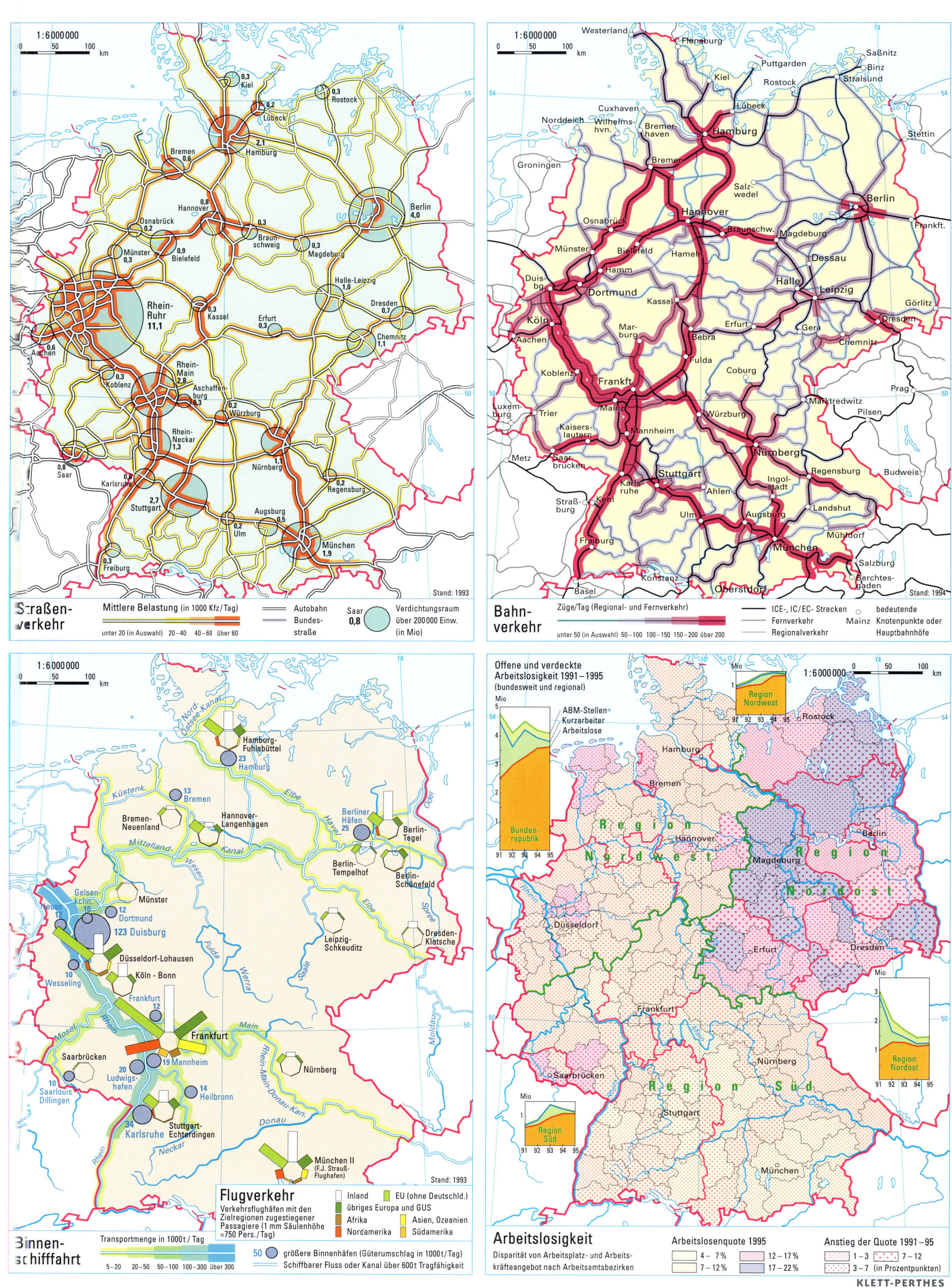

Straßenverkehr
(Stand: 1993)
Mittlere Belastung (in 1000 Kfz/Tag): unter 20 (in Auswahl), 20–40, 40–60, über 60. Autobahn, Bundesstraße. Verdichtungsraum über 200 000 Einw. (in Mio).

Bahnverkehr
(Stand: 1994)
Züge/Tag (Regional- und Fernverkehr): unter 50 (in Auswahl), 50–100, 100–150, 150–200, über 200. ICE-, IC/EC-Strecken, Fernverkehr, Regionalverkehr. Bedeutende Knotenpunkte oder Hauptbahnhöfe.

Binnenschifffahrt / Flugverkehr
(Stand: 1993)
Verkehrsflughäfen mit den Zielregionen zugestiegener Passagiere (1 mm Säulenhöhe = 750 Pers./Tag): Inland, EU (ohne Deutschld.), übriges Europa und GUS, Afrika, Nordamerika, Asien, Ozeanien, Südamerika.
Transportmenge in 1000 t / Tag: 5–20, 20–50, 50–100, 100–300, über 300. Größere Binnenhäfen (Güterumschlag in 1000 t/Tag). Schiffbarer Fluss oder Kanal über 600 t Tragfähigkeit.

Arbeitslosigkeit
Offene und verdeckte Arbeitslosigkeit 1991–1995 (bundesweit und regional): ABM-Stellen, Kurzarbeiter, Arbeitslose. Regionen: Bundesrepublik, Region Nordwest, Region Nordost, Region Süd.
Disparität von Arbeitsplatz- und Arbeitskräfteangebot nach Arbeitsamtsbezirken.
Arbeitslosenquote 1995: 4–7 %, 7–12 %, 12–17 %, 17–22 %.
Anstieg der Quote 1991–95 (in Prozentpunkten): 1–3, 3–7, 7–12.

KLETT-PERTHES

Europa 37

Böden

- flachgründige Böden der Subarktis, Tundraböden, Moorböden (Gelic-Gleysols, Leptosols, Histosols)
- Podsole, Gleye und Moorböden vorwiegend borealer Nadelwälder (Podzols, Gleysols, Histosols)
- podsolige Braunerden, Parabraunerden und Pseudogleye der kontinent. Laub-und Mischwälder (Podzoluvisols, Cambisols)
- vorw. Parabraunerden u. degradierte Schwarzerden (Luvisols, Phaeozems)
- saure Braunerden und Parabraunerden der maritimen Laubwälder (Dystric Cambisols, Luvisols)
- Schwarzerden und degrad. Schwarzerden der Steppen und Waldsteppen (Chernozems, Phaeozems)
- kastanienbraune Böden der Trockensteppen (Kastanozems)
- Regosols, Rohböden und Salzböden der Trockensteppe und Halbwüste (Regosols, Arenosols, Solonchaks)
- fehlende oder initiale Böden der Wüsten, Rohböden, Salzböden (Leptosols, Calcisols, Solonchaks)
- Sandflächen, Dünen ohne Bodenbildung
- mediterrane Braunerden und Terra Rossa, Terra Fusca (Chromic Luvisols, Chromic Cambisols)
- flachgründige Karbonat(roh)böden (Rendzic Leptosols)
- tonreiche, vertisolartige Böden (Vertisols)
- verschiedene versalzte Böden (Solonetze, Solonchaks)
- salzhaltige Marschböden (Gleysols, Histosols)
- Moorböden (Histosols, Gelic Histosols)
- Auenböden (Fluvisols)
- Gebirgsvarianten der Böden

nach J. Eberle 1996
(internationale Nomenklatur nach FAO-UNESCO)

1 : 30 000 000

Leistungsfähigkeit der Landwirtschaft

Anteil der Landwirtschaft am Bruttoinlandsprodukt 1994
- 0,5 – 2,5
- 2,5 – 5,0
- 5,0 – 10,0
- 10,0 – 20,0
- 20 und mehr
- keine Daten

Wertschöpfung der landwirtschaftlichen Produktion 1990–1994 (gemessen am BIP)
- Zunahme über 10 %
- Abnahme über 25 %

Indikatoren der landwirtschaftlichen Entwicklung (gemessen am europäischen Durchschnitt*)

- europäischer Durchschnitt
- 1mm Säulenhöhe entspricht 7,5 % Abweichung vom Durchschnitt

- Ackerland je Einwohner (Europa 1994: 0,33 ha/Einw.)
- Düngemitteleinsatz in kg/ha Ackerland (Europa 1994: 138,6 kg/ha)
- Produktion von Feldfrüchten je Erwerbstätigem in der Landwirtschaft (Europa 1994: 26,7 mt)

*(ohne Kasachstan, Russland und Türkei)

1 : 30 000 000

KLETT-PERTHES

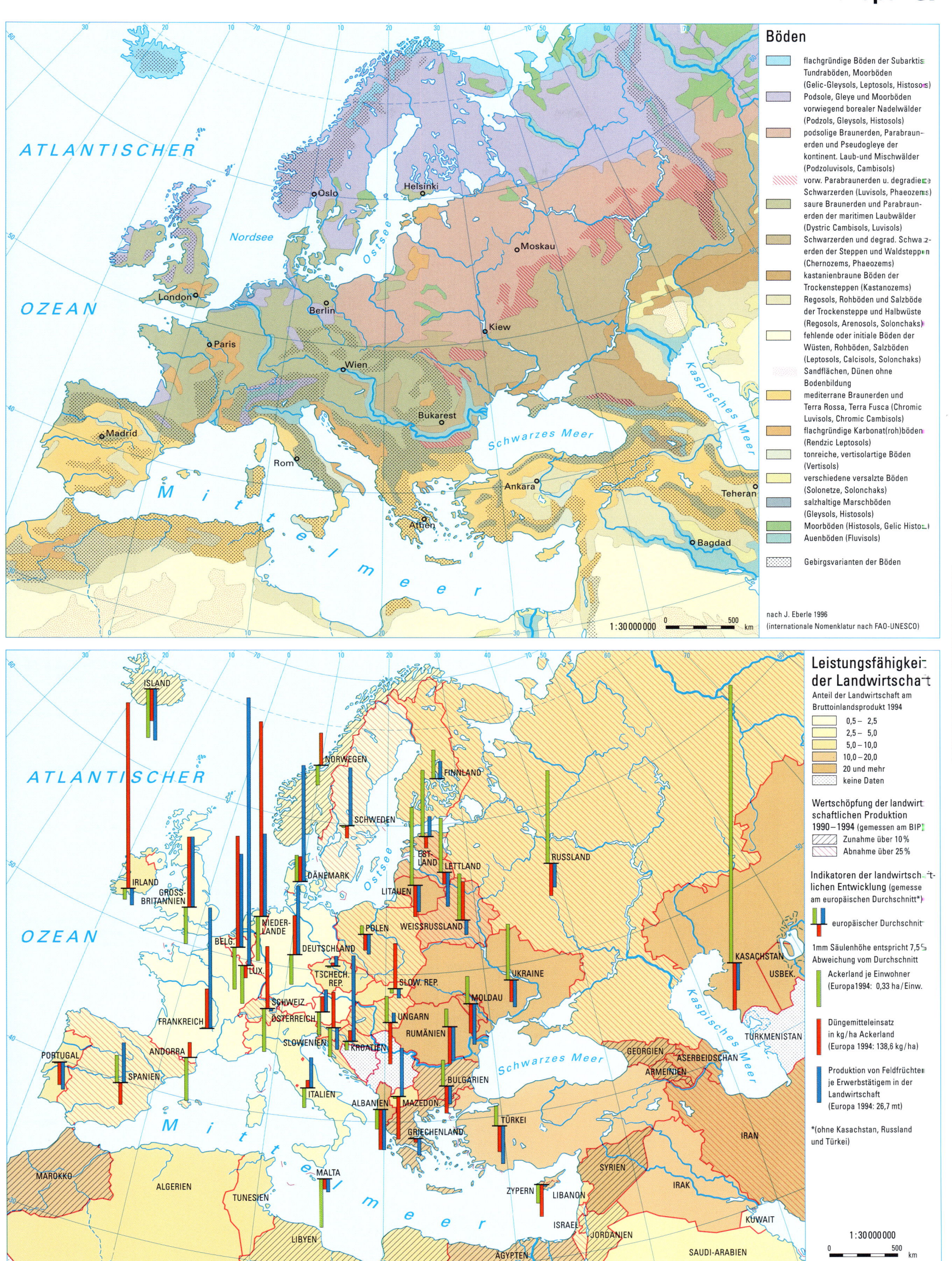

Europa

Wirtschaft
Wirtschaftskraft, Tertiärisierung und Handel

Bruttosozialprodukt/Einwohner
Index: Europa (14 420 US$) ≙ 100
- < 10
- 10 – 20
- 20 – 50
- 50 – 75
- 75 – 100
- 100 – 150
- > 150

Veränderung des Bruttosozialproduktes pro Einwohner, 1990 – 1995
- + 25 % und mehr
- − 25 % und mehr

Erwerbstätige in Tausend (ab 500000 Erwerbstätige)
70000 / 40000 / 20000 / 10000 / 5000 / 2500 / 1000 / 500 / 0

Anteile der Erwerbstätigen in den Wirtschafts-Sektoren
- Primärer Sektor (Landwirtschaft)
- Sekundärer Sektor (Bergbau und Industrie)
- Tertiärer Sektor (Dienstleistungen)

Handelsvolumen (Import u. Export)
1 mm² ≙ 10 Mrd US$ Warenwert (ab 10 Mrd US$)
- Summe Handel
- Handelsanteil mit den Staaten der EU/EFTA

* keine Daten verfügbar

Stand: 1995

Erwerbsstruktur und Arbeitslosigkeit

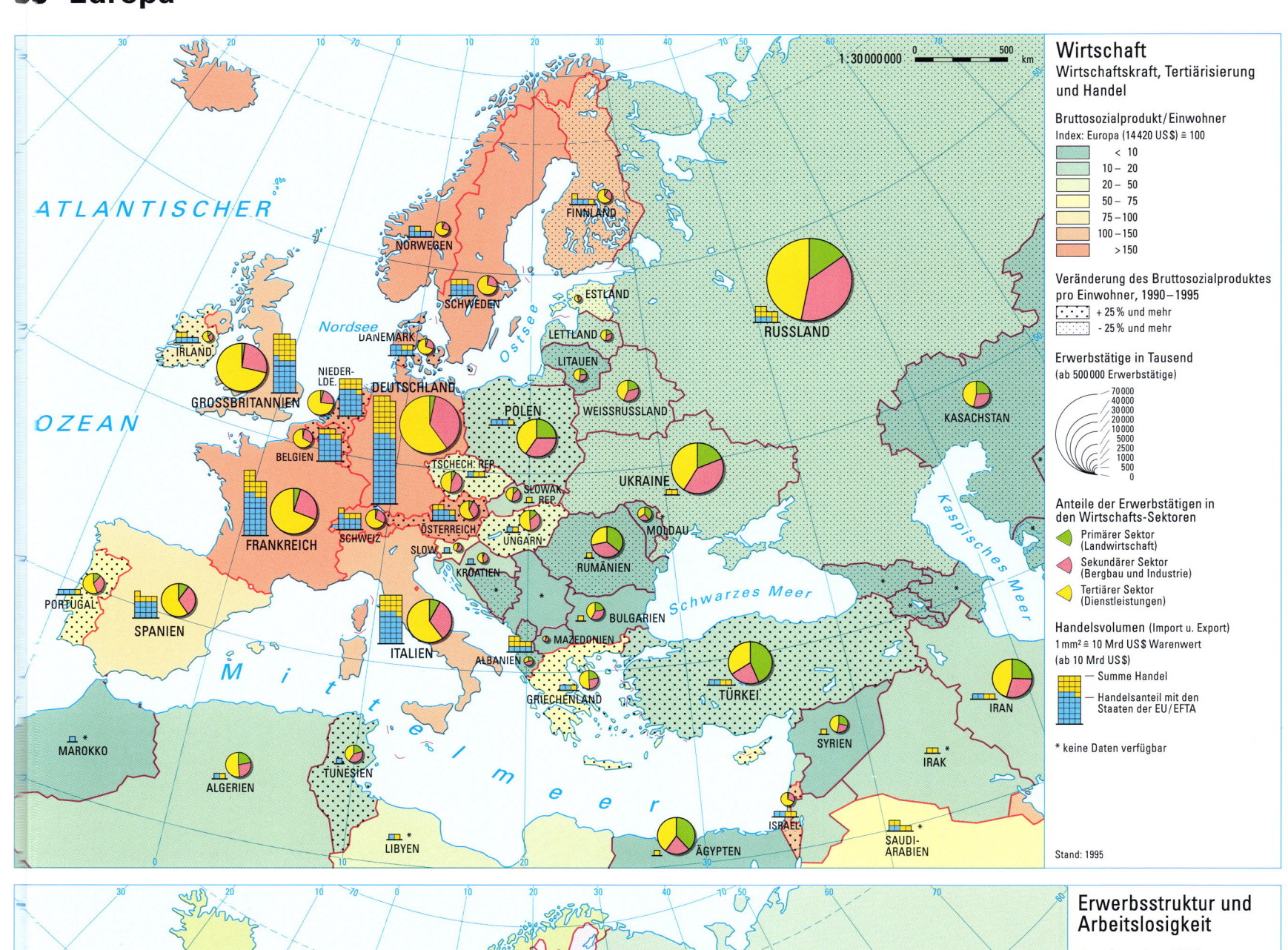

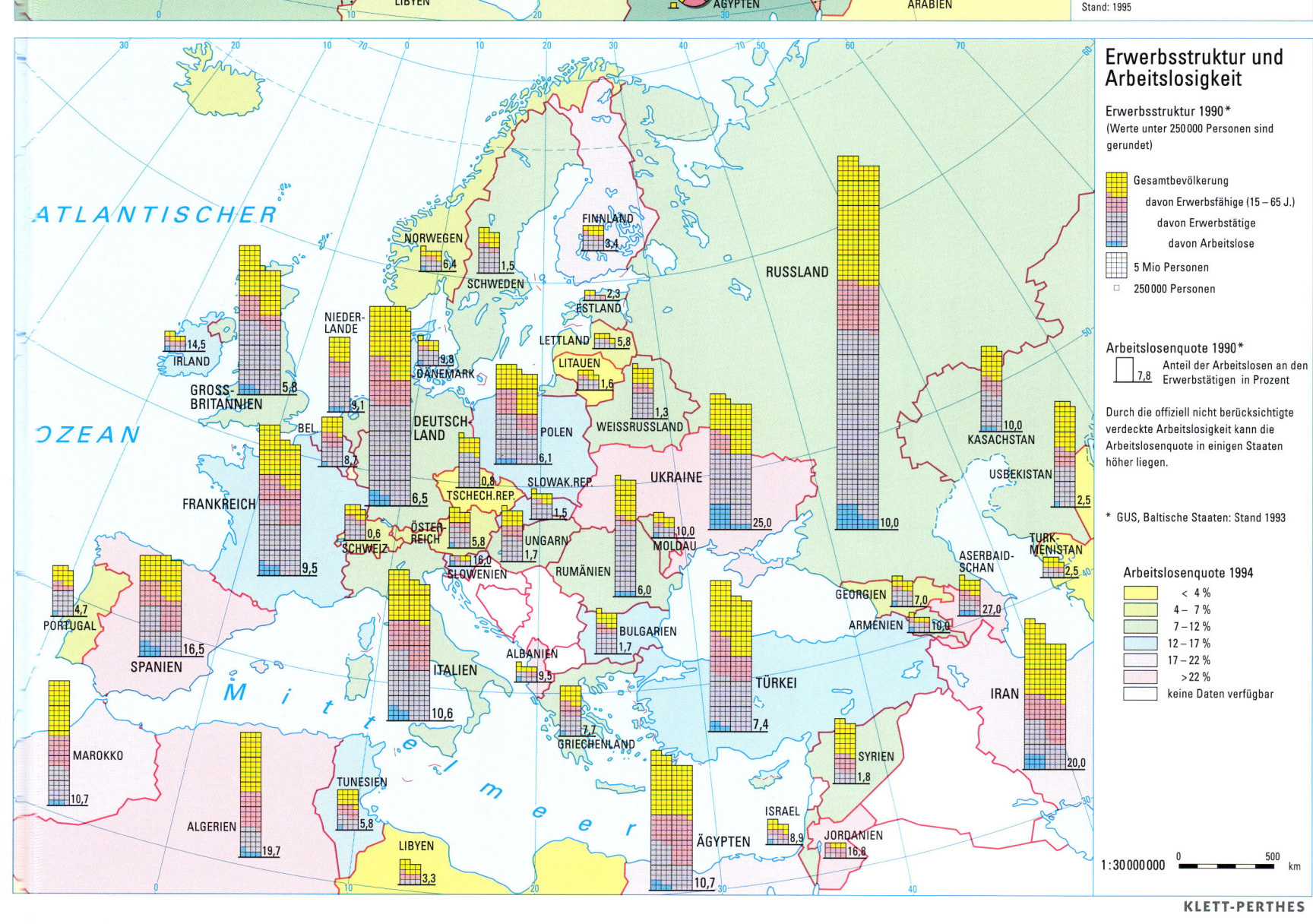

Erwerbsstruktur 1990* (Werte unter 250000 Personen sind gerundet)
- Gesamtbevölkerung
- davon Erwerbsfähige (15 – 65 J.)
- davon Erwerbstätige
- davon Arbeitslose
- 5 Mio Personen
- 250000 Personen

Arbeitslosenquote 1990* — Anteil der Arbeitslosen an den Erwerbstätigen in Prozent

Durch die offiziell nicht berücksichtigte verdeckte Arbeitslosigkeit kann die Arbeitslosenquote in einigen Staaten höher liegen.

* GUS, Baltische Staaten: Stand 1993

Arbeitslosenquote 1994
- < 4 %
- 4 – 7 %
- 7 – 12 %
- 12 – 17 %
- 17 – 22 %
- > 22 %
- keine Daten verfügbar

1 : 30 000 000

KLETT-PERTHES

Europa 39

High-Tech-Standorte im Raum München

Betriebe 1995
- 🟨 Information und Kommunikation
- 🔴 Software-Entwicklung
- 🔺 Mikroelektronik
- ✴ Luft- und Raumfahrt
- ✚ Messen, Steuern, Regeln
- 🟢 Biotechnik, Chemietechnik
- 🔷 Vermittlung und Beratung
- ⚪ Sonstiges

- ▫ 1 Betrieb
- ▪ 10 Betriebe

- Siedlungsfläche
- S-Bahn
- Eisenbahn
- Autobahn
- Straßen
- Wald

Maßstab 1:400 000

Strukturwandel in Nordostengland
Auswirkungen der wirtschaftlichen Stagnation auf ein Altindustriegebiet

Kommunale Gliederung
1. Berwick-upon-Tweed
2. Alnwick
3. Castle Morpeth
4. Wansbeck
5. Blyth Valley
6. Tynedale
7. North Tyneside
8. Newcastle upon Tyne
9. South Tyneside
10. Gateshead
11. Sunderland
12. Chester-le-Street
13. Derwentside
14. Easington
15. Durham
16. Wear Valley
17. Sedgefield
18. Darlington
19. Teesdale
20. Hartlepool
21. Langbaurgh
22. Middlesbrough
23. Stockton on Tees

Bevölkerungsbewegung 1981–1992 aus und in die „Standard Planning Regions"
Counties: Northumberland, Tyne and Wear M.C., Durham, Cleveland
Abwanderung 51 203 Pers.
Zuwanderung 11 460 Pers.

Entwicklung der Bevölkerung 1981–1992
Zunahme:
- über 5,0 %
- 2,5 – 5,0 %
- 0 – 2,5 %

Abnahme:
- −2,5 – 0 %
- −5,0 – −2,5 %
- unter −5,0 %

Veränderung der Industrieproduktion 1980–1992 (Großbritannien 1980 = 100 %)
Zunahme:
- über 20 %
- 0 – 20 %

Abnahme:
- −20 – 0 %
- −40 – −20 %
- unter −40 %

Beschäftigte im Verarbeitenden Gewerbe (Vergleich 1971 – 1984 – 1992)
1971 / 1984 / 1992
1 mm Säulenhöhe entspricht 1250 Beschäftigten im Verarbeitenden Gewerbe

— County-Grenze
— District-Grenze
— staatlich geförderte Gebiete

Maßstab 1:1 500 000

Industrielle Dynamik im Großraum Barcelona
Investition und Wertschöpfung im zeitlichen Vergleich

Zahl der Betriebe mit über 20 Beschäftigten / Gemeinde 1992
- 1 – 5
- 6 – 25
- 26 – 100
- 101 – 1400
- übrige Gemeinden
- Zentren der Unternehmensgründungen 1992

- Gemeindegrenze (Municipa)
- Bezirksgrenze (Comarca)
- Autobahn
- Fernstraße
- Eisenbahn
- öffentlich geförderte Industrieflächen 1992
- internationaler Flughafen

Investitionsvolumina in der Industrie 1991 bis 1993
1 mm entspricht 1500 Mio Pesetas
91 / 92 / 93
6000 / 3000

Wertschöpfung in der Industrie 1990 und 1993
1 mm entspricht 15 000 Mio Pesetas
1 Teilstrich entspricht 20 000 Mio Pesetas
90 / 93
90 000 / 60 000 / 30 000

Maßstab 1:750 000

KLETT-PERTHES

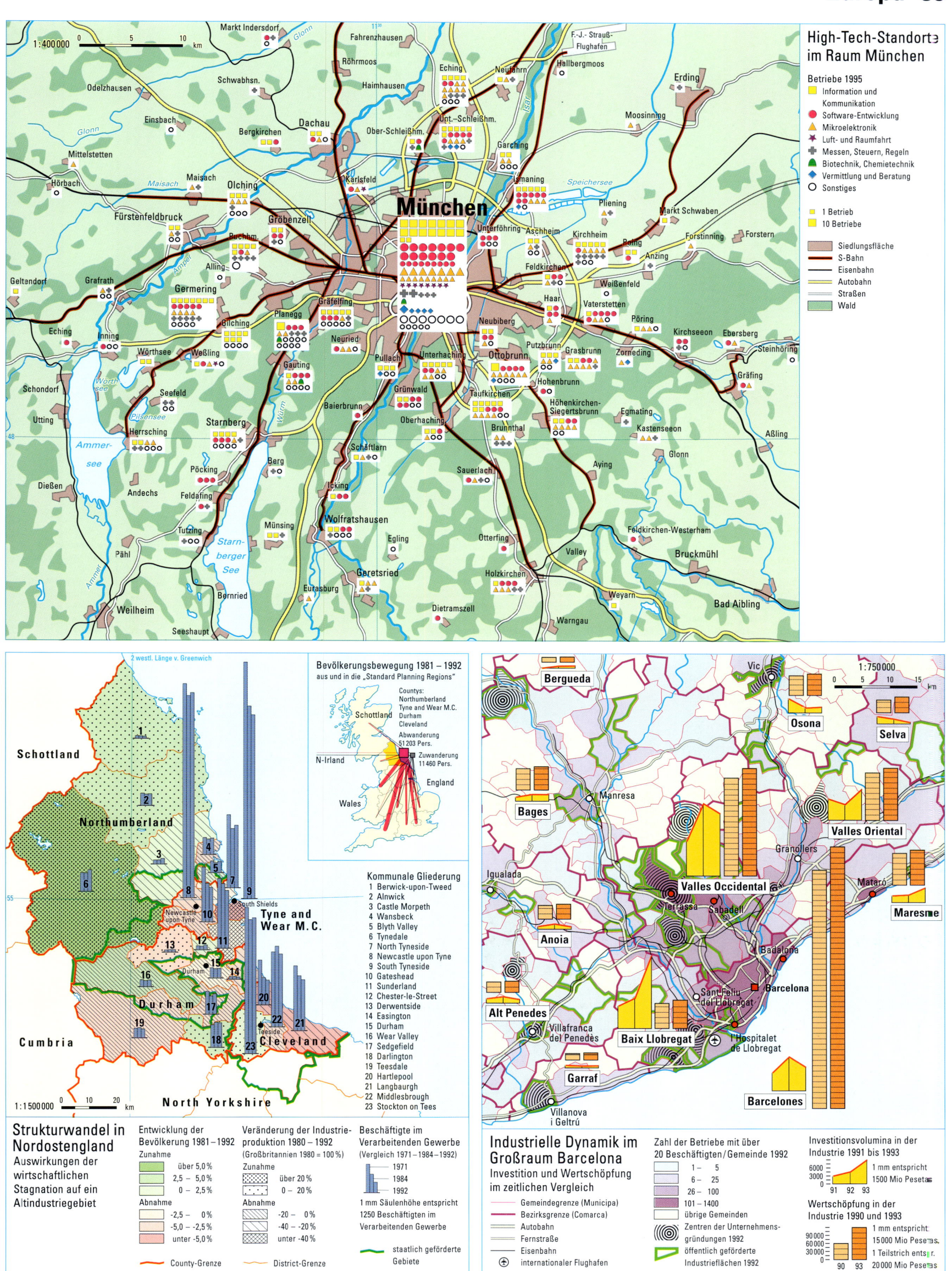

40 Erde

Maßstab 1 : 120 000 000

Bodenzonen

- Zone der Frostschutz-Rohböden und Tundren-Gleyböden (Gelic Regosol-Gelic Gleysol-Zone)
- Frostschutz-Rohböden vorherrschend
- Tundrengleye vorherrschend
- Zone der Bleicherden, arktischen Braunerden und Torfmoorböden (Podzol-Gelic Cambisol-Histosol-Zone)
- Bleich- und saure Fahlerden vorherrschend
- Zone der Braunerden und lessivierten Böden (besonders Parabraunerden) (Haplic Luvisol-Zone)
- degradierte Schwarzerden und graue Waldböden vorh.
- eutrophe Fahlerden vorherrschend
- Zone der kastanienfarbenen und dunklen Steppenböden (Kastanozem-Haplic Phaeozem-Chernozem-Zone)
- Steppenschwarzerden vorherrschend
- Zone der Halbwüstenböden (Xerosol-Zone)
- Zone der Wüstenböden (Yermosol-Zone)
- Zone der braunen und roten mediterranen Böden (Chromic Luvisol-Calcaric Cambisol-Zone)
- Zone lessivierter Böden der Tropen und Subtropen (Acrisol-Lixisol-Nitisol-Zone)
- dunkle Tonböden vorherrschend
- Zone lessivierter und stark saurer Böden der Tropen und Subtropen (Acrisol-Zone)
- Zone tiefgründig verwitterter, Fe- und Al-oxidreicher Böden der feuchten Tropen (Ferralsol-Zone)
- von Eis bedeckt

nach J. Schultz, 1995
(internationale Nomenklatur nach FAO-UNESCO)

Maßstab 1 : 120 000 000

Vegetationszonen

- Eis, arktische Wüste
- Tundra
- Waldtundra
- borealer Nadelwald
- Mischwald
- sommergrüner Wald
- Langgrassteppe
- Steppe (winterkalt)
- Halbwüste, Wüste (winterkalt)
- mediterrane Vegetation
- subtropischer Feuchtwald
- Steppe, Grasland und Gestrüpp (wintermild)
- Halbwüste, Wüste (heiß)
- Dornsavanne
- Trockensavanne
- Feuchtsavanne
- tropischer Regenwald
- Mangrove
- Hochgebirgsvegetation
- Meeresströmungen im Nordwinter
- Meeresströmung, kälter als die Umgebung
- Meeresströmung, wärmer als die Umgebung
- kaltes Auftriebswasser

KLETT-PERTHES

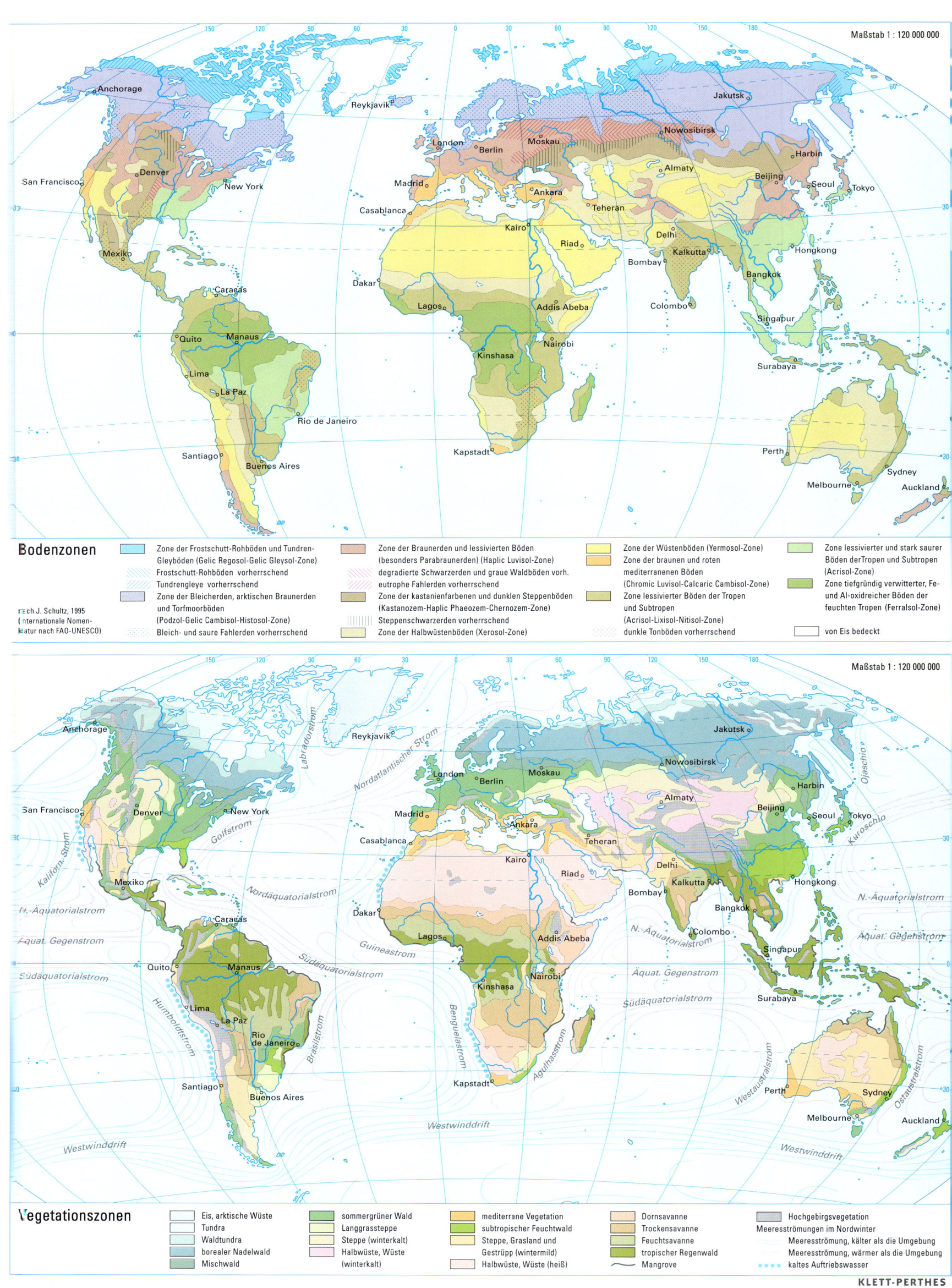

Erde 41

Maßstab 1:120 000 000

Agrarsysteme

Graslandsysteme
- nomadische Weidewirtschaft, extensiv
- Weidewirtschaft mit festen Siedlungen (Ranching), extensiv
- Grünlandwirtschaft (z.T. Feldgraswirtschaft), intensiv

Ackerbausysteme
- Wanderfeldbau und Landwechselwirtschaft, extensiv
- inselhafter Ackerbau mit Fruchtwechsel, z.T. intensiv
- Ackerbau (traditionelle Kleinbetriebe), intensiv
- Ackerbau (mechanisierte Mittel- und Großbetriebe), intensiv

Dauerkultursysteme
- Pflanzungen und Ackerbau gemischt, intensiv
- Pflanzungen mit reiner Marktorientierung und eigener Weiterverarbeitung (Plantagen), intensiv

- Wälder mit spärlicher wirtschaftlicher Aktivität (Ackerbau, Viehhaltung, Holzeinschlag, Jagd usw.)
- landwirtschaftlich ungenutztes Land
- große Gebirgszüge

Viehhaltung
1 Figur = 5 Mio Tiere
- Rinder
- Schafe
- Schweine

Südost-Anatolien-Projekt
Güneydoğu-Anadolu-Projesi (GAP) Entwicklungsprojekt

Anteil der GAP-Region an der Gesamtproduktion der Türkei (ausgewählte Produkte) (1995)
- 17 % Baumwolle
- 14 % Zuckerrüben
- 22 % Ölpflanzen
- 36 % Reis
- 36 % Pistazien

Geplanter Zuwachs der Produktion bei Fertigstellung des Projektes (2005, 1995 = 100 %)
- 388 % Baumwolle
- 192 % Zuckerrüben
- 276 % Ölpflanzen
- 323 % Reis
- 730 % Pistazien

bestehende Einrichtungen:
- Bewässerungsland
- Trockenfeldbau
- Baumkulturen, Wein
- Weiden
- Wald
- Ödland
- Staudamm mit Stausee
- Wasserkraftwerk

geplante Maßnahmen:
- 1 Quadrat entspricht 100 km²
- GAP-Testgebiet
- internationaler Flughafen
- geplante Schnellstraßen
- Neubaustrecke der Eisenbahn
- geplantes Industriezentrum
- geplanter Bergbau

Abflussregime des Euphrat:
- Zu- und Abfluss
- Verdunstung

Kaffeeplantage in Mexiko
Nutzung unter ökonomischen und ökologischen Gesichtspunkten

1:50 000

Beneficio Casa Blanca

- Plantagenfläche mit Einteilung der Sektionen
- Wirtschaftsgebäude der Sektionen
- Stausee für Frischwasser
- Frischwasserleitung
- Aufbereitungsanlage
- Abwasserleitung
- Seen für biologische Wasserreinigung
- periodischer Fluss
- Hauptstraße
- Weg

Erträge in Quintales (QQ = 46 kg) pro ha an grünen Kaffee nach Alter der Pflanze:
- 1-jährig: 0 QQ
- 2-jährig: 30 QQ
- 3-jährig: 70 QQ
- 4-jährig: 90 QQ
- 5-jährig: 60 QQ
- Durchschnittsertrag (5 Jahre): 50 QQ

Die Gesamtfläche der Plantage beträgt 1100 ha und ist in 5 Sektionen zu je 200 ha und 1 Sektion zu 100 ha unterteilt. Jede Sektion besteht aus 5 gleichgroßen Arealen, die jeweils mit Kaffeesträuchern eines Alters bepflanzt sind.

KLETT-PERTHES

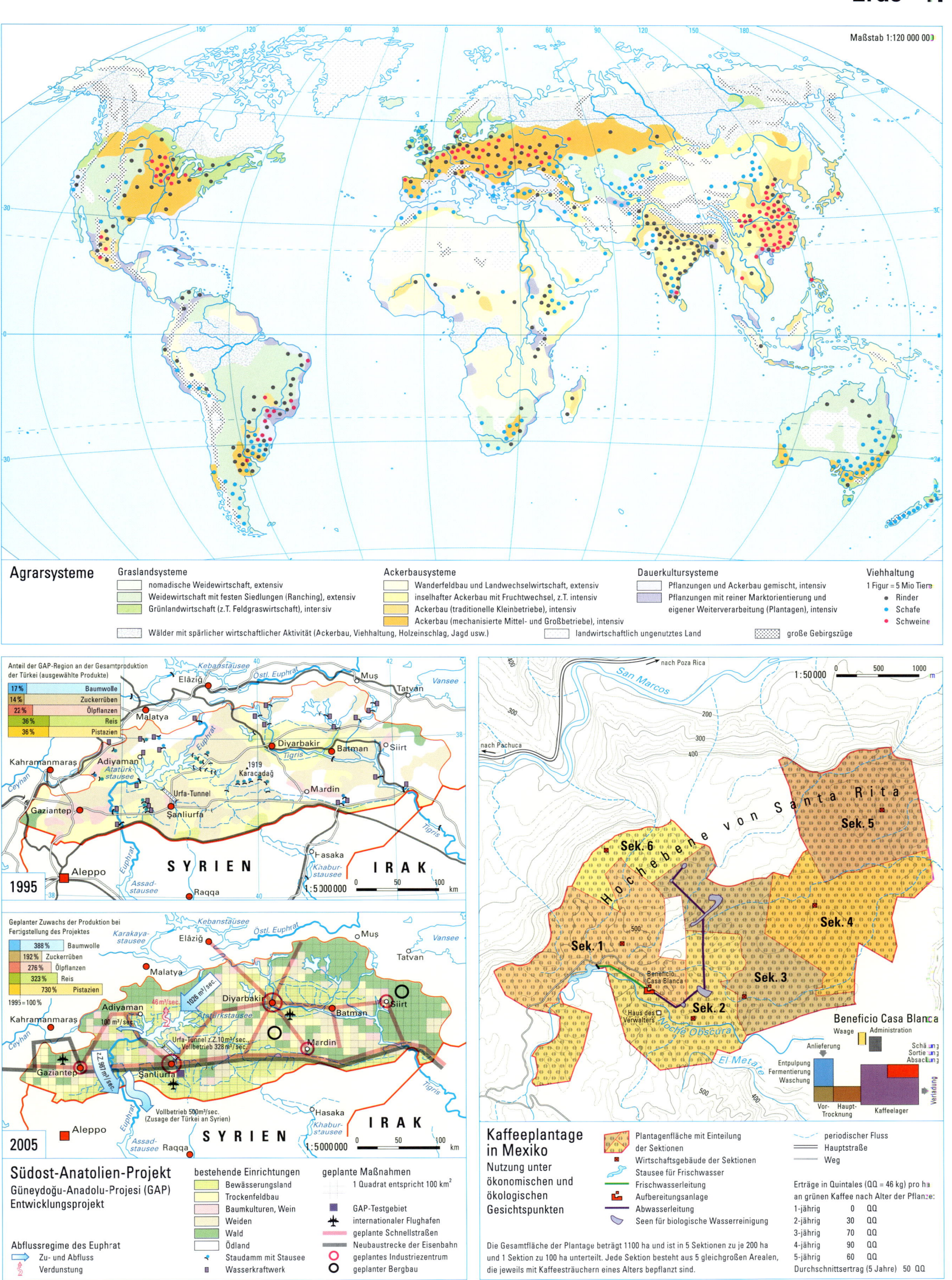

42 Erde

Grundnahrungsmittel — Produktion, Import, Export

nach FAO 1993

Getreide:
- Weizen
- Gerste, Roggen, Hafer
- Reis
- Mais
- Hirse

Knollenfrüchte:
- Kartoffeln
- Bataten, Maniok, Yams

Fleisch, Fisch:
- Fleisch
- Fisch

Symbole:
- ☐ = 10 Mio t
- Import
- Produktion
- davon Export
- über 10 % Exportanteil dieses Produktes am Gesamtexport des Primären Sektors eines Landes

Dargestellt sind die jeweils größten Erzeuger von Grundnahrungsmitteln mit mehr als 5 Mio t.

Anteil der Grundnahrungsmittel am Gesamtexport des Primären Sektors eines Landes:
- über 50 %
- 25 – 50 %
- 10 – 25 %
- unter 10 %
- unter 1 % Exportanteil der Grundnahrungsmittel am gesamten Weltexport dieser Produkte
- keine oder unvollständige Angaben

Maßstab 1 : 120 000 000

Genussmittel, Zucker, Obst — Produktion, Import, Export

nach FAO 1993

Genussmittel:
- Kaffee
- Kakao
- Tee

Zucker:
- Rohrzucker
- Rübenzucker

Obst:
- Obst
- Wein
- Zitrusfrüchte
- Bananen

Symbole:
- ☐ = 1500 t
- Import
- Produktion
- davon Export
- über 50 % Exportanteil dieses Produktes am Gesamtexport eines Landes

Dargestellt sind die jeweils größten Erzeuger von Genussmitteln, Zucker und Obst mit mehr als 750 t.

Anteil an Genussmitteln, Zucker und Obst am Gesamtexport des Primären Sektors eines Landes:
- über 50 %
- 25 – 50 %
- 10 – 25 %
- unter 10 %
- unter 1 % Exportanteil an Genussmittel, Zucker und Obst am gesamten Weltexport dieser Produkte
- keine oder unvollständige Angaben

Maßstab 1 : 120 000 000

KLETT-PERTHES

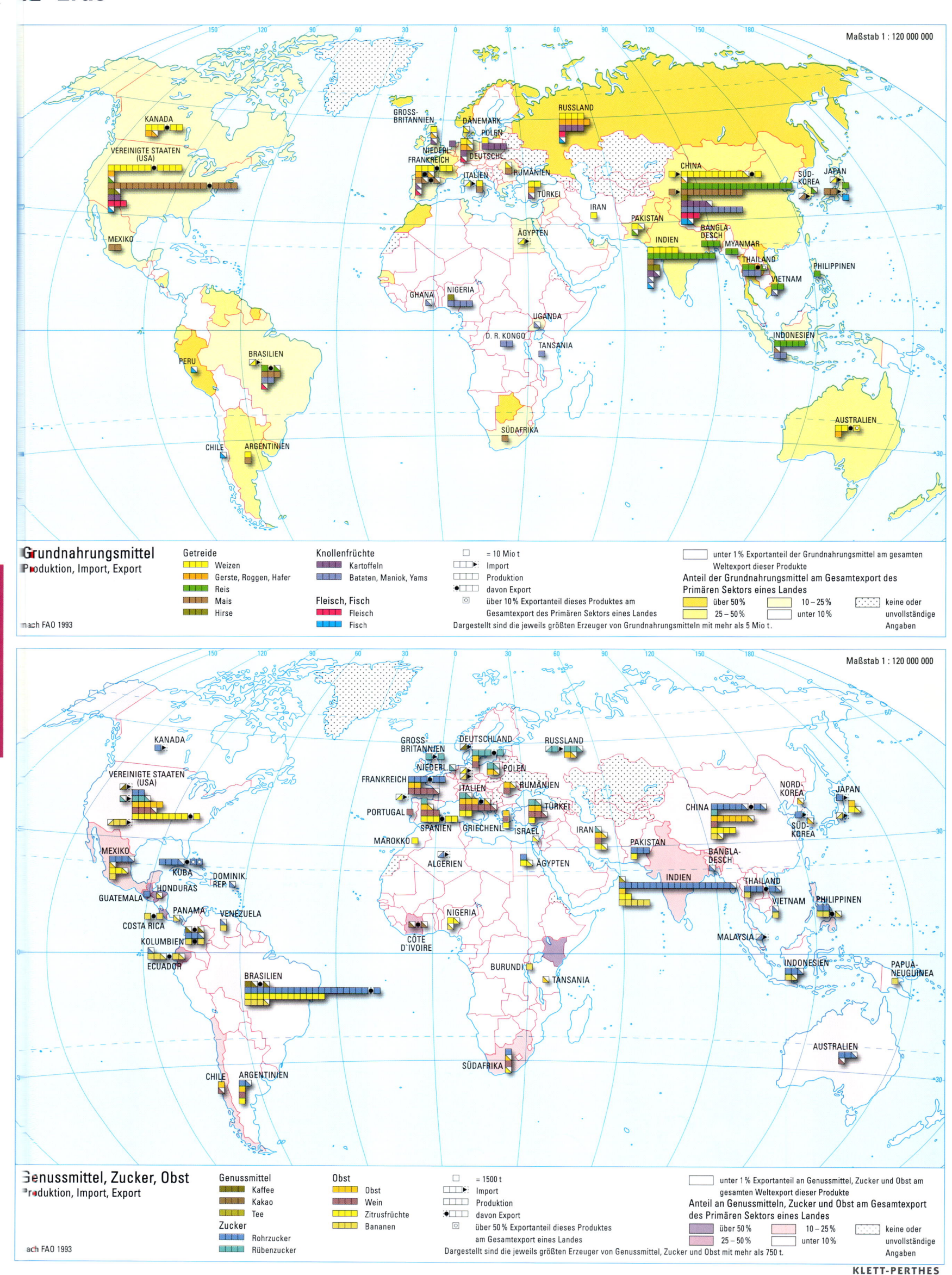

Erde 43

Ölliefernde Pflanzen
Produktion, Import, Export

nach FAO 1993

Ölliefernde Pflanzen:
- Raps
- Sonnenblumen
- Soja
- Oliven
- Sesam
- Erdnüsse
- Kokospalmen (Kopra)
- Ölpalmen
- übrige ölliefernde Pflanzen, z.B. Rizinus, Baumwollsamen, Leinsamen

□ = 250 000 t
▶ Import
□ Produktion
● davon Export
⊙ über 40 % Exportanteil dieses Produktes am Gesamtexport des Primären Sektors eines Landes

Dargestellt ist die theoretische Pflanzenölproduktion, die sich aus der möglichen Ölproduktion der einzelnen Pflanzen errechnet. Die tatsächliche Ölproduktion ist weltweit um ca 20% geringer.

unter 1% Exportanteil an Pflanzenölen am gesamten Weltexport dieser Produkte.

Anteil der Ölliefernden Pflanzen am Gesamtexport des Primären Sektors eines Landes
- über 40 %
- 20 – 40 %
- 10 – 20 %
- unter 10 %
- keine oder unvollständige Angaben

Dargestellt sind die jeweils größten Erzeuger von Ölliefernden Pflanzen mit mehr als 125 000 t.

Maßstab 1 : 120 000 000

Faserpflanzen, Kautschuk, Holz
Produktion, Import, Export

nach FAO 1993

Faserpflanzen:
- Baumwolle
- Jute
- Sisal
- Flachs
- Hanf und übrige Faserpflanzen

Kautschuk:
- Kautschuk

Holz:
- Industrieholz
- Brennholz

□ = 100 000 t Faserpflanzen und Kautschuk oder 100 Mio m³ Holz
▶ Import
□ Produktion
● davon Export
⊙ über 50 % Exportanteil dieses Produktes am Gesamtexport des Primären Sektors eines Landes

unter 1% Exportanteil von Faserpflanzen, Kautschuk und Holz am gesamten Weltexport dieser Produkte.

Anteil der Faserpflanzen, Kautschuk und Holz am Gesamtexport des Primären Sektors eines Landes
- über 50 %
- 25 – 50 %
- 10 – 25 %
- unter 10 %
- keine oder unvollständige Angaben

Dargestellt sind die jeweils größten Erzeuger von Faserpflanzen oder Kautschuk mit mehr als 50 000 t oder von Holz mit mehr als 50 Mio m³.

Maßstab 1 : 120 000 000

KLETT-PERTHES

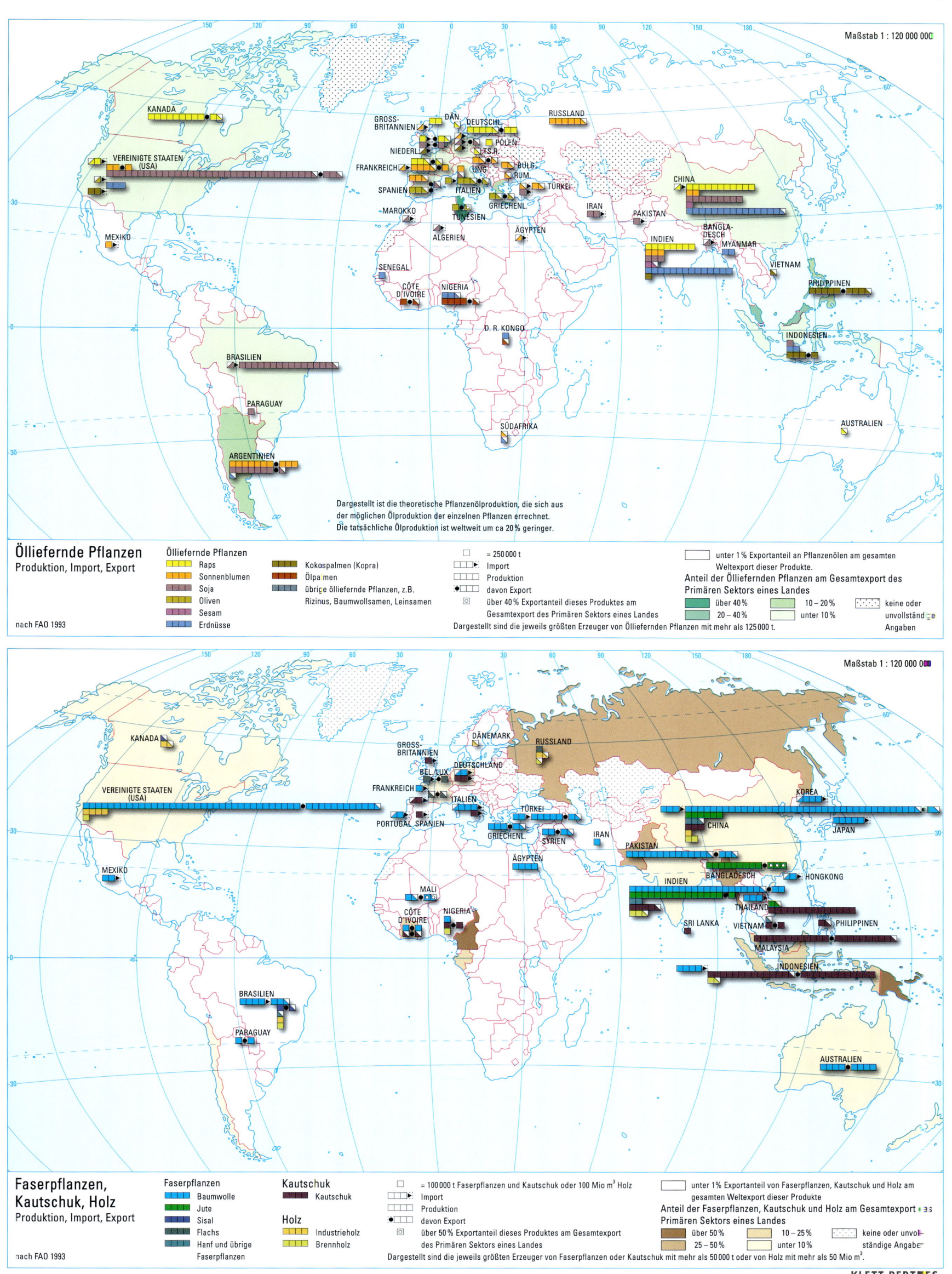

44 Erde

Wirtschaft
Wirtschaftskraft und Wohlstand – Kontinente und Wirtschaftszusammenschlüsse im Vergleich

Maßstab 1 : 120 000 000
Stand: 1995

Bruttosozialprodukt/Einwohner
Index: Welt (4350 US$) ≙ 100
- < 20
- 20 – 50
- 50 – 100
- 100 – 300
- 300 – 500
- > 500

Erwerbstätige (z.T. UN-Schätzungen)
700 Mio / 350 / 250 / 150 / 100 / 50 / 20 / 10 / 5

Anteile in den Wirtschafts-Sektoren

Erwerbstätige	Bruttoinlandsprodukt
I Landwirtschaft	10500 US-Dollar
II Bergbau und Industrie	3300 US-Dollar
III Dienstleistungen	2300 US-Dollar

(pro Erwerbstätigem im Jahr)

Exportstärkste Staaten (in den jeweiligen Warengruppen)
- Agrarprodukte
- Bergbaurohstoffe
- Industriegüter

Abkürzungen: vgl. Karte der wirtschaftlichen Zusammenschlüsse

— Grenze der Wirtschaftsregionen

Welthandel
Handelsbedingungen und Handelsverflechtungen – Kontinente und Wirtschaftszusammenschlüsse im Vergleich

Maßstab 1 : 120 000 000
Stand: 1995

Terms of Trade (1987 ≙ 100)
- < 80
- 80 – 90
- 90 – 100
- 100 – 110
- > 110
- keine Daten

Handelsstrukturen
- Binnenhandel
- Außenhandel
- Import
- Export

Handelsvolumen
2100 Mrd US$ / 1000 / 500 / 100 / 50 / 5

Handelsverflechtungen
wechselseitige Warenströme ab 15 Mrd US$ (≙ 0,5% des Welthandelsvolumens)
0,5 mm Bandbreite ≙ 15 – 50 Mrd US$

Handelsströme von/nach:
- EU/EFTA
- NAFTA
- JAPAN
- restl. ASIEN

Abkürzungen: vgl. Karte der wirtschaftlichen Zusammenschlüsse

— Grenze der Wirtschaftsregionen

KLETT-PERTHES

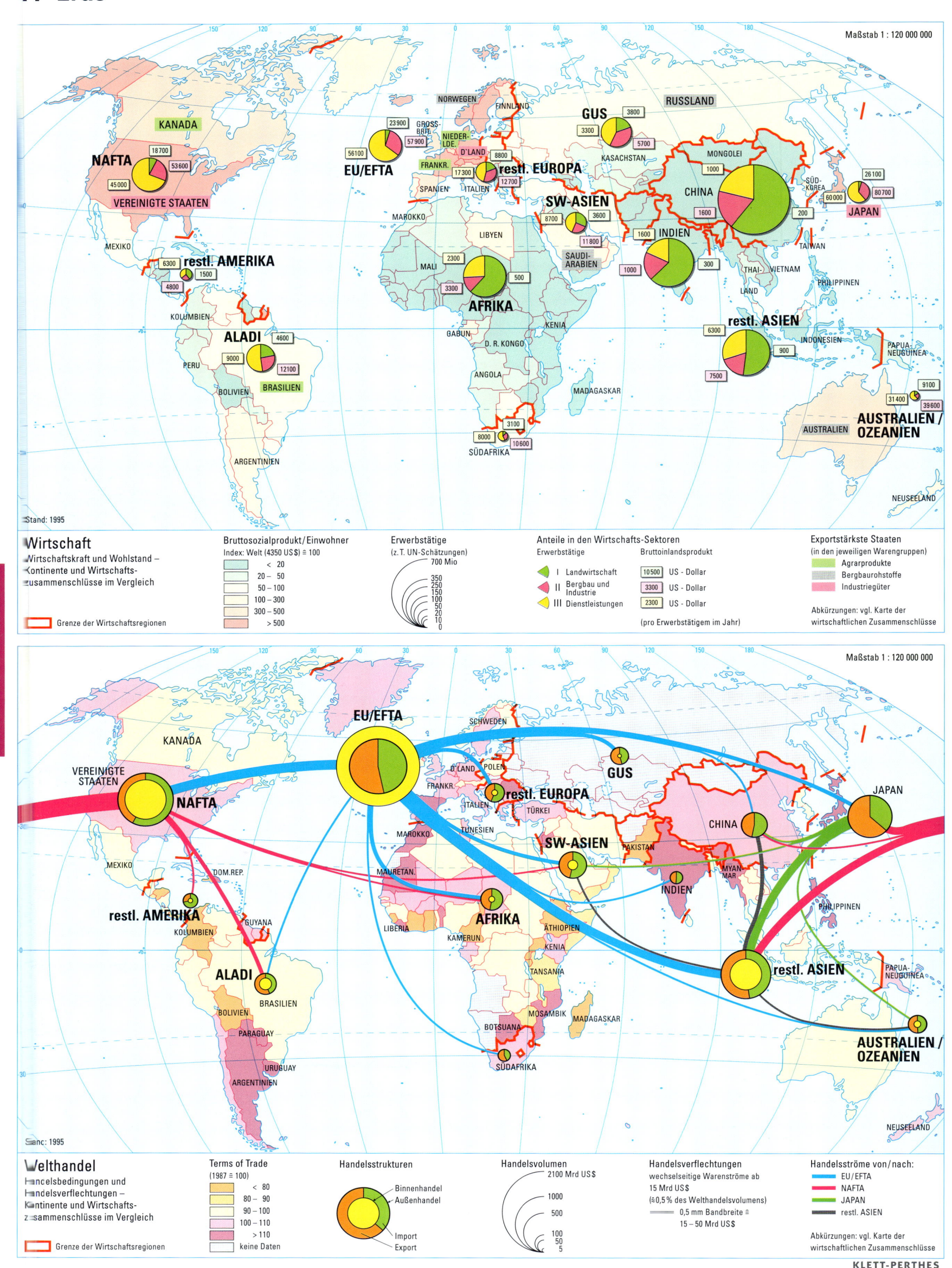

Erde 45

GUS: Schwerpunkte der Industrieentwicklung

- Grenzen der GUS-Staaten
- Grenzen der Wirtschaftsregionen in Russland
- **Traditionelle Industriezentren**
  - ○ Industriestädte der ersten Kategorie

Rohstoffbasen
- ◆ Steinkohle
- ◆ Erdöl
- ◆ Erdgas
- ◆ Eisenerz
- ◆ Stahlveredler

Schwarzmetallurgie-Zentren
- ● Eisenhüttenkombinat
- ● Stahl- und Walzwerk

Rohstoff-Verflechtungen
- → Steinkohletransport
- → Eisenerztransport
- → Stahlveredlertransport

Raumerschließung durch TPK-Schwerpunkte
(ehemalige) Territoriale Produktions Komplexe nummeriert von 1–10
1. KMA (Kursk)
2. Timan-Petschora
3. Mangyschlak
4. Pawlodar-Ekibastus
5. Karatau-Dschambul
6. Süd Tadschikistan
7. Mittlerer Ob
8. Sajan
9. KATEK (Kansk)
10. Bratsk

Ch. Charkow
Dn. Dnjepropetrowsk
Do. Donezk
Kr. Krasnojarsk
Te. Temirtau

1 : 35 000 000

Sajan in Mittelsibirien
Standorte und Verflechtungen (im ehemaligen TPK)
(nach J. Stadelbauer)

Strukturen
- ○ Energiebasis
- □ Schlüsselindustrie
- ○ Industrieknoten

Energiebasis
- Steinkohlebergbau
- Wärmekraftwerk
- Wasserkraftwerk

Verflechtungen
- → Energieverbund
- → Materiallieferung
- → Rohstoffe, Waren von/nach außen

Industriezweige
- Eisenbahn
- Hauptstraße
- Straße
- Aluminiumhütte
- Maschinenbau
- Container-, Waggonbau
- Metallverarbeitung
- Elektrotechnik
- Souvenierherstellung
- Textilien
- Holzbearbeitung
- Baustoffe
- Lebensmittel

1 : 1 250 000

Entwicklung der Volkswirtschaften in Südostasien

- **JAPAN** hochentwickelte Volkswirtschaften mit starker Tertiärisierung
- **TAIWAN** NICS / Newly Industrializing Countries ("4 kleine Tiger")
- **MALAYSIA** ASEAN-4-Staaten = noch relativ schwache Industriestaaten mit starkem Wachstum ("4 kleine Füchse")
- **BRUNEI** ASEAN-Staaten (Ziel: wirtschaftliche und politische Gemeinschaft ähnlich der EU/NAFTA)

Entwicklung des Wohlstands (Bruttoinlandsprodukt/BIP)
- Dienstleistung
- Bergbau und Industrie
- Landwirtschaft
1970 1980 1993
BIP in US$ pro Einwohner

Schul- und Hochschulbildung
staatl. Mittel pro Einw.
- über 1000 US$
- 300–1000 US$
- 100–300 US$
- 10–100 US$
- unter 10 US$

Analphabeten
- 10–30 %
- über 30 %

Verteilung der Kaufkraft
28 Einkommensanteil der wohlhabendsten Bevölkerungsschicht (jeweils 10% der Bevölkerung) am gesamten Staatseinkommen, in Prozent.

1 : 50 000 000

Wirtschaftswandel in den USA
Zunahme der im Dienstleistungsbereich Beschäftigten 1984–1994
- über 40%
- 30–40%
- 20–30%
- 10–20%
- unter 10%

1 : 100 000 000

Wirtschaftsstruktur im Raum Washington-Baltimore-Philadelphia 1994

- Staatengrenze
- County-Grenze
- **BALTIMORE** Metropolitan Area

Beschäftigte nach Wirtschaftssektoren
Beschäftigte in 1000: 690, 400, 200, 100, 50, 20, unter 10
Landwirtschaft: Anteil unter 2%
① Industrie
Dienstleistung:
② öffentliche Verwaltung
③ bzw. ④ private Dienstleistungen: monatl. Einkommen über, bzw. unter 994 US$ (= 40% des Mittelwerts)

Anstieg der im privaten Dienstleistungsbereich Beschäftigten seit 1985
- über 30%
- 20–30%
- 10–20%
- unter 10%

Haushalte unterhalb der Armutsgrenze
- 7,0–18,0% Abnahme seit 1985
- 7,0–18,0% Zunahme seit 1985
- 1,8–7,0% Abnahme seit 1985
- 1,8–7,0% Zunahme seit 1985

1 : 3 000 000

KLETT-PERTHES

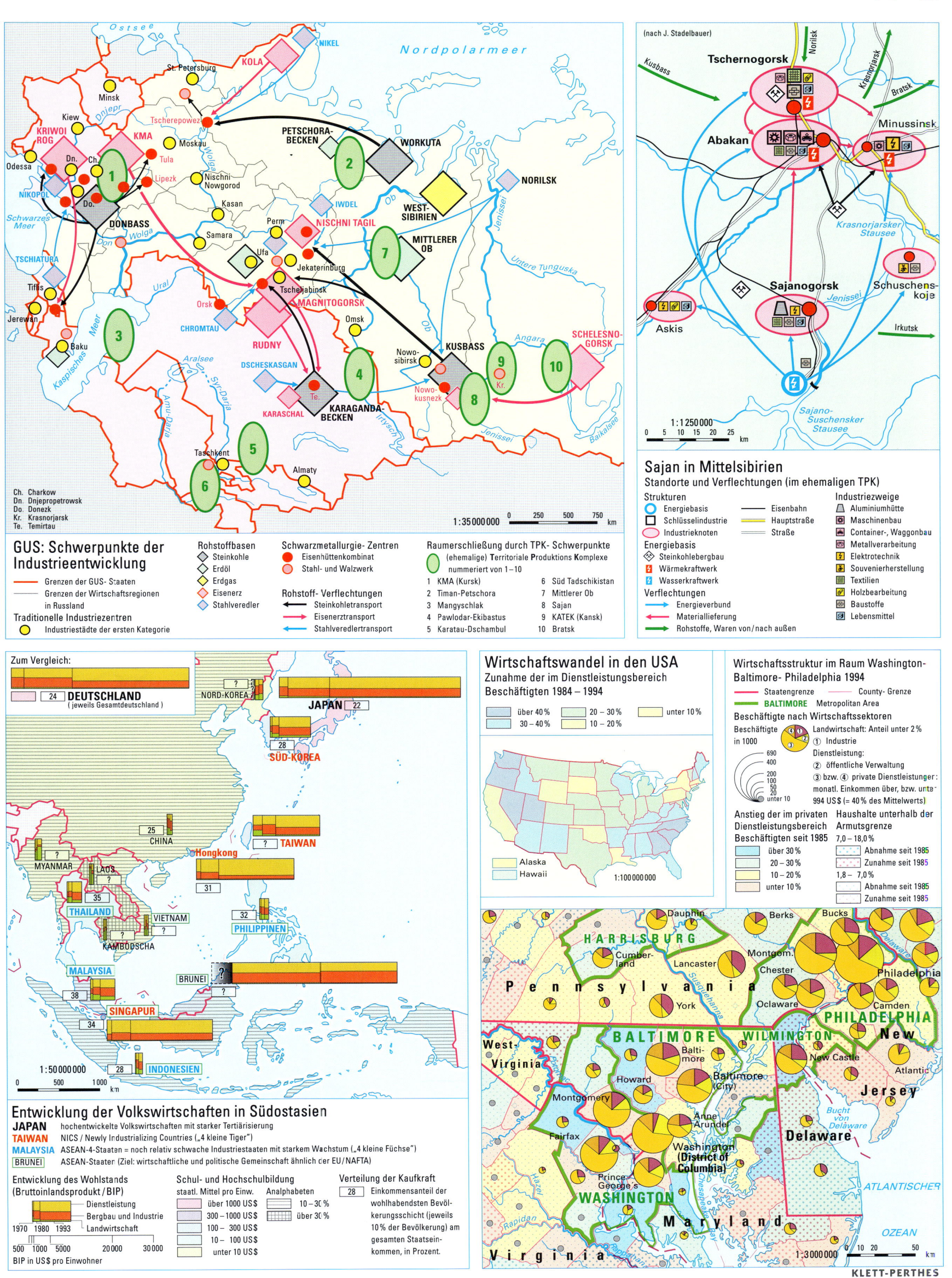

Raumordnung
Stadtplanung
Bevölkerung
Entwicklungspolitik

Deutschland

Raumordnung – Stadtplanung
- Untere Saar: Veränderung einer Flusslandschaft — 46
- Rheinniederung: Hochwasserregulierung und Umweltschutz — 46
- Raumordnung, 1 : 3 Mio — 47
- Görlitz: Stadtentwicklung und Sanierungsbereiche — 48
- Görlitzer Altstadt: Sanierungskonzept — 48
- Rheinland – Lausitz: Braunkohletagebau — 48

Bevölkerung – Mobilität
- Bevölkerungsentwicklung, 1 : 6 Mio — 49
- Stuttgart: Stadt-Umland-Wanderung — 49
- Frankfurt: Wohnen und Arbeiten im Westend — 49
- Euregio Maas – Rhein: Ein Entwicklungsmodell — 49

Europa

Bevölkerung
- Bevölkerungsentwicklung, 1 : 30 Mio — 50
- Ausländische Bevölkerung, 1 : 30 Mio — 50

Raumordnung – Bündnisse
- Niederlande: Wandel des Raumordnungskonzeptes — 51
- Großraum Paris: Villes Nouvelles — 51
- Europäische Zusammenschlüsse, 1 : 30 Mio — 51

Erde

Verstädterung – Stadtentwicklung
- Verstädterung, 1 : 120 Mio — 52
- Migration, 1 : 120 Mio — 52
- New York: Zentrum Manhattan — 53
- New York: Bebauungsstruktur — 53
- New York: Bevölkerungsstruktur — 53
- New York: Sozialstruktur — 53
- Großraum Lima: Verwaltung und Bevölkerung — 54
- Großraum Lima: Unkontrolliertes Städtewachstum — 54
- Beijing: Staatlich gelenkter Wandel der Stadt — 54
- Tokyo: Neulandgewinnung und Nutzung — 54

Entwicklungspolitik – Soziale Verhältnisse
- Entwicklungsstand, 1 : 120 Mio — 55
- Entwicklungshilfe, 1 : 120 Mio — 55
- Bolivien: Raumentwicklung im Vallegrande — 56
- Rassen, 1 : 120 Mio — 56
- Gesundheit, 1 : 240 Mio — 56
- Bildung, 1 : 240 Mio — 56
- Ernährung, 1 : 120 Mio — 57
- Natürliche Bevölkerungsentwicklung, 1:120 Mio — 57

Staaten – Bündnisse
- Staaten der Erde, 1 : 80 Mio — 58–59
- Wirtschaftliche Zusammenschlüsse, 1 : 180 Mio — 58
- Politische Bündnisse, 1 : 180 Mio — 59

Untere Saar
Veränderung einer Flusslandschaft – Ausbau zur Schifffahrtsstraße

Rheinniederung
Hochwasserregulierung und Umweltschutz — Sicherung der natürlichen Lebensgrundlagen

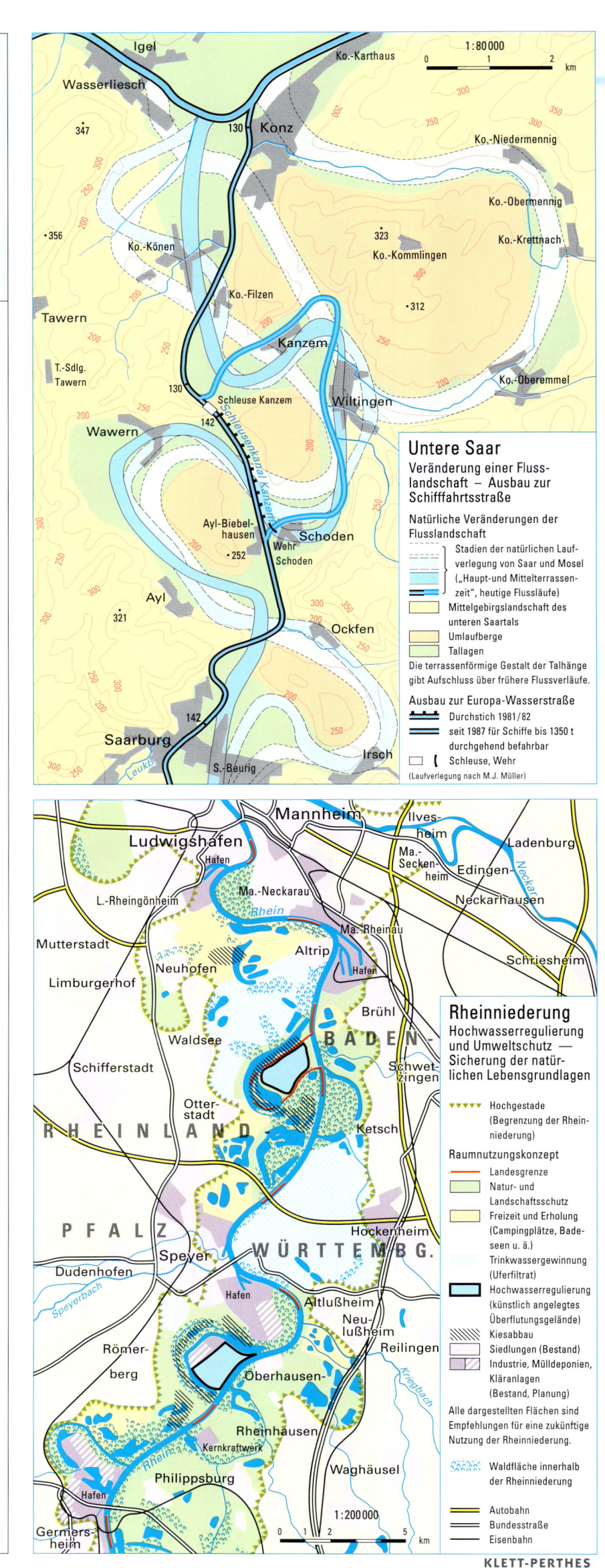

KLETT-PERTHES

Deutschland 47

Raumordnung
- Staatsgrenze
- Landesgrenze
- Kreisgrenze

*BfLR Bundesforschungsanstalt für Landeskunde u. Raumordnung
*MKRO Ministerkonferenz für Raumordnung
*LEP Landesentwicklungsplan/-programm

Raumordnungsregionen (nach *BfLR)
- Grenze der Raumordnungsregion
- Regionen mit großen Verdichtungsräumen (Agglomerationsräume)
- Regionen mit Verdichtungsansätzen (Verstädterte Räume)
- Ländlich geprägte Regionen (ländliche Räume)
  - darunter gering besiedelte und peripher gelegene Regionen

Definition:
Raumordnungsregionen bzw. siedlungsstrukturelle Regionstypen sind großräumige, funktional abgegrenzte Analyseeinheiten für die vergleichende Beobachtung räumlicher Entwicklungsprozesse in Deutschland. Die Typisierung der Regionen ist keine raumordnerische Funktionszuweisung.

Alte Länder: Abgrenzung nach den Planungsregionen der Länder bzw. der Oberbereiche
Neue Länder: vorläufige Abgrenzung durch die BfLR

Verdichtungsräume (*MKRO vom 7.9.93)
- Siedlungs- und Verkehrsflächenverdichtung liegt über dem Bundesdurchschnitt
- Kiel

Alte Länder:
1. Geschlossenes Siedlungsgebiet mit über 150000 Einwohnern
2. Überdurchschnittliche Siedlungsdichte (Ew/km² Siedlungsfläche ohne Verkehrsfläche)
3. Überdurchschnittlicher Siedlungsflächenanteil (Siedlungs- und Verkehrsfläche in Prozent der Gemarkungsfläche)

Neue Länder: vorläufige Abgrenzung

Zentrale Orte oberer Stufe (nach *LEP)
- Oberzentrum
- Teil eines Oberzentrums

Großstädtische Zentren mit hochrangigen Infrastrukturen, die von der Bevölkerung des Umlandes mitgenutzt werden

Bevölkerung in den Verdichtungsräumen: 0,1 0,5 1 2 3 11 Mio Einw.

Maßstab 1:3 000 000

Stand: 1995

KLETT-PERTHES

Deutschland

Görlitzer Altstadt
Sanierungskonzept für die historische Altstadt

Im Jahr 1995 zeigten von 870 Gebäuden 650 größere substantielle Schäden. Von 1750 Wohnungen waren 660 unbewohnbar. Von den 71000 Einwohnern in Görlitz lebten noch 2400 in der Altstadt. Die Kosten der Sanierung werden auf 1,5 bis 2 Mrd DM geschätzt.

Sanierungsbedarf
Pflege oder Wiederaufbau historischer Bausubstanz
- keine oder nur geringe Modernisierung notwendig
- Instandsetzung, mittlerer Aufwand
- Instandsetzung, hoher Aufwand
- Wiederaufbau (Rekonstruktion)
- davon Wiederaufbau denkmalgeschützter Gebäude
- Neubau (harmonisch einzufügen)
- Abriss ohne Wiederaufbau

Sanierungsdurchführung
- Sanierung eingeleitet, Sicherungsmaßnahmen
- Sanierung abgeschlossen

Verkehrs- und Erholungsplanung (Neuordnung)
- P Entlastung des innerstädtischen Verkehrs: Tiefgaragen, Parkdecks und Parkplätze
- Erschließungsstraßen für Anwohner und Lieferanten des Einzelhandels
- Fußgängerbereich
- Grün- und Erholungsflächen

1 : 60 000

Görlitz Stadtentwicklung und Sanierungsbereiche

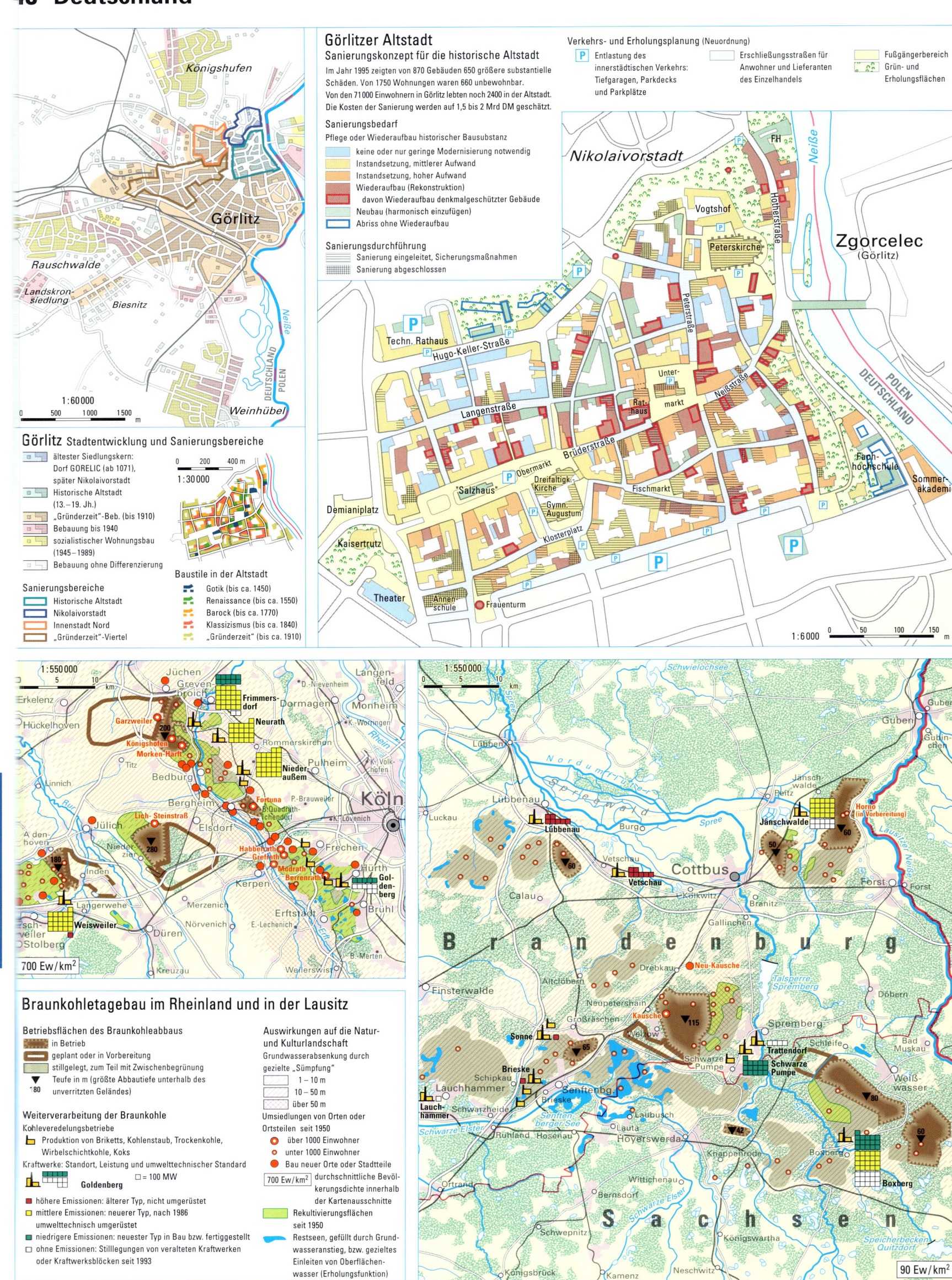

- ältester Siedlungskern: Dorf GORELIC (ab 1071), später Nikolaivorstadt
- Historische Altstadt (13.–19. Jh.)
- „Gründerzeit"-Beb. (bis 1910)
- Bebauung bis 1940
- sozialistischer Wohnungsbau (1945–1989)
- Bebauung ohne Differenzierung

1 : 30 000

Baustile in der Altstadt
- Gotik (bis ca. 1450)
- Renaissance (bis ca. 1550)
- Barock (bis ca. 1770)
- Klassizismus (bis ca. 1840)
- „Gründerzeit" (bis ca. 1910)

Sanierungsbereiche
- Historische Altstadt
- Nikolaivorstadt
- Innenstadt Nord
- „Gründerzeit"-Viertel

1 : 6 000

Braunkohletagebau im Rheinland und in der Lausitz

Betriebsflächen des Braunkohleabbaus
- in Betrieb
- geplant oder in Vorbereitung
- stillgelegt, zum Teil mit Zwischenbegrünung
- ▼ Teufe in m (größte Abbautiefe unterhalb des unverritzten Geländes)

Weiterverarbeitung der Braunkohle
Kohleveredelungsbetriebe
- Produktion von Briketts, Kohlenstaub, Trockenkohle, Wirbelschichtkohle, Koks
- Kraftwerke: Standort, Leistung und umwelttechnischer Standard □ = 100 MW Goldenberg
- höhere Emissionen: älterer Typ, nicht umgerüstet
- mittlere Emissionen: neuerer Typ, nach 1986 umwelttechnisch umgerüstet
- niedrigere Emissionen: neuester Typ in Bau bzw. fertiggestellt
- ohne Emissionen: Stilllegungen von veralteten Kraftwerken oder Kraftwerksblöcken seit 1993

Auswirkungen auf die Natur- und Kulturlandschaft
Grundwasserabsenkung durch gezielte „Sümpfung"
- 1–10 m
- 10–50 m
- über 50 m

Umsiedlungen von Orten oder Ortsteilen seit 1950
- ○ über 1000 Einwohner
- ○ unter 1000 Einwohner
- ○ Bau neuer Orte oder Stadtteile

700 Ew/km² durchschnittliche Bevölkerungsdichte innerhalb des Kartenausschnitts

- Rekultivierungsflächen seit 1950
- Restseen, gefüllt durch Grundwasseranstieg, bzw. gezieltes Einleiten von Oberflächenwasser (Erholungsfunktion)

1 : 550 000

700 Ew/km²

90 Ew/km²

KLETT-PERTHES

Deutschland 49

Bevölkerungsentwicklung
Durchschnittliche jährliche Veränderung von 1980–1989 und 1990–1995

Maßstab 1:6 000 000

Neue Länder: aus Gründen der Vergleichbarkeit ist die ehemalige Kreisstruktur dargestellt.

Verdichtungsraum Stuttgart

Wanderungsintensität 1990–1995
Summe der Zu- und Abwanderungen pro 1000 Einwohner
- > 100
- 50–100
- 25–50
- 10–25
- 5–10
- unter 5

Wanderungsbilanz (1990–1995)
Die Zuwanderungen aus Stuttgart überwiegen die Abwanderungen nach Stuttgart um:
- > 50 %
- 10–50 %
- ausgeglichenes Wanderungsverhalten
- um 10 %
- die Abwanderungen nach Stuttgart überwiegen die Zuwanderungen aus Stuttgart um: > 10 %

Grenze des Verkehrsverbunds Stuttgart

Wanderungen zwischen Stuttgart und dem Umland
Wohnbevölkerung 1995 in Tausend (Stuttgart: 552)

Soziologisch geprägte Stadträume in Stuttgart
- City und Cityrandgebiet (oft ältere Bausubstanz)
- Mischgebiete u. industrienahe Bereiche
- Vororte (Wohnfunktion)
- Spitzenwohnlagen

Anteil der Wohnbevölkerung 1995 (551 910 Einw.)
Anteil an den Umzügen 1990–1995 (192 116 Umzüge)
- Umzüge innerhalb des gleichen Stadtraums
- Umzüge in andere Stadträume
- Umzüge in den Verdichtungsraum

Maßstab 1:750 000

Wohnen und Arbeiten im Frankfurter Westend

Arbeitsplätze (Tagbevölkerung) — Wohnbevölkerung (Nachtbevölkerung)

Personen: 3000 / 2000 / 1000 / 500

Veränderung der Tagbevölkerung (1979–1994)
- starke Zunahme (>100 %)
- mittlere Zunahme (20–100 %)
- geringe Bewegung (bis ±20 %)

- S-Bahn
- U-Bahn mit Haltestellen

Gebäudehöhen (Stockwerke)
- bis 3
- 4–5
- 6–8
- 9 und mehr
- Hochhauskompl. (>40 m Höhe)

Maßstab 1:15 000

Euregio Maas - Rhein
Entwicklung des Grenzverkehrs an deutschen Grenzübergängen
Ein- und ausreisende Fahrzeuge 1992
- 0,5–1 Mio
- 1–2 Mio
- 2–5 Mio

Veränderung seit 1982
- Rückgang
- keine wesentliche Veränderung
- Zunahme um mehr als 25 %

Raum Maastricht - Hasselt - Aachen - Lüttich

Ist-Zustand
- Verdichtungsraum mit Einwohnerzahl in Tsd (660 Lüttich)
- Bebauung
- Industrie- und Gewerbegebiet mit über 10 ha Fläche
- Waldgebiete
- zentraler Erholungsraum

Verkehr
- Autobahnen, Europastraßen
- Eurocity- und Intercitybahnstrecken
- Wasserstraßen (Fluss, Kanal)
- Flughafen

Bildung
- Universitäten

Planung - Entwicklungsmodell
- städtischer Knotenpunkt
- funktionell geteilter Knotenpunkt
- grenzüberschreitendes Gewerbegebiet
- ökologische Kernzone
- Feuchtgebiete
- Verbindung der Ökozonen durch bebauungsfreie Korridore
- zusätzliche Eurocity- und Intercitybahnstrecken
- Hochgeschwindigkeitszüge
- Güterverkehrszentrum (Verteilung auf Straße - Schiene - Wasser)
- zusätzlicher Standort für Forschung und Entwicklung

Maßstab 1:6 000 000 / 1:750 000

KLETT-PERTHES

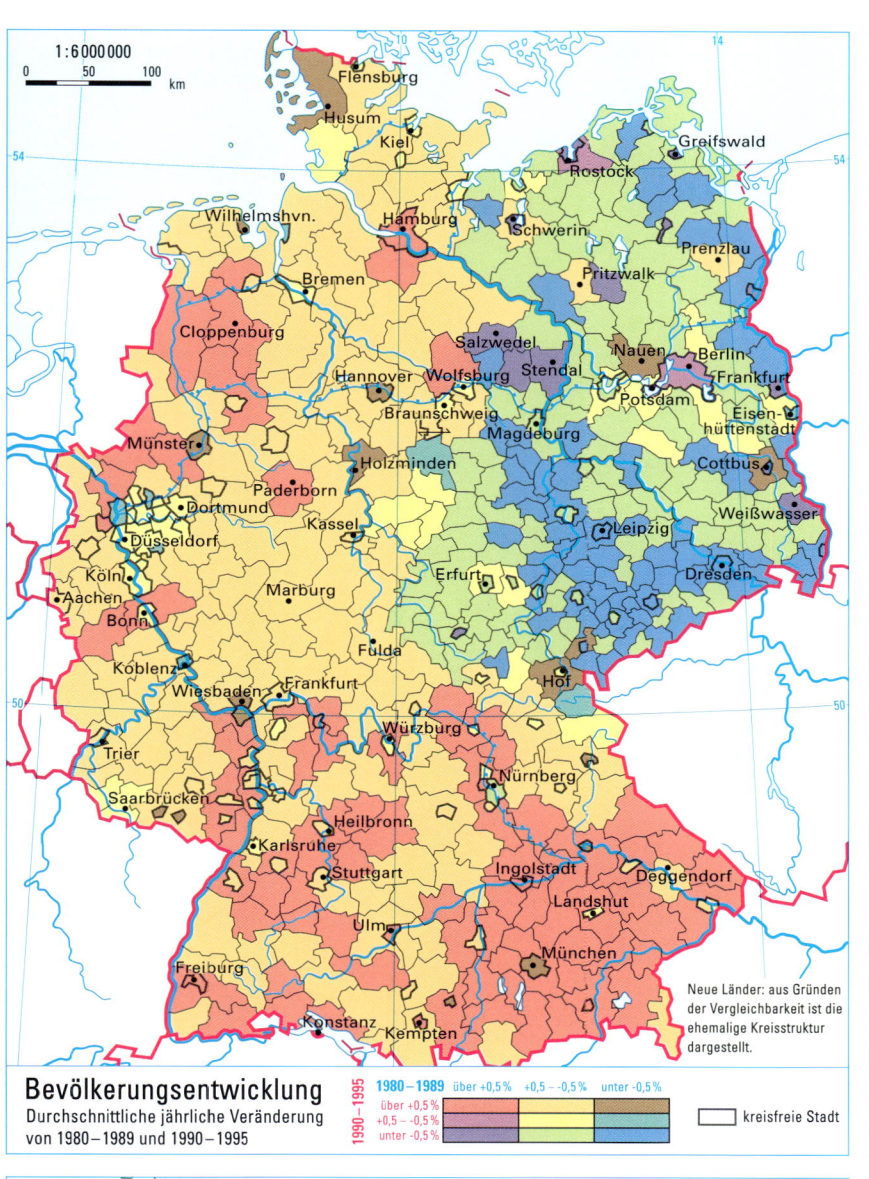

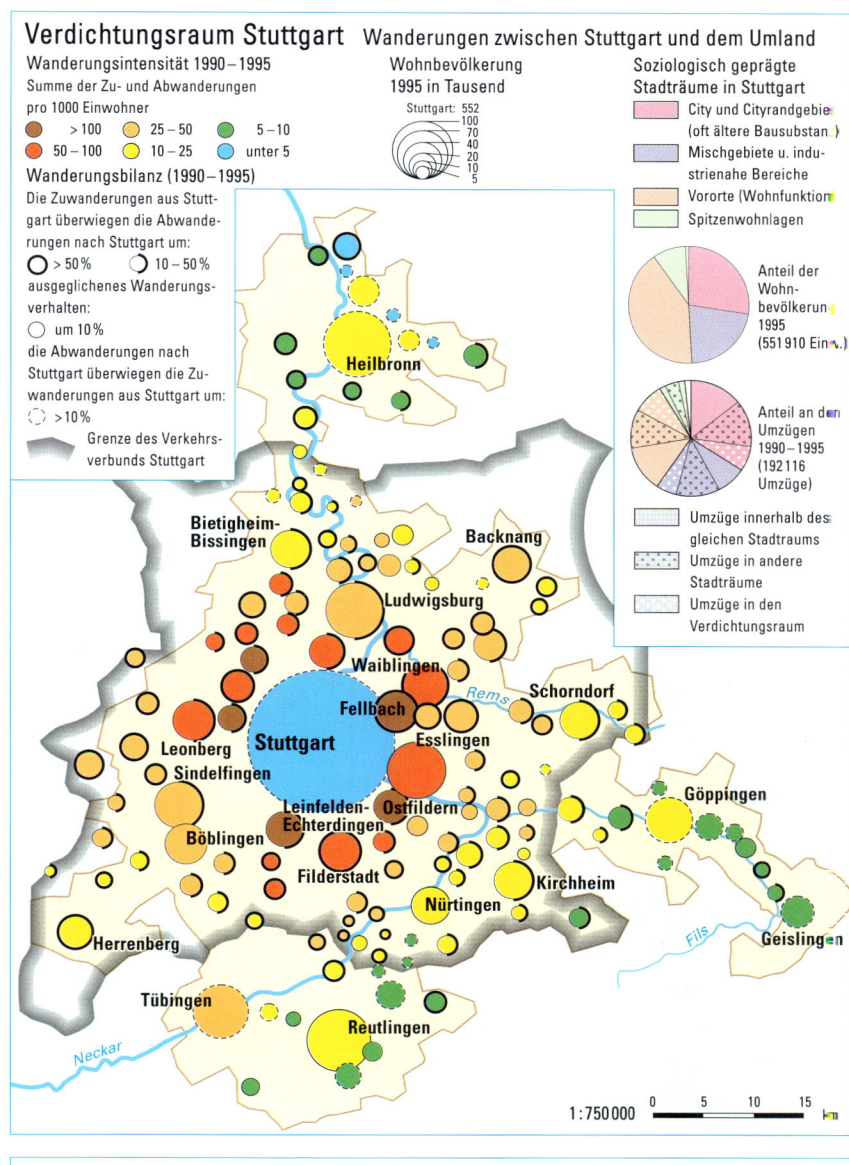

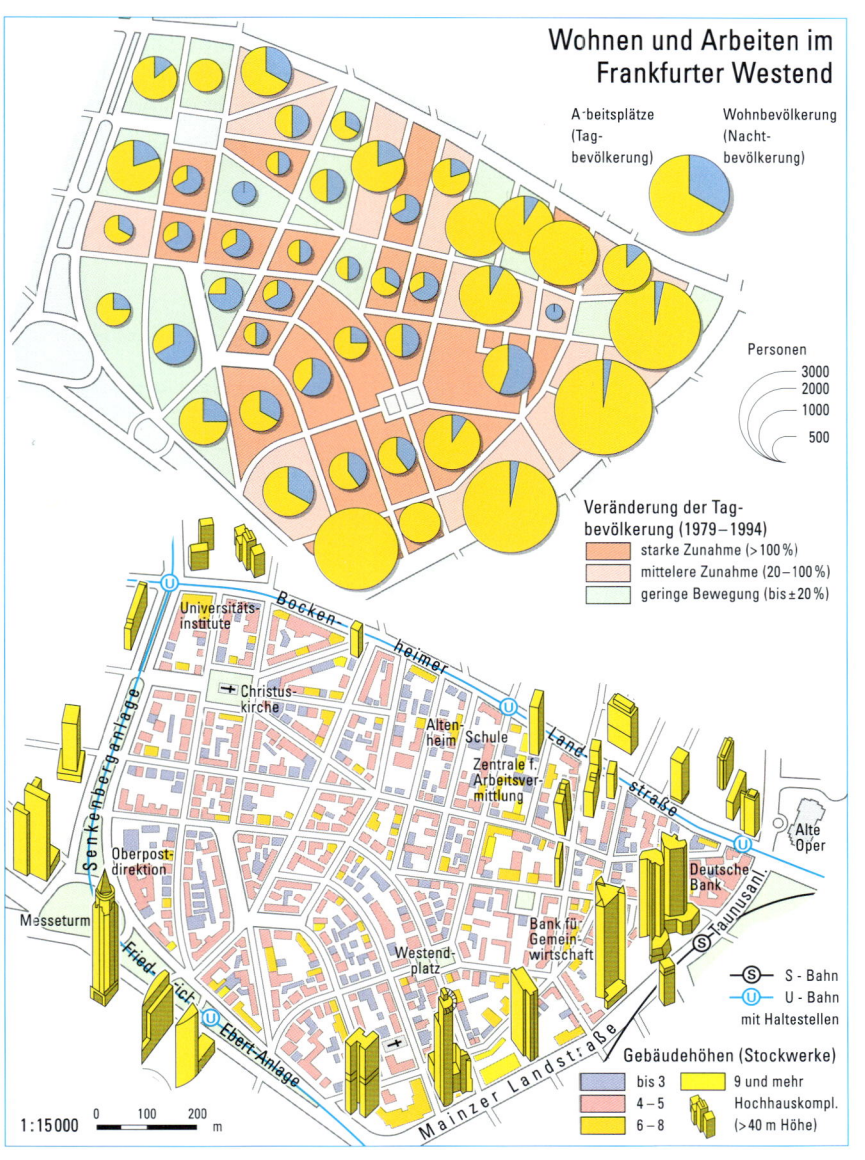

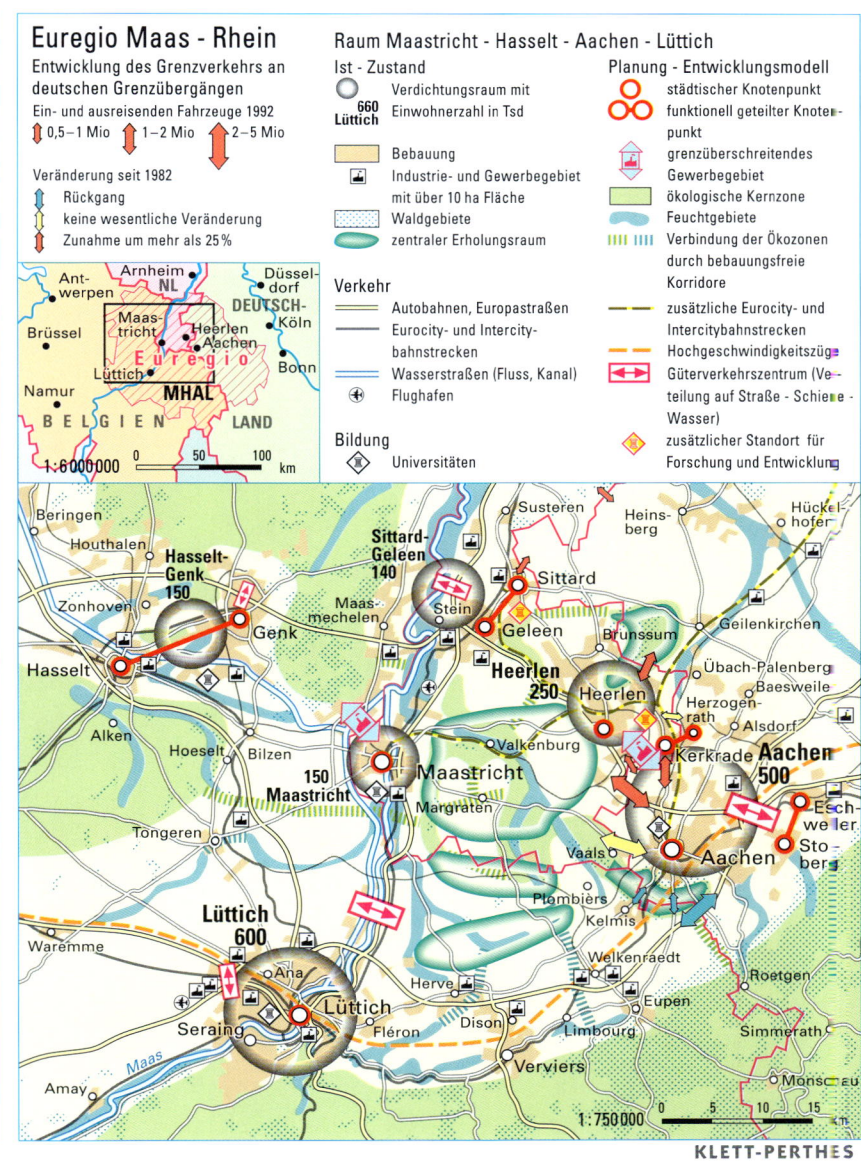

50 Europa

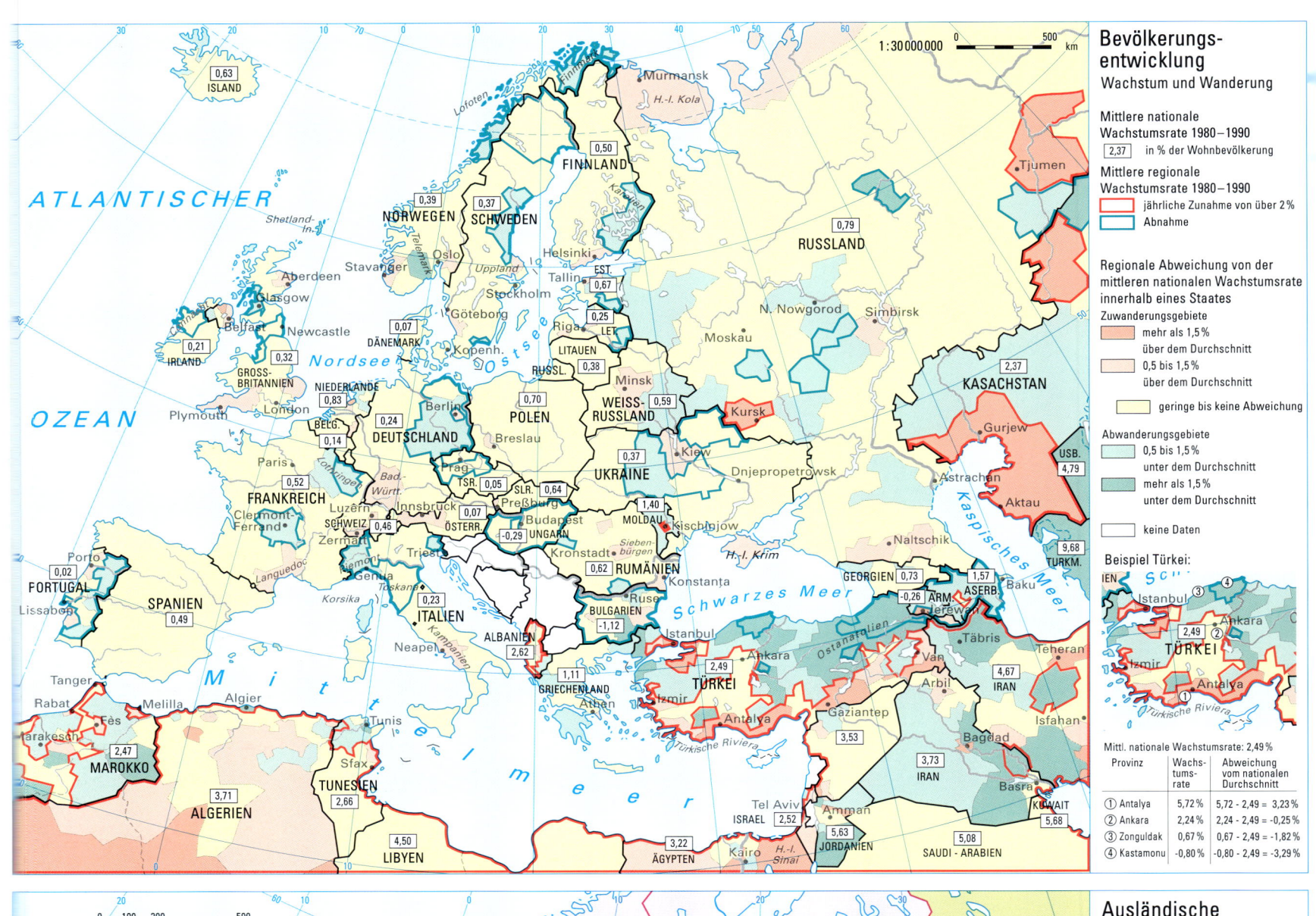

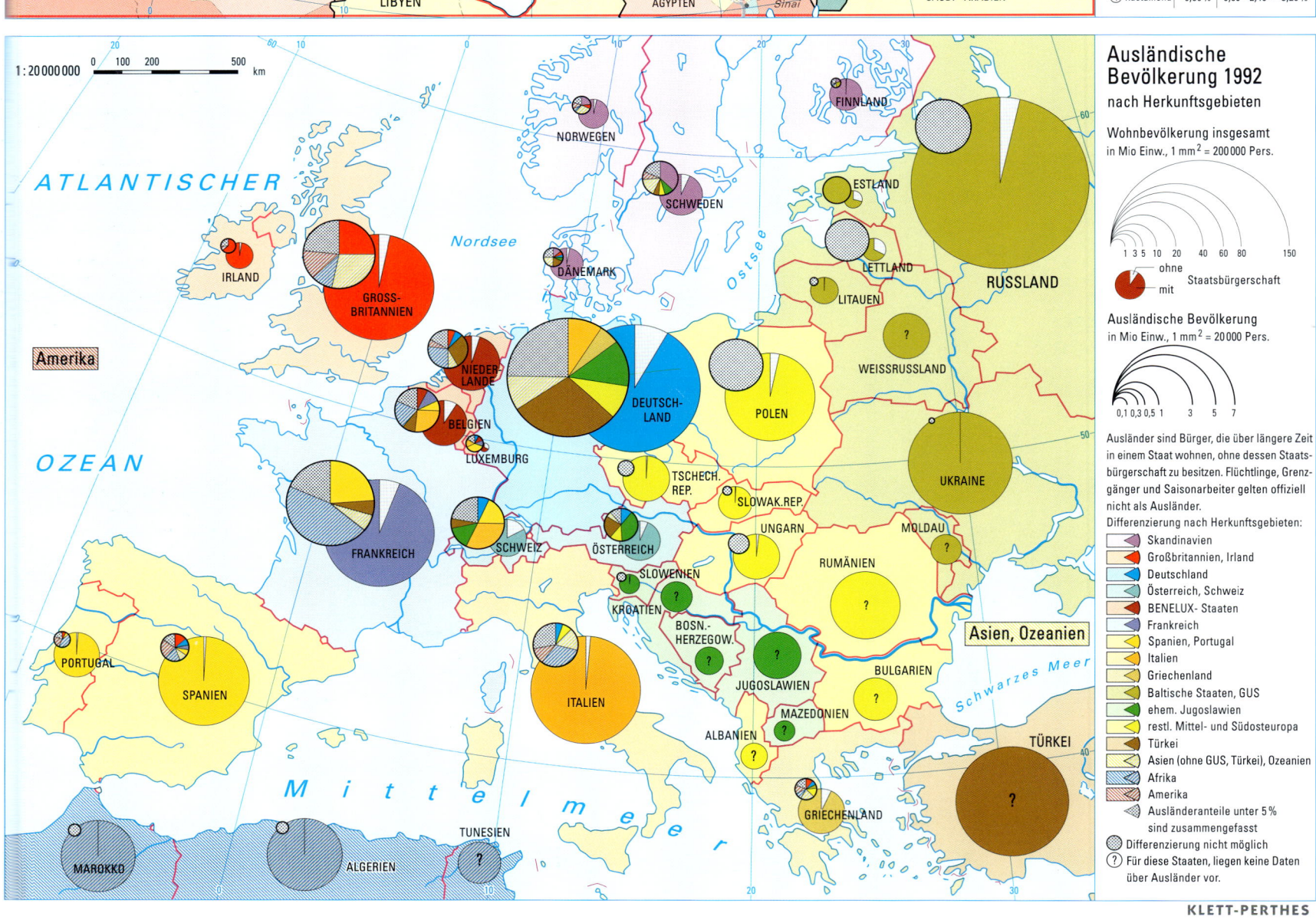

Bevölkerungsentwicklung
Wachstum und Wanderung

Mittlere nationale Wachstumsrate 1980–1990
2,37 in % der Wohnbevölkerung

Mittlere regionale Wachstumsrate 1980–1990
- jährliche Zunahme von über 2%
- Abnahme

Regionale Abweichung von der mittleren nationalen Wachstumsrate innerhalb eines Staates

Zuwanderungsgebiete:
- mehr als 1,5% über dem Durchschnitt
- 0,5 bis 1,5% über dem Durchschnitt
- geringe bis keine Abweichung

Abwanderungsgebiete:
- 0,5 bis 1,5% unter dem Durchschnitt
- mehr als 1,5% unter dem Durchschnitt
- keine Daten

Beispiel Türkei:

Mittl. nationale Wachstumsrate: 2,49%

Provinz	Wachstumsrate	Abweichung vom nationalen Durchschnitt
① Antalya	5,72%	5,72 - 2,49 = 3,23%
② Ankara	2,24%	2,24 - 2,49 = -0,25%
③ Zonguldak	0,67%	0,67 - 2,49 = -1,82%
④ Kastamonu	-0,80%	-0,80 - 2,49 = -3,29%

Maßstab 1 : 30 000 000

Länderwerte (in %):
- Island 0,63
- Irland 0,21
- Großbritannien 0,32
- Norwegen 0,39
- Schweden 0,37
- Finnland 0,50
- Dänemark 0,07
- Niederlande 0,83
- Belgien 0,24
- Deutschland 0,14
- Frankreich 0,52
- Schweiz 0,46
- Österreich 0,07
- Tschechoslowakei (TSR) 0,05 / (SLR) 0,64
- Polen 0,70
- Estland 0,67
- Lettland 0,25
- Litauen 0,38
- Weißrussland 0,59
- Russland 0,79
- Ukraine 0,37
- Moldau 1,40
- Ungarn -0,29
- Rumänien 0,62
- Bulgarien -0,23...
- Albanien 2,62
- Griechenland 1,11
- Jugoslawien -1,12
- Portugal 0,02
- Spanien 0,49
- Italien 0,23
- Türkei 2,49
- Georgien 0,73
- Armenien -0,26
- Aserbaidschan 1,57
- Kasachstan 2,37
- Turkmenistan 9,68
- Usbekistan 4,79
- Iran 4,67 / 3,53
- Irak 3,73
- Kuwait 5,68
- Saudi-Arabien 5,08
- Jordanien 5,63
- Israel 2,52
- Ägypten 3,22
- Libyen 4,50
- Tunesien 2,66
- Algerien 3,71
- Marokko 2,47
- Kursk

Ausländische Bevölkerung 1992
nach Herkunftsgebieten

Wohnbevölkerung insgesamt in Mio Einw., 1 mm² = 200 000 Pers.
- ohne Staatsbürgerschaft
- mit Staatsbürgerschaft

Ausländische Bevölkerung in Mio Einw., 1 mm² = 20 000 Pers.

Ausländer sind Bürger, die über längere Zeit in einem Staat wohnen, ohne dessen Staatsbürgerschaft zu besitzen. Flüchtlinge, Grenzgänger und Saisonarbeiter gelten offiziell nicht als Ausländer.

Differenzierung nach Herkunftsgebieten:
- Skandinavien
- Großbritannien, Irland
- Deutschland
- Österreich, Schweiz
- BENELUX-Staaten
- Frankreich
- Spanien, Portugal
- Italien
- Griechenland
- Baltische Staaten, GUS
- ehem. Jugoslawien
- restl. Mittel- und Südosteuropa
- Türkei
- Asien (ohne GUS, Türkei), Ozeanien
- Afrika
- Amerika
- Ausländeranteile unter 5% sind zusammengefasst
- Differenzierung nicht möglich
- ? Für diese Staaten liegen keine Daten über Ausländer vor.

Maßstab 1 : 20 000 000

KLETT-PERTHES

Europa 51

Raumordnung in den Niederlanden

Bestandsaufnahme – bisherige Entwicklung
- städtische Bebauung (Orte jeweils > 10000 Einwohner)
- "Randstad Holland" (etwa 6 Mio Einwohner)
- hochverdichtete spezialisierte Landwirtschaft (gärtnerische Betriebe, intensive Viehhaltung)
- ländliche Räume mit Erholungseignung (Wälder, Heiden, Dünen, Flusslandschaften, Seen)
- sonstige Flächen, vorwiegend Acker- und Grünland

Raumordnungskonzept 1991
Ausbau der Randstad und Förderung ihrer internationalen Wettbewerbsfähigkeit
- "Städtering Zentral-Niederlande" (etwa 8 Mio Einw.)
- städtische Knotenpunkte (Handel und Dienstleistungen)
- Knotenpunkte mit internationalem Standortniveau
- "Main Ports" mit internationaler Verkehrsanbindung: Flughafen Schiphol, Hafen Rotterdam (Europoort)
- geplanter Streckenausbau für Hochgeschwindigkeitszüge

Vermeidung weiterer Zersiedlung:
- bebauungsfreie Korridore
- "Grünes Herz" der Randstad (Ausbau der Erholungsfunktion statt weiterer Bebauung)

Raumordnungskonzept 1958 zum Vergleich
Förderung unterentwickelter Randregionen und Entlastung der Randstad
- Entwicklungszentren
- Ausbauorte
- ländlicher Entwicklungsraum

Maßstab 1 : 1 600 000

Villes Nouvelles — Entlastungsstädte im Großraum Paris

Struktur des Großraums
- überbaute Fläche
- Stadtgrenze von Paris
- Erweiterungsflächen für städtische Bebauung
- Hauptverkehrsachsen
- Regionalschnellbahn (RER), bestehend/geplant
- Hochgeschwindigkeitszug (TGV), bestehend/geplant

Entlastung durch polyzentrische Strukturierung
Arbeitsplatzindex nach Gemeinden ("communes"):
Arbeitsplätze erwerbstätige Wohnbevölkerung
- über 1,6
- 1,0 – 1,6
- 0,8 – 1,0
- unter 0,8
- städtisches Entlastungszentrum
- Villes Nouvelles
- Ringstraßen ("Rocades") als dezentrale Verkehrsachsen, bestehend/geplant
- Räume im Strukturwandel (Rückbau von Industrie, Ausbau im Wohn-, Freizeit-, und Dienstleistungsbereich)

Natur- und Erholungsräume
- Wald
- ländlicher Erholungsraum
- landwirtschaftliche Fläche

Nebenkarten der Villes Nouvelles 1 : 500 000
- Sport- und Erholungsfläche
- Wohngebiet
- Stadtzentrum
- Gewerbegebiet

1 : 700 000

Europäische Zusammenschlüsse

- **EU** Europäische Union, gegr. 1957 als EWG
- EU- Assoziierungsabkommen (Europaabkommen)
- EU- Partnerschaftsabkommen mit Mitgliedern der GUS
- **EFTA** European Free Trade Association, gegr. 1960 (1994 wurde die Auflösung eingeleitet)
- **EWR** Europäischer Wirtschaftsraum aus EU und EFTA (ohne Schweiz)
- **CEFTA** Central European Free Trade Agreement (Višegrad-Staaten), gegr. 1991/93
- **WEU** Westeuropäische Union gegr. 1954/55
- Ostseerat, gegr. 1992
- Europarat, gegr. 1949

Mit der EU verbundene Staaten und Gebiete außerhalb Europas
- In der EU als Teil des Mitgliedstaates: Guadeloupe, Franz.-Guayana, Martinique, Réunion (Frankreich), Kanarische Inseln, Ceuta, Melilla (Spanien), Azoren, Madeira (Portugal)
- Mit der EU assoziierte Überseegebiete des Mitgliedstaates: Niederländische Antillen, alle Überseegebiete von Frankreich und Großbritannien
- Mit der EU assoziierte AKP-Staaten: 70 Staaten in Afrika, in der Karibik und im Pazifik

Bevölkerung und Wirtschaftskraft der Staaten (z. B. Deutschland)
- 81 / Bevölkerung in Mio
- 1903 / BSP in Mrd US $
- * keine aktuellen Daten verfügbar

Stand: 1996

Länderdaten (Bevölkerung in Mio / BSP in Mrd US$):
- ISLAND 0,3 / 6,2
- NORWEGEN 4,3 / 114
- SCHWEDEN 8,7 / 216
- FINNLAND 5,1 / 96
- RUSSLAND 149 / 348
- ESTLAND 1,6 / 4,7
- LETTLAND 2,6 / 5,3
- LITAUEN 3,7 / 4,9
- DÄNEMARK 5,2 / 138
- IRLAND 3,5 / 45
- GROSSBRITANNIEN 58 / 1043
- NIEDERLANDE 15 / 316
- BELGIEN 10 / 213
- DEUTSCHLAND 81 / 1903
- LUXEMBURG 0,4 / 14
- FRANKREICH 57 / 1289
- LIECHTENSTEIN 0,03 / *
- SCHWEIZ 7,0 / 254
- ÖSTERREICH 7,9 / 184
- POLEN 38 / 87
- TSCHECH. REP. 10 / 28
- SLOWAK. REP. 5,3 / 10
- UNGARN 10 / 34
- SLOWENIEN 1,9 / 13
- WEISSRUSSLAND 10 / 29
- UKRAINE 52 / 100
- MOLDAU 4,4 / 5,2
- RUMÄNIEN 23 / 25
- BULGARIEN 8,9 / 9,8
- KROATIEN 4,5 / 8,6
- BOSNIEN-HERZEG. 3,8 / *
- JUGOSLAWIEN 11 / 10
- MAZEDON. 2,1 / 1,7
- ALBANIEN 3,4 / 1,2
- GRIECHENLAND 10 / 76
- TÜRKEI 60 / 126
- ZYPERN 0,7 / 7,5
- MALTA 0,4 / 2,6
- ITALIEN 57 / 1135
- SAN MARINO 0,03 / *
- VATIKANSTADT 0,001 / *
- MONACO 0,03 / *
- ANDORRA 0,06 / 1,1
- SPANIEN 39 / 534
- PORTUGAL 9,8 / 78

1 : 30 000 000

KLETT-PERTHES

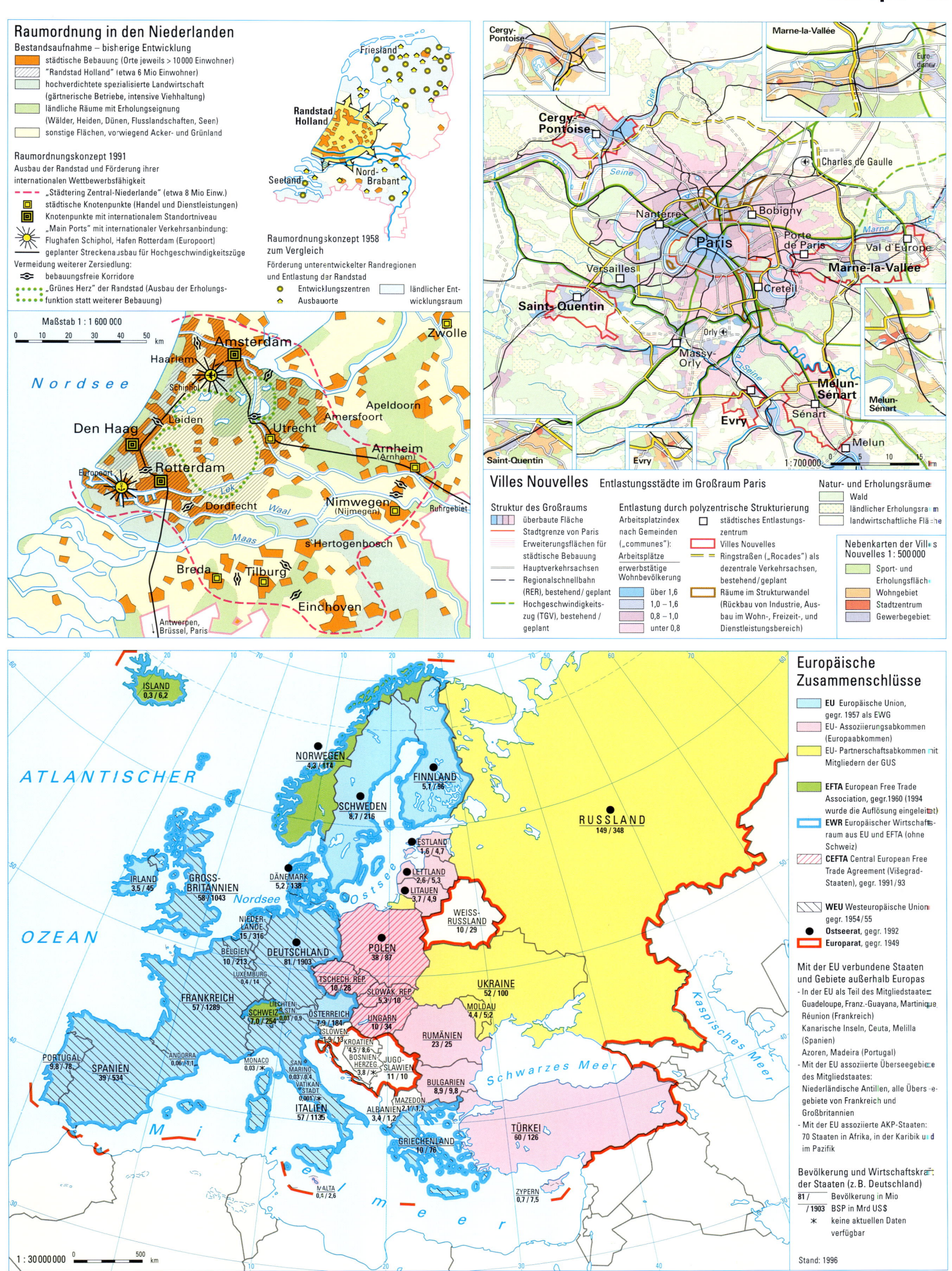

52 Erde

Verstädterung

Anteil der städtischen Bevölkerung 1995 (Definition nach UN)
- unter 20 %
- 20 – 40 %
- 40 – 60 %
- 60 – 80 %
- über 80 %

Verstädterungsgrad: Städtische und nichtstädtische Bevölkerung werden in fast allen Staaten unterschiedlich definiert. Im allgemeinen werden Orte bzw. Verdichtungsräume, die eine städtische Struktur (Industrie, Handel, Verwaltung) und eine Mindestgröße zwischen 1000 und 10000 Einwohnern aufweisen, dem städtischen Gebiet zugewiesen.

Städte und Agglomerationen über 3 Mio Einwohner 1995 (Definition nach UN)

Bevölkerung:
- 27,0 Mio
- 15,0 Mio — 20,0 Mio
- 5,0 Mio — 10,0 Mio
- 0,5 Mio — 1,0 Mio

Bevölkerungsentwicklung:
- 1995 / 1975 / 1955
- Zunahme
- Stagnation
- Rückgang

Anteil an der städtischen Gesamtbevölkerung:
- unter 10 %
- 10 – 30 %
- über 30 %

Struktur des Ballungsraums:
- London — monozentrisch
- RHEIN-RUHR — polyzentrisch

Abkürzungen:
- Ahm. = Ahmedabad
- Hyderab. = Hyderabad
- Jin. = Jinan
- Lü. = Lüda
- Nag. = Nagoja
- Phil. = Philadelphia
- Fu. = Pusan
- Tä. = Tägu
- Tian. = Tianjin

Migration

Welt: 5,5 Mrd Einwohner
ca. 120 Mio Flüchtlinge, Ausländer und Wanderarbeiter

Internationale Wanderungen 1994

Vertreibung und Flucht:
- Flüchtlinge und Asylsuchende in Aufnahmestaaten
- regionale Flüchtlingsströme
- rückkehrende Flüchtlinge (Repatriierung)

Verbesserung der Lebensgrundlagen:
- Ausländer (fremde Staatsbürger mit Aufenthaltsgenehmigung)
- Wanderarbeiter und/oder illegale Migranten („Wirtschaftsflüchtlinge")
- USA: Staaten mit jährlich 30 000 bis 300 000 Einwanderern

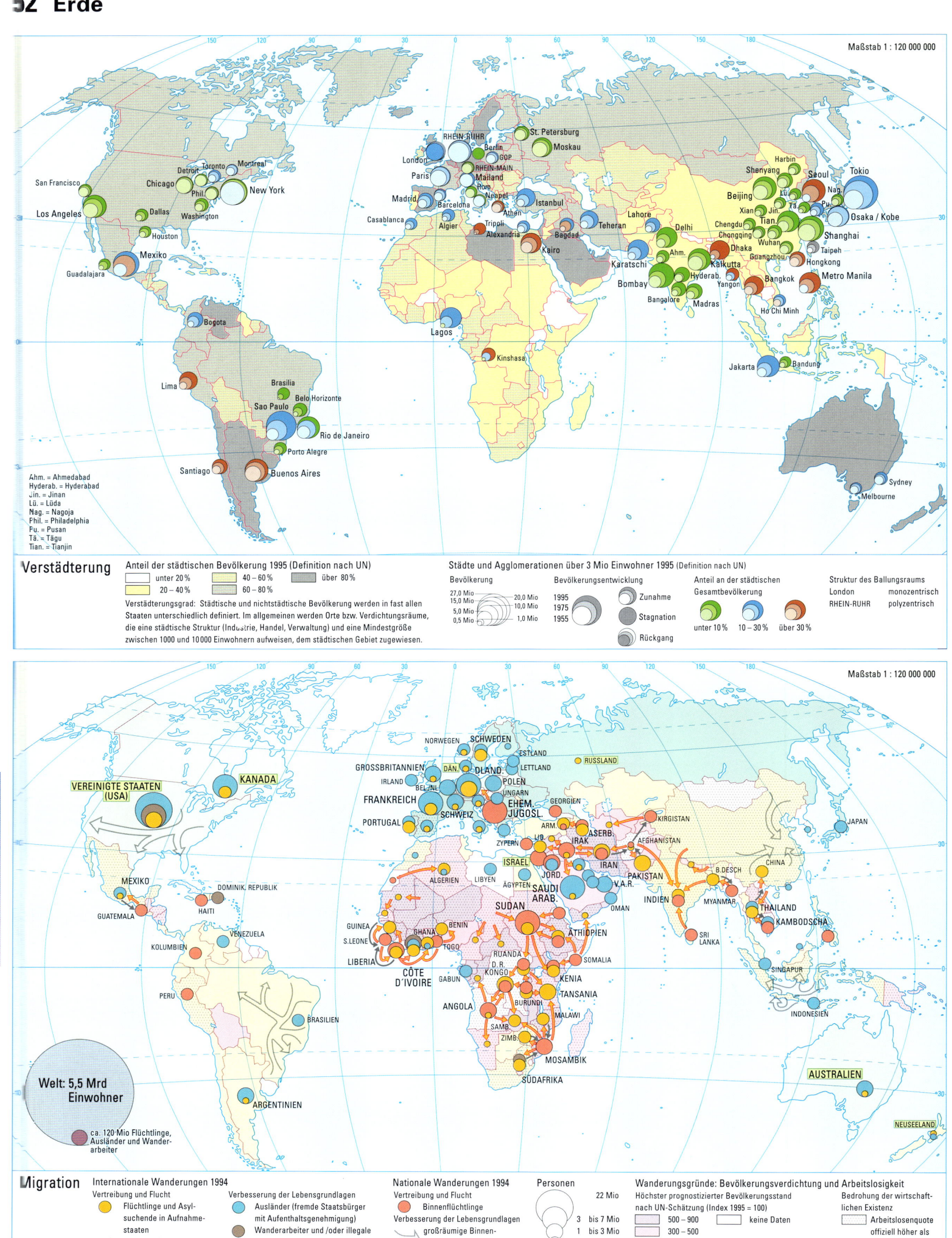

Nationale Wanderungen 1994

Vertreibung und Flucht:
- Binnenflüchtlinge

Verbesserung der Lebensgrundlagen:
- großräumige Binnenwanderungen von mehr als 3 Mio Personen (zwischen 1980 und 1990)

Personen:
- 22 Mio
- 3 bis 7 Mio
- 1 bis 3 Mio
- 0,1 bis 1 Mio
- unter 0,1 Mio (in Auswahl)

Wanderungsgründe: Bevölkerungsverdichtung und Arbeitslosigkeit

Höchster prognostizierter Bevölkerungsstand nach UN-Schätzung (Index 1995 = 100):
- 500 – 900
- 300 – 500
- 150 – 300
- bis 150
- max. Bevölkerungsverdichtung ist nahezu erreicht
- keine Daten

Bedrohung der wirtschaftlichen Existenz:
- Arbeitslosenquote offiziell höher als 20 % und/oder bedrohliche Unterbeschäftigung

Maßstab 1 : 120 000 000

KLETT-PERTHES

Erde 53

New York
Zentrum Manhattan

Dienstleistung und Industrie
- Wirtschaftszentrum: vorwiegend Konzernverwaltungen
- Wirtschaftszentrum: Finanzzentrum (vorwiegend Börsen, Banken, Versicherungen)
- Einkaufsstraßen (gehobener Bedarf)
- Großmärkte, Gewerbe- und Industriegebiet, Hafenanlagen
- nicht genutzte Flächen (z.T. ehemalige Industrieflächen)
- öffentliche Gebäude und Behörden (vorwiegend städtisch)
- Universitätsstandorte
- Kliniken und Krankenhäuser

Erholung und Kultur
- Parks und Grünflächen
- Museum
- Theater, Music Hall, Veranstaltungshalle
- UNO bedeutende Sehenswürdigkeit

Wohnen
- vorwiegend Wohngebiete

Verkehr
- Eisenbahn, oberirdisch, bzw. unterirdisch
- Schnellstraße (Highway), oberirdisch, bzw. unterirdisch
- U-Bahn, unterirdisch

Landgewinnung und Sanierung
- Landgewinnung seit 1970
- verfallene Hafenanlagen (Kais)
- ausgewiesene Sanierungsgebiete in Harlem (Abriss teilweise unbewohnbarer Bausubstanz und Neuordnung)

New York – Bebauungsstruktur
1 : 650 000

- Villen mit größeren Gärten
- Einfamilienhäuser
- Stadt- und Hochhäuser (Höhe in Stockwerken)
  - bis 10
  - bis 25
  - über 25
- Industrie
- Verkehr
- Grünflächen
- unbebaut

New York – Bevölkerungsstruktur
1 : 650 000

Ethnische Dominanz nach Herkunftsgebieten
- US-Europäer
- US-Afrikaner
- Juden
- Mittel- und Südamerikaner
- Puertoricaner
- Bewohner der Karibik
- Asiaten
- keine dominante Bevölkerungsgruppe

New York – Sozialstruktur
1 : 650 000

Mittleres Einkommen pro Haushalt 1989
- über 40 000 US$
- 30 000 – 40 000 US$
- 20 000 – 30 000 US$
- unter 20 000 US$

1 : 65 000

KLETT-PERTHES

54 Erde

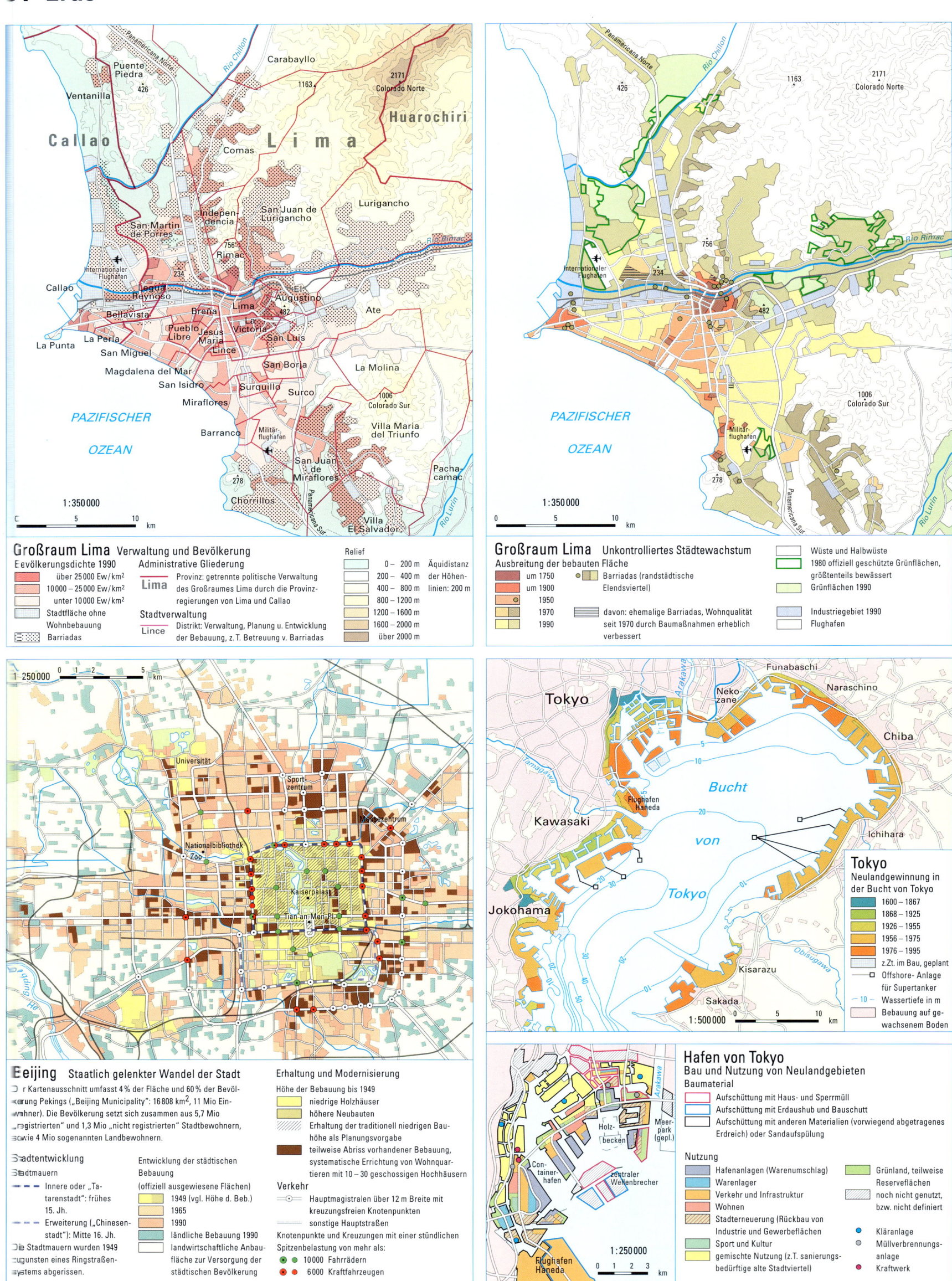

Großraum Lima — Verwaltung und Bevölkerung

Bevölkerungsdichte 1990
- über 25 000 Ew/km²
- 10 000 – 25 000 Ew/km²
- unter 10 000 Ew/km²
- Stadtfläche ohne Wohnbebauung
- Barriadas

Administrative Gliederung
- *Lima* Provinz: getrennte politische Verwaltung des Großraumes Lima durch die Provinzregierungen von Lima und Callao

Stadtverwaltung
- *Lince* Distrikt: Verwaltung, Planung u. Entwicklung der Bebauung, z. T. Betreuung v. Barriadas

Relief
- 0 – 200 m
- 200 – 400 m
- 400 – 800 m
- 800 – 1200 m
- 1200 – 1600 m
- 1600 – 2000 m
- über 2000 m

Äquidistanz der Höhenlinien: 200 m

Maßstab 1 : 350 000

Großraum Lima — Unkontrolliertes Städtewachstum

Ausbreitung der bebauten Fläche
- um 1750
- um 1900
- 1950
- 1970
- 1990
- Barriadas (randstädtische Elendsviertel)
- davon: ehemalige Barriadas, Wohnqualität seit 1970 durch Baumaßnahmen erheblich verbessert

- Wüste und Halbwüste
- 1980 offiziell geschützte Grünflächen, größtenteils bewässert
- Grünflächen 1990
- Industriegebiet 1990
- Flughafen

Maßstab 1 : 350 000

Beijing — Staatlich gelenkter Wandel der Stadt

Der Kartenausschnitt umfasst 4 % der Fläche und 60 % der Bevölkerung Pekings („Beijing Municipality": 16 808 km², 11 Mio Einwohner). Die Bevölkerung setzt sich zusammen aus 5,7 Mio „registrierten" und 1,3 Mio „nicht registrierten" Stadtbewohnern, sowie 4 Mio sogenannten Landbewohnern.

Stadtentwicklung

Stadtmauern
- Innere oder „Tatarenstadt": frühes 15. Jh.
- Erweiterung („Chinesenstadt"): Mitte 16. Jh.

Die Stadtmauern wurden 1949 zugunsten eines Ringstraßensystems abgerissen.

Entwicklung der städtischen Bebauung (offiziell ausgewiesene Flächen)
- 1949 (vgl. Höhe d. Beb.)
- 1965
- 1990
- ländliche Bebauung 1990
- landwirtschaftliche Anbaufläche zur Versorgung der städtischen Bevölkerung

Erhaltung und Modernisierung

Höhe der Bebauung bis 1949
- niedrige Holzhäuser
- höhere Neubauten
- Erhaltung der traditionell niedrigen Bauhöhe als Planungsvorgabe
- teilweise Abriss vorhandener Bebauung, systematische Errichtung von Wohnquartieren mit 10 – 30 geschossigen Hochhäusern

Verkehr
- Hauptmagistralen über 12 m Breite mit kreuzungsfreien Knotenpunkten
- sonstige Hauptstraßen
- Knotenpunkte und Kreuzungen mit einer stündlichen Spitzenbelastung von mehr als:
  - 10 000 Fahrrädern
  - 6 000 Kraftfahrzeugen

Maßstab 1 : 250 000

Tokyo — Neulandgewinnung in der Bucht von Tokyo

- 1600 – 1867
- 1868 – 1925
- 1926 – 1955
- 1956 – 1975
- 1976 – 1995
- z. Zt. im Bau, geplant
- Offshore-Anlage für Supertanker
- Wassertiefe in m
- Bebauung auf gewachsenem Boden

Maßstab 1 : 500 000

Hafen von Tokyo — Bau und Nutzung von Neulandgebieten

Baumaterial
- Aufschüttung mit Haus- und Sperrmüll
- Aufschüttung mit Erdaushub und Bauschutt
- Aufschüttung mit anderen Materialien (vorwiegend abgetragenes Erdreich) oder Sandaufspülung

Nutzung
- Hafenanlagen (Warenumschlag)
- Warenlager
- Verkehr und Infrastruktur
- Wohnen
- Stadterneuerung (Rückbau von Industrie und Gewerbeflächen)
- Sport und Kultur
- gemischte Nutzung (z. T. sanierungsbedürftige alte Stadtviertel)
- Grünland, teilweise Reserveflächen
- noch nicht genutzt, bzw. nicht definiert
- Kläranlage
- Müllverbrennungsanlage
- Kraftwerk

Maßstab 1 : 250 000

KLETT-PERTHES

Erde 55

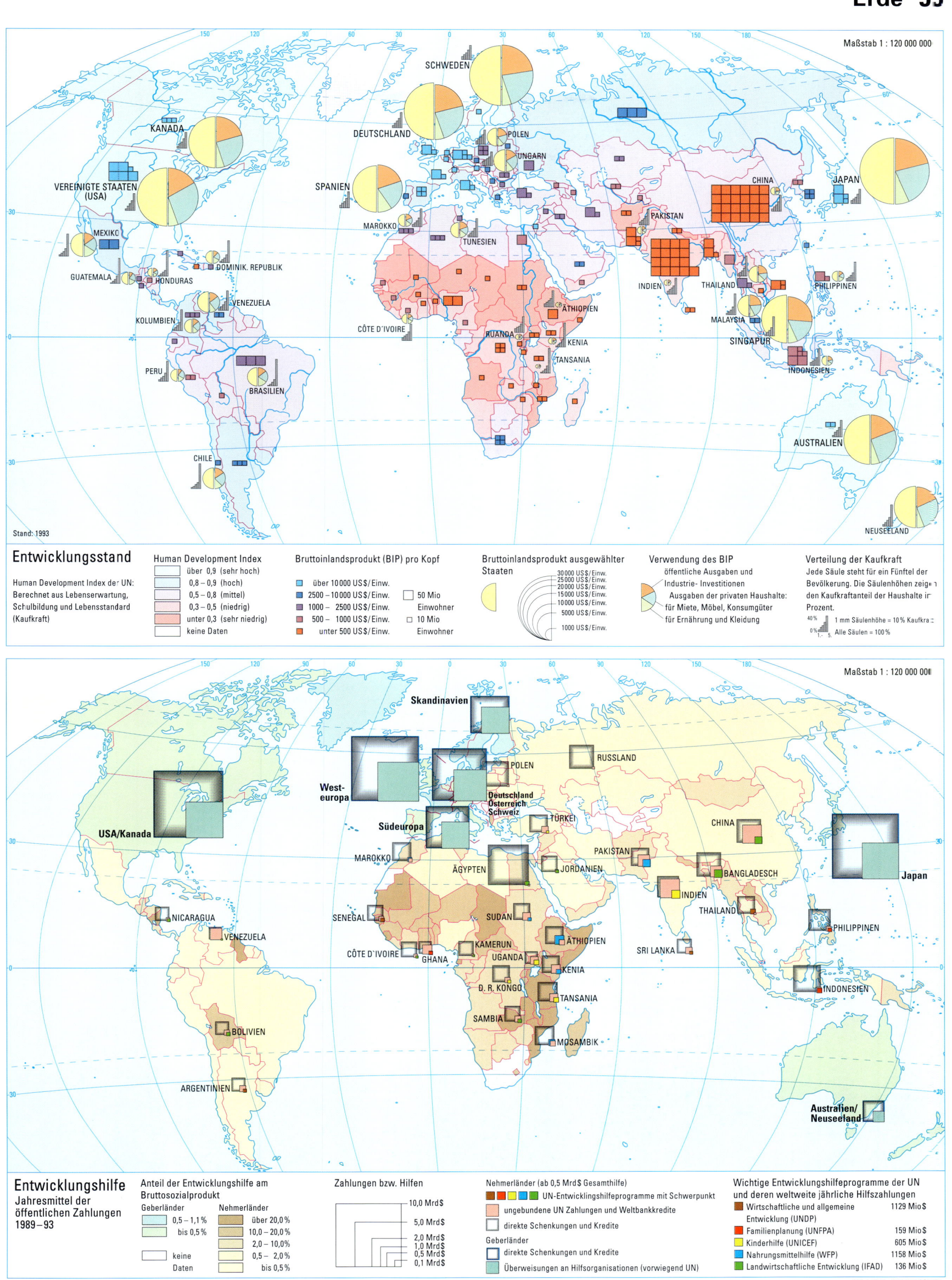

Maßstab 1 : 120 000 000

Stand: 1993

Entwicklungsstand

Human Development Index der UN: Berechnet aus Lebenserwartung, Schulbildung und Lebensstandard (Kaufkraft)

Human Development Index
- über 0,9 (sehr hoch)
- 0,8 – 0,9 (hoch)
- 0,5 – 0,8 (mittel)
- 0,3 – 0,5 (niedrig)
- unter 0,3 (sehr niedrig)
- keine Daten

Bruttoinlandsprodukt (BIP) pro Kopf
- über 10 000 US$/Einw.
- 2500 – 10 000 US$/Einw.
- 1000 – 2500 US$/Einw.
- 500 – 1000 US$/Einw.
- unter 500 US$/Einw.
- 50 Mio Einwohner
- 10 Mio Einwohner

Bruttoinlandsprodukt ausgewählter Staaten
- 30 000 US$/Einw.
- 25 000 US$/Einw.
- 20 000 US$/Einw.
- 15 000 US$/Einw.
- 10 000 US$/Einw.
- 5000 US$/Einw.
- 1000 US$/Einw.

Verwendung des BIP
- öffentliche Ausgaben und Industrie-Investitionen
- Ausgaben der privaten Haushalte:
  - für Miete, Möbel, Konsumgüter
  - für Ernährung und Kleidung

Verteilung der Kaufkraft
Jede Säule steht für ein Fünftel der Bevölkerung. Die Säulenhöhen zeigen den Kaufkraftanteil der Haushalte in Prozent.
- 1 mm Säulenhöhe = 10 % Kaufkraft
- Alle Säulen = 100 %

Maßstab 1 : 120 000 000

Entwicklungshilfe
Jahresmittel der öffentlichen Zahlungen 1989–93

Anteil der Entwicklungshilfe am Bruttosozialprodukt

Geberländer:
- 0,5 – 1,1 %
- bis 0,5 %
- keine Daten

Nehmerländer:
- über 20,0 %
- 10,0 – 20,0 %
- 2,0 – 10,0 %
- 0,5 – 2,0 %
- bis 0,5 %

Zahlungen bzw. Hilfen
- 10,0 Mrd$
- 5,0 Mrd$
- 2,0 Mrd$
- 1,0 Mrd$
- 0,5 Mrd$
- 0,1 Mrd$

Nehmerländer (ab 0,5 Mrd$ Gesamthilfe)
- UN-Entwicklungshilfeprogramme mit Schwerpunkt
- ungebundene UN Zahlungen und Weltbankkredite
- direkte Schenkungen und Kredite

Geberländer
- direkte Schenkungen und Kredite
- Überweisungen an Hilfsorganisationen (vorwiegend UN)

Wichtige Entwicklungshilfeprogramme der UN und deren weltweite jährliche Hilfszahlungen
- Wirtschaftliche und allgemeine Entwicklung (UNDP) — 1129 Mio$
- Familienplanung (UNFPA) — 159 Mio$
- Kinderhilfe (UNICEF) — 605 Mio$
- Nahrungsmittelhilfe (WFP) — 1158 Mio$
- Landwirtschaftliche Entwicklung (IFAD) — 136 Mio$

KLETT-PERTHES

56 Erde

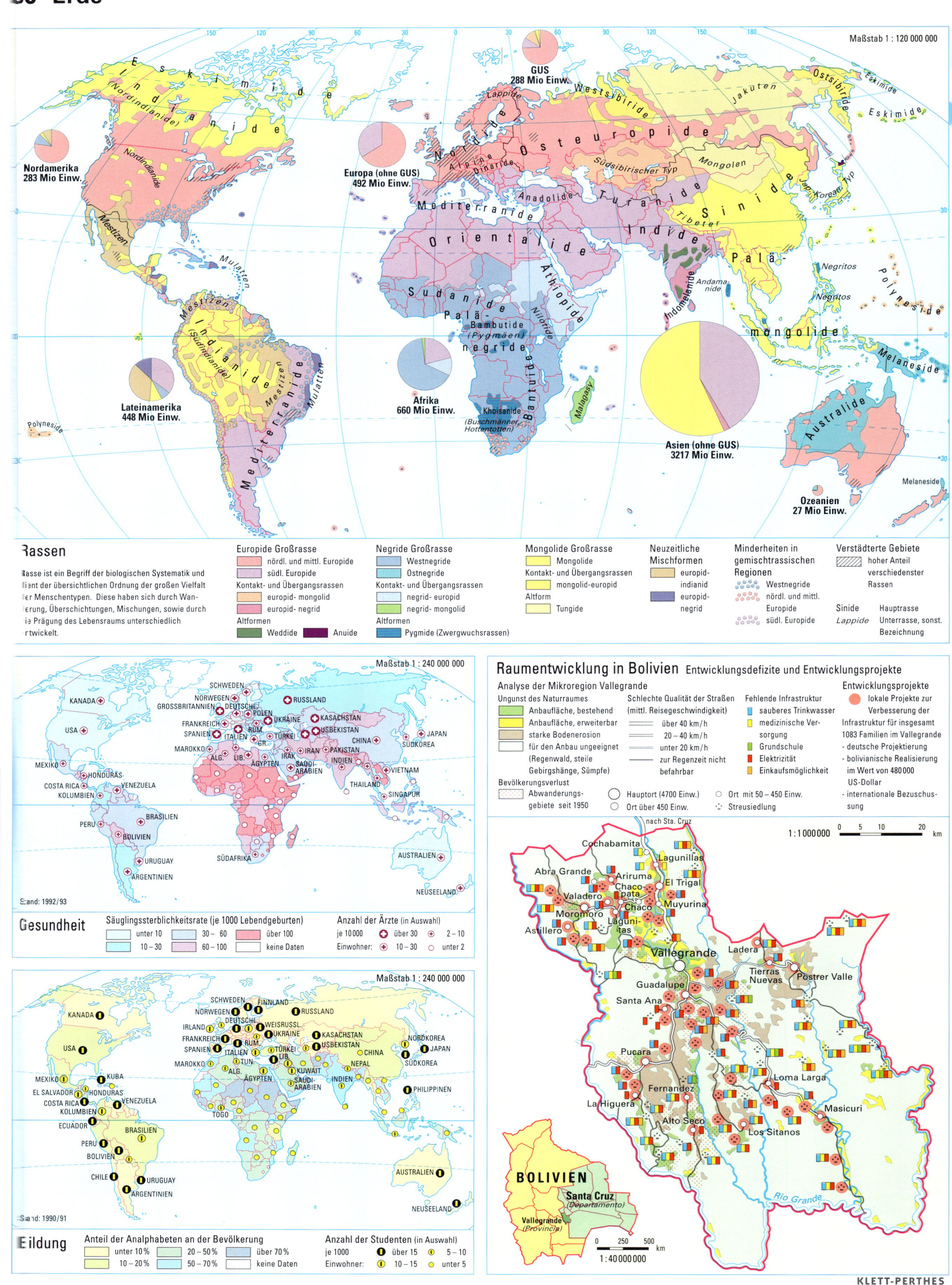

Maßstab 1 : 120 000 000

Rassen

Rasse ist ein Begriff der biologischen Systematik und dient der übersichtlichen Ordnung der großen Vielfalt der Menschentypen. Diese haben sich durch Wanderung, Überschichtungen, Mischungen, sowie durch die Prägung des Lebensraums unterschiedlich entwickelt.

Europide Großrasse
- nördl. und mittl. Europide
- südl. Europide

Kontakt- und Übergangsrassen
- europid- mongolid
- europid- negrid

Altformen
- Weddide
- Anuide

Negride Großrasse
- Westnegride
- Ostnegride

Kontakt- und Übergangsrassen
- negrid- europid
- negrid- mongolid

Altformen
- Pygmide (Zwergwuchsrassen)

Mongolide Großrasse
- Mongolide

Kontakt- und Übergangsrassen
- mongolid-europid

Altform
- Tungide

Neuzeitliche Mischformen
- europid- indianid
- europid- negrid

Minderheiten in gemischtrassigen Regionen
- Westnegride
- nördl. und mittl. Europide
- südl. Europide

Verstädterte Gebiete
- hoher Anteil verschiedenster Rassen

Sinide — Hauptrasse
Lappide — Unterrasse, sonst. Bezeichnung

Gesundheit

Maßstab 1 : 240 000 000
Stand: 1992/93

Säuglingssterblichkeitsrate (je 1000 Lebendgeburten)
- unter 10
- 10 – 30
- 30 – 60
- 60 – 100
- über 100
- keine Daten

Anzahl der Ärzte (in Auswahl)
je 10000 Einwohner:
- über 30
- 10 – 30
- 2 – 10
- unter 2

Bildung

Maßstab 1 : 240 000 000
Stand: 1990/91

Anteil der Analphabeten an der Bevölkerung
- unter 10%
- 10 – 20%
- 20 – 50%
- 50 – 70%
- über 70%
- keine Daten

Anzahl der Studenten (in Auswahl)
je 1000 Einwohner:
- über 15
- 10 – 15
- 5 – 10
- unter 5

Raumentwicklung in Bolivien — Entwicklungsdefizite und Entwicklungsprojekte

Analyse der Mikroregion Vallegrande

Ungunst des Naturraumes
- Anbaufläche, bestehend
- Anbaufläche, erweiterbar
- starke Bodenerosion
- für den Anbau ungeeignet (Regenwald, steile Gebirgshänge, Sümpfe)

Bevölkerungsverlust
- Abwanderungsgebiete seit 1950

Schlechte Qualität der Straßen (mittl. Reisegeschwindigkeit)
- über 40 km/h
- 20 – 40 km/h
- unter 20 km/h
- zur Regenzeit nicht befahrbar

Fehlende Infrastruktur
- sauberes Trinkwasser
- medizinische Versorgung
- Grundschule
- Elektrizität
- Einkaufsmöglichkeit

- Hauptort (4700 Einw.)
- Ort über 450 Einw.
- Ort mit 50 – 450 Einw.
- Streusiedlung

Entwicklungsprojekte

- lokale Projekte zur Verbesserung der Infrastruktur für insgesamt 1083 Familien im Vallegrande
  - deutsche Projektierung
  - bolivianische Realisierung im Wert von 480 000 US-Dollar
  - internationale Bezuschussung

Maßstab 1 : 1 000 000

Maßstab 1 : 40 000 000

KLETT-PERTHES

Erde 57

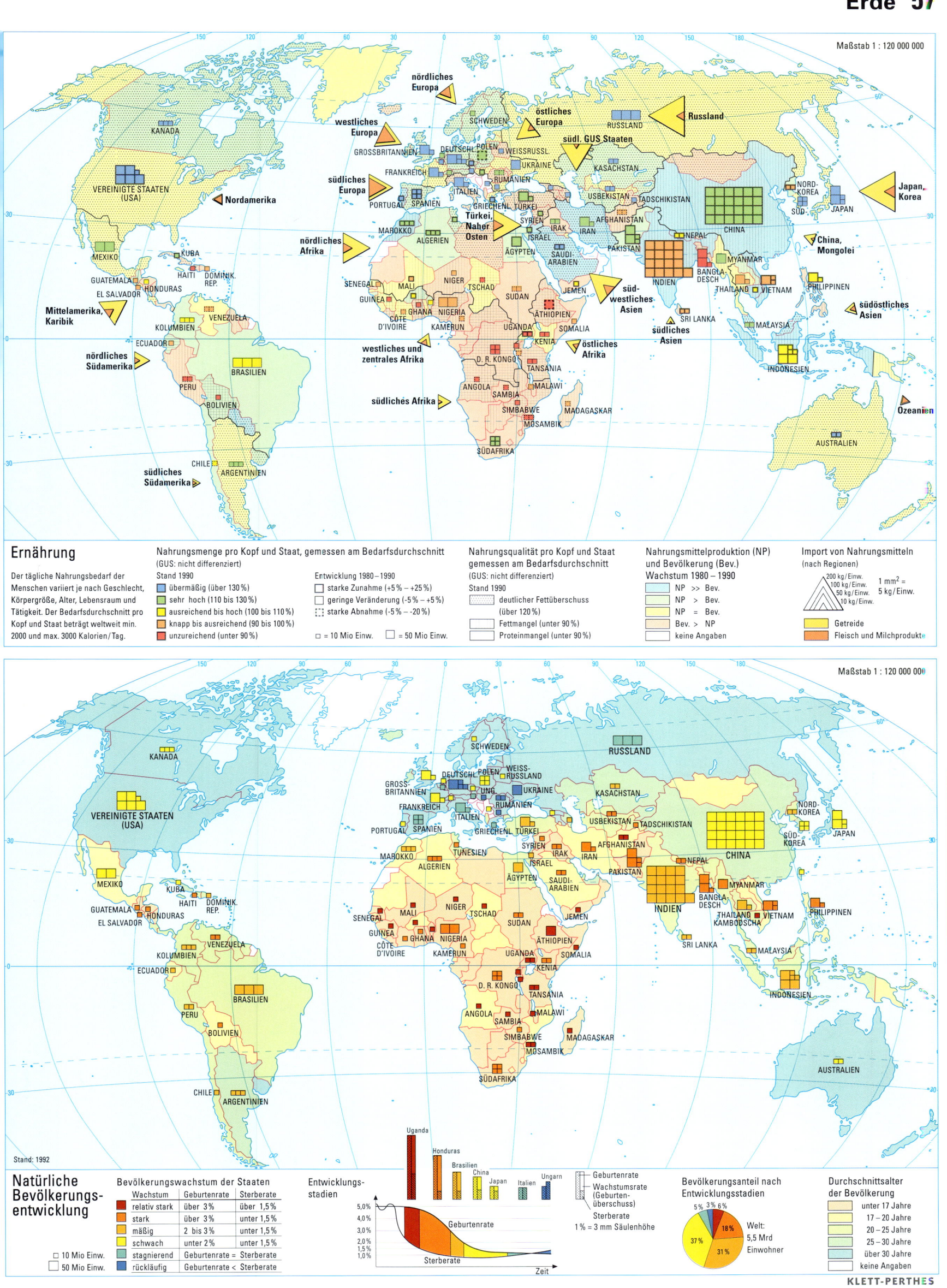

Maßstab 1 : 120 000 000

Ernährung

Der tägliche Nahrungsbedarf der Menschen variiert je nach Geschlecht, Körpergröße, Alter, Lebensraum und Tätigkeit. Der Bedarfsdurchschnitt pro Kopf und Staat beträgt weltweit min. 2000 und max. 3000 Kalorien/Tag.

Nahrungsmenge pro Kopf und Staat, gemessen am Bedarfsdurchschnitt (GUS: nicht differenziert)

Stand 1990
- übermäßig (über 130%)
- sehr hoch (110 bis 130%)
- ausreichend bis hoch (100 bis 110%)
- knapp bis ausreichend (90 bis 100%)
- unzureichend (unter 90%)

Entwicklung 1980–1990
- starke Zunahme (+5% – +25%)
- geringe Veränderung (-5% – +5%)
- starke Abnahme (-5% – -20%)

□ = 10 Mio Einw.   □ = 50 Mio Einw.

Nahrungsqualität pro Kopf und Staat gemessen am Bedarfsdurchschnitt (GUS: nicht differenziert)

Stand 1990
- deutlicher Fettüberschuss (über 120%)
- Fettmangel (unter 90%)
- Proteinmangel (unter 90%)

Nahrungsmittelproduktion (NP) und Bevölkerung (Bev.) Wachstum 1980–1990
- NP >> Bev.
- NP > Bev.
- NP = Bev.
- Bev. > NP
- keine Angaben

Import von Nahrungsmitteln (nach Regionen)
200 kg/Einw.
100 kg/Einw.
50 kg/Einw.
10 kg/Einw.
1 mm² = 5 kg/Einw.
- Getreide
- Fleisch und Milchprodukte

Maßstab 1 : 120 000 000

Stand: 1992

Natürliche Bevölkerungsentwicklung

Bevölkerungswachstum der Staaten

Wachstum		Geburtenrate	Sterberate
	relativ stark	über 3%	über 1,5%
	stark	über 3%	unter 1,5%
	mäßig	2 bis 3%	unter 1,5%
	schwach	unter 2%	unter 1,5%
	stagnierend	Geburtenrate = Sterberate	
	rückläufig	Geburtenrate < Sterberate	

□ 10 Mio Einw.
□ 50 Mio Einw.

Entwicklungsstadien

Uganda, Honduras, Brasilien, China, Japan, Italien, Ungarn

- Geburtenrate
- Wachstumsrate (Geburtenüberschuss)
- Sterberate

1% = 3 mm Säulenhöhe

Bevölkerungsanteil nach Entwicklungsstadien

Welt: 5,5 Mrd Einwohner
5%, 3%, 6%, 18%, 31%, 37%

Durchschnittsalter der Bevölkerung
- unter 17 Jahre
- 17–20 Jahre
- 20–25 Jahre
- 25–30 Jahre
- über 30 Jahre
- keine Angaben

KLETT-PERTHES

58 Erde

Staaten

(Map of the Americas and parts of Europe/Africa showing states)

Labels visible on map:
- Nordpolarmeer
- Grönland (dän. Autonome Region)
- Jan Mayen (norw.)
- Alaska (USA)
- KANADA — Ottawa
- St-Pierre u. Miquelon (franz.)
- ISLAND — Reykjavík
- Färöer (dän. Autonomes Land)
- GROSSBRITANNIEN, IRLAND — Dublin, London, Kopenhagen
- VEREINIGTE STAATEN (USA) — Washington
- Bermuda-In. (brit.)
- ATLANTISCHER OZEAN
- Azoren (port.), Madeira (port.), Gibraltar (brit.)
- PORTUGAL — Lissabon; SPANIEN — Madrid; FRANKREICH — Paris
- MAROKKO — Rabat; Algier; Kanarische In. (span.); El-Aiún
- SAHARA (von Marokko besetzt)
- MEXIKO — Mexiko; Havanna; Nassau
- Hawaii (USA); Revilla-Gigedo-In. (mex.)
- PAZIFISCHER OZEAN
- BAHAMAS, KUBA, Cayman-In. (brit.), HAITI, DOMINIK. REP., Puerto Rico (USA), Jungfern-I. (USA/brit.), Anguilla-I. (brit.), ST. CH., ANTIGUA u. BARBUDA, Montserrat (brit.), Guadeloupe (franz.), DOMINICA, Martinique (franz.), Niederl. Antillen u. Aruba, ST. LUCIA, BARBADOS, ST. VINCENT u. GRENADINEN, GRENADA, TRINIDAD u. TOBAGO, Port-of-Spain
- BELIZE — Belmopan; JAMAIKA — Kingston; GUATEMALA; HONDURAS — Tegucigalpa; EL SALVADOR — San Salvador; NICARAGUA — Managua; COSTA RICA — San José; PANAMA
- MAURETANIEN — Nouakchott; MALI — Bamako; SENEGAL — Dakar; GAMBIA — Banjul; GUINEA-BISSAU — Bissau; GUINEA — Conakry; SIERRA LEONE — Freetown; LIBERIA — Monrovia; CÔTE D'IVOIRE — Yamoussoukro; BURKINA FASO — Ouagadougou; GHANA — Accra; TOGO — Lomé; BENIN — Porto Novo; NIGER — Niamey; NIGERIA — Abuja
- KAP VERDE — Praia; SÃO TOMÉ u. PRÍNCIPE — São Tomé; ÄQUAT. GUINEA — Malabo
- VENEZUELA — Caracas; KOLUMBIEN — Bogotá; GUYANA — Georgetown; SURINAME — Paramaribo; Franz.-Guayana
- Kokos-I. (cost.); Malpelo-I. (kol.); Galápagos-In. (ecuad.)
- ECUADOR — Quito
- BRASILIEN — Brasília; São Paulo; Fernando de Noronha (bras.); Rocas (bras.)
- Ascension (brit.); St. Helena (brit.); Trinidade u. Martín Vaz (bras.)
- PERU — Lima; BOLIVIEN — La Paz, Sucre
- KIRIBATI; Palmyra-I. (USA); Line Inseln; Jarvis-In. (USA); Christmas-I.
- Marquesas-In.; Französisch-Polynesien; Gesellschafts-In.; Tuamotu-Archipel; Tahiti; Tubai-In.; Gambier-In.
- Cook-Inseln (neuseel.)
- Pitcairn (brit.)
- Oster-I. (chil.); Sala y Gómez (chil.); San Félix, San Ambrosio (chil.); Juan-Fernández-I. (chil.)
- PARAGUAY — Asunción; URUGUAY — Montevideo; ARGENTINIEN — Buenos Aires; CHILE — Santiago
- Falkland-In. (Malwinen) (brit.); Südgeorgien u. Südsandwich-In. (brit.); Bouvet-I. (norw.); Süd-shetland-In.; Süd-orkney-In.; Tristan da Cunha (brit.); Gough-I. (brit.)

Zeichenerklärung

—	Staatsgrenze
MALTA	Staat
●	Hauptstadt
○	Regierungssitz oder Sitz des Parlaments
----	umstrittene Grenze
Alaska	Bundesstaat bzw. Verwaltungsgebiet des Mutterstaates
Macao	teilautonomes- bzw. autonomes Gebiet

AL.	ALBANIEN	DÄN.	DÄNEMARK	LET.	LETTLAND	Ö.	ÖSTERREICH	ST. CH.	ST. CHRISTOPH und NEVIS
AND.	ANDORRA	EST.	ESTLAND	LI.	LIECHTENSTEIN	W.	Wien	TS. R.	TSCHECHISCHE REPUBLIK
AR.	ARMENIEN	GEO.	GEORGIEN	LIB.	LIBANON	RUM.	RUMÄNIEN		
J.	Jerewan	GR.	GRIECHENLAND	LIT.	LITAUEN	S.	SCHWEIZ		
AS.	ASERBAIDSCHAN	JORD.	JORDANIEN	MA.	MAZEDONIEN	Be.	Bern	Pg.	Prag
B.	BELGIEN	JUG.	JUGOSLAWIEN	Sk.	Skopje	SK. R.	SLOWAKISCHE REPUBLIK	U.	UNGARN
Br.	Brüssel	Bel.	Belgrad	MOL.	MOLDAU			Bud.	Budapest
BO.	BOSNIEN-HERZEGOWINA	KR.	KROATIEN	MON.	MONACO	Pb.	Preßburg	VAT.	VATIKAN
Sa.	Sarajewo	Zag.	Zagreb	NL.	NIEDERLANDE	SL.	SLOWENIEN	Dam.	Damaskus
		L.	LUXEMBURG	Amst.	Amsterdam	Ljub.	Ljubljana	Je.	Jerusalem
BUL.	BULGARIEN	Lux.	Luxemburg	D.H.	Den Haag	SM.	SAN MARINO	Nik.	Nikosia

Maßstab 1 : 180 000 000

Wirtschaftliche Zusammenschlüsse

- **WTO** World Trade Organization, bis 1993 GATT (die 124 Staaten sind nicht dargestellt)
- **WWG** Weltwirtschaftsgipfel, gegr. 1975
- **OECD** Organization for Economic Cooperation and Development, gegr. 1960/61
- **APEC** Asia-Pacific Economic Cooperation, gegr. 1989
- **OPEC** Organization of Petroleum Exporting Countries, gegr. 1960/61
- **EU** Europäische Union (siehe Zusammenschlüsse in Europa)
- **CFA** Communauté Financière Africaine (sogen. Franc-Zone), gegr. 1948
- **ECOWAS** Economic Community of West African States, gegr. 1975/76
- **KEI** Wirtschaftliche Zusammenarbeit am Schwarzen Meer, gegr. 1992
- **NAFTA** North American Free Trade Agreement, gegr. 1994
- **ALADI** Asociación Latinoamericana de Integración, gegr. 1981

Stand: 1996

KLETT-PERTHES

Maßstab 1 : 80 000 000

Stand: 1.7.1997

Maßstab 1 : 180 000 000

Politische Bündnisse

UNO United Nations Organization, gegr. 1945 (die 185 Staaten sind nicht dargestellt)

NATO North Atlantic Treaty Organization, gegr. 1949

militärisch nicht **NATO**-integriert

NATO-Partner für den Frieden

OSZE Organisation für Sicherheit und Zusammenarbeit in Europa, gegr. 1975

GUS Gemeinschaft Unabhängiger Staaten, gegr. 1991

ARABISCHE LIGA, gegr. 1945

WEU Westeuropäische Union (siehe Zusammenschlüsse in Europa)

OAU Organization of African Unity, gegr. 1963

ASEAN Association of Southeast Asian Nations, gegr. 1967

OAS Organization of American States, gegr. 1948/51

Stand: 1996

KLETT-PERTHES

Namenregister

Registerregeln

Für die topografische Arbeit mit dem Register sind die geographischen Namen der Karten „Landschaft und Wirtschaft" (Seite 4–17) vollständig erfasst.
Namen mit geographischem Sachbezug auf das jeweilige Kartenthema der Übersichten und Fallbeispiele (Seite 18–59) sind in Auswahl erfasst.
Bei Schreibweise, Anordnung und Alphabetisierung der Eintragungen wurden folgende Regeln anwendet:

1. Bei Ortsnamen, für die in der Karte neben der deutschen Schreibweise (deutsches Exonym) die offizielle landesübliche Schreibweise in Klammern angegeben ist, werden im Register beide Namensformen berücksichtigt, z.B.: Eger (Cheb), Cheb (Eger).

2. Der dem Namen folgende Kartenverweis nennt die Kartenseite bzw. Kartendoppelseite und das Gradnetzfeld der Karte.
Der Verweis auf thematische Karten erfolgt durch die Nennung der Kartenseite und ggfs. durch die Kartennummer (vgl. auch Sachregister).

3. Es wird auf die Karte verwiesen, in der das Objekt im größtmöglichen Maßstab abgebildet ist. Bei Flüssen, Gebirgen, Landschaften und Staaten kann zusätzlich auf eine Übersichtskarte kleineren Maßstabs verwiesen werden.

4. Das Namensregister ist der deutschen Buchstabenfolge entsprechend alphabetisch geordnet. Die Umlaute ä, ö, ü werden wie a, o, u, die Doppelvokale æ und œ werden wie ae und oe, ß wie ss behandelt.
Buchstaben mit Akzenten und diakritische Zeichen sind wie einfache Lateinbuchstaben eingeordnet.

5. Einem Namen vorangestellte Zusätze (wie Sankt, Saint, Fort, Mont, Mount, Pic, Kap usw.) gelten als fester Bestandteil des Namens und werden bei der Alphabetisierung entsprechend berücksichtigt.

6. Bei Namen, die auch ohne Artikel oder Zusatz gebräuchlich sind, erfolgt ein Doppelverweis (wie z.B. Bad Wörishofen und Wörishofen, Bad bzw. Golf von Biscaya und Biscaya, Golf von).

7. In den Karten abgekürzte Namen sind im Register grundsätzlich ausgeschrieben.

8. Gleichlautende Namen werden durch einen näher kennzeichnenden Zusatz unterschieden, z.B. Birmingham; Stadt in Großbritannien und Birmingham; Stadt in den USA bzw. Fulda; Fluss und Fulda; Stadt in Hessen.

A

Aachen 4/5 C 3
Aalen 4/5 E 4
Aare 4/5 CD 5
Aarmassiv 23.1
Abadan 10/11 F 6
Abbot-Schelfeis 17.2 B 33
Abéché 8/9 F 5
Abemama-Inseln 12/13 I 3
Abenrå (Apenrade) 4/5 D 1
Aberdeen 6/7 D 3
Abidjan 8/9 C 6
Abkaik 8/9 HI 4
Abu Dhabi 10/11 G 7
Abuja 8/9 D 6
Abu Rudeis 8/9 G 4
Acapulco 14/15 LM 8
Accra 8/9 C 6
Aconcagua 16 BC 6
Adamaua, Hochland von 8/9 DE 6
Adana 6/7 H 5
Addis Abeba 8/9 G 6
Adelaide 12/13 E 7
Adelaide-Insel 17.2 C 35/36
Adelieland 17.2 BC 20
Aden 10/11 F 8
Admiralitätsinseln 12/13 F 4
Adrar der Iforas 8/9 D 5
Adriatische Platte 31.1
Adriatisches Meer 6/7 F 4
Ærø 4/5 E 1
Afghanistan 10/11 H 6, 58/59 I 2
Afrika 26.1
Afrikanische Platte 31.1
Afrikanischer Schild 31.1
Agades 8/9 D 5
Ägäische Platte 31.1
Ägäisches Meer 6/7 G 5
Agalega-Inseln 8/9 I 8
Agaña 12/13 F 2
Agulhasstrom 40.2
Ägypten 8/9 FG 4, 58/59 GH 3
Ahaggar 8/9 D 4
Ahmadabad 10/11 I 7
Aichal 10/11 M 3
Aisne 4/5 B 4
Akaba 8/9 G 4
Akal 14/15 M 8
Aktau 20
Aktjubinsk; Stadt in Russland 6/7 J 3
Aktjubinsk; Stadt in Kasachstan 10/11 G 4
ALADI (Asociación Latinoamericana de Integración) 44.1
Alaid 31.2
Ålandinseln 6/7 FG 2
Alaska 14/15 GH 3, 58/59 AB 1
Alaska, Halbinsel 14/15 FG 4
Alaskakette 14/15 GH 3
Albanien 6/7 F 4, 58/59 G 2
Albany 12/13 C 7
Albertkanal 4/5 B 3
Albertsee 8/9 FG 6
Albstadt 4/5 D 4
Albuquerque 14/15 L 6
Aldabra-Inseln 8/9 H 7
Aldan; Stadt in Russland 10/11 N 4
Aldan; Fluss 10/11 O 3
Aleppo 6/7 H 5
Alert; (Forschungsstation) 17.1 A 4, 25.4
Ålesund 6/7 E 2
Aleuten 10/11 ST 4
Alexanderarchipel 14/15 I 4
Alexanderinsel 17.2 C 35–B 36
Alexander-Selkirk-Insel 16 A 6
Alexandria 8/9 F 3
Alföld 6/7 FG 4
Algerien 8/9 CD 4, 58/59 FG 3
Algier 6/7 E 5
Alice Springs 12/13 E 6
Alkmaar 4/5 B 2

Aller 4/5 D 2
Allgäu 4/5 DE 5
Allgäuer Alpen 19
Almadén 6/7 D 5
Almaty 10/11 I 5
Almelo 4/5 C 2
Alpen 6/7 EF 4, 23.1
Alpen, Bayerische 4/5 EF 5
Alpen, Neuseeländische 12/13 HI 8
Alpen, Österreichische 4/5 G 5
Alpenvorland 19
Alpine 56.1
Alsen 4/5 DE 1
Altai 10/11 J 4
Altenburg 4/5 F 3
Altmark 4/5 E 2
Altmühl 4/5 E 4
Alto Tapajôs 25.1+3
Amazonas 16 D 3
Ambartschik 17.1 C 17
Ambon 12/13 D 4
Amderma 17.1 C 27
Ameland 4/5 B 2
American Highland 17.2 B 14
Amerikanische Platte 31.1
Amerikanisch Samoa 12/13 JK 5, 58/59 M 4
Amersfoort 51.1
Amery-Schelfeis 17.2 B 13/C 14
Amiranten 8/9 I 7
Amman 10/11 E 6
Ammersee 4/5 E 4/5
Amposta Marino 6/7 E 4
Amrum 4/5 D 1
Amsterdam 4/5 B 2
Amsterdaminsel 58/59 I 5
Amu-Darja 10/11 H 6
Amundsengolf 14/15 JK 2
Amundsen/Scott 17.2 A
Amundsensee 17.2 BC 31/32
Amur 10/11 O 4
Anadolide 56.1
Anadyr 10/11 S 3
Anadyrgebirge 10/11 ST 3
Anambasinseln 12/13 B 3
Anatolien 8/9 FG 3, 41.2
Anchorage 14/15 H 3
Andamanen 10/11 JK 8
Andamanensee 10/11 K 8
Andamanide 56.1
Anden (Kordilleren) 16 B 2-7
Andorra 6/7 E 4, 58/59 G 2
Angara 10/11 K 4
Angaraschild 31.1
Ångermanälv 6/7 F 2
Angmagssalik 17.1 C 1
Angola 8/9 EF 7/8, 58/59 G 4
Anguilla; Insel 14/15 P 8
Anguilla; Verwaltungseinheit 58/59 DE 3
Ankara 6/7 H 4/5
Annaba 6/7 E 5
Annam 10/11 L 8
Ansbach 4/5 E 4
Anshan 10/11 N 5
Antalya 6/7 H 5
Antananarivo (Tananarive) 8/9 H 8
Antarktis 17.2
Antarktische Halbinsel 17.2 BC 1
Antarktische Platte 31.1
Anticosti-Insel 14/15 PQ 5
Antigua 14/15 P 8
Antigua und Barbuda 14/15 PQ 8, 58/59 DE 3
Antillen, Große 14/15 N 7/P 8
Antillen, Kleine 14/15 OP 8
Antipodeninseln 12/13 IJ 8
Antofagasta 16 B 5
Antseranana 8/9 H 8
Antwerpen 4/5 B 3
APEC (Asia- Pacific Economic Cooperation) 58.2
Apeldoorn 4/5 B 2

Apenninen 6/7 EF 4
Apenrade (Abenrå) 4/5 D 1
Apia 12/13 J 5
Apo 10/11 N 9
Appalachen 14/15 N 6/O 5
Äquatorialer Gegenstrom 40.2
Äquatoriale Westwinde 26.1
Äquatoriale Zirkulation 26.5
Äquatorial-Guinea 8/9 DE 6, 58/59 G 3/4
Arabische Emirate 10/11 G 7, 58/59 H 3
Arabische Liga 59.2
Arabische Platte 22.2
Arabisches Meer 10/11 GH 8
Arabische Wüste 8/9 G 4
Aracaju 16 F 4
Arafurasee 12/13 E 4/5
Araguaia 16 E 3
Arakangebirge 10/11 K 7/8
Aralsee 10/11 GH 5
Ararat 6/7 I 5
Aras (Arax) 6/7 I 5
Arax (Aras) 6/7 I 5
Arbeitslosigkeit 36.4
Arber, Großer 19
Archangelsk 6/7 I 2
Arctowski 17.2 C 1
Årdal 6/7 E 2
Ardennen 4/5 B 4-C 3
Arequipa 16 B 4
Argentinien 16 CD 6, 58/59 D 4/5
Argonnen 4/5 B 4
Argun 10/11 MN 4
Argyle 12/13 D 5
Arica 16 B 4
Arkalyk 10/11 H 4
Arkansas 14/15 L 6
Arktis 17.1
Arktisches Kap 10/11 K-M 1
Arlit 8/9 D 5
Ärmelkanal (Der Kanal) 6/7 D 3/4
Armenien 6/7 I 4, 58/59 H 2
Armorikanisches Gebirge 22.2
Arnheim (Arnhem) 4/5 B 3
Arnhem (Arnheim) 4/5 B 3
Arnhemland 12/13 E 5
Arnsberg 4/5 D 3
Artesisches Becken, Großes 12/13 E 6
Artigas 17.2 C 1
Arturo Prat 17.2 C 36/1
Aruba 14/15 O 8
Aru-Inseln 10/11 O 10
Arvida 14/15 O 5
Asansol 10/11 J 7
Ascension 8/9 B 7
Aschchabad 10/11 G 6
ASEAN (Association of Southeast Asian Nations) 59.2
Aserbaidschan 6/7 I 4/5, 58/59 H 2
Asir 8/9 H 4/5
Asir, Hochland von 10/11 F 7/8
Asmara 8/9 G 5
Aso 31.2
Asowsches Meer 6/7 H 4
Assad-Stausee 6/7 H 5
Assam 10/11 K 7
Assiut 8/9 G 4
Assuan 8/9 G 4
Astrachan 6/7 I 4
Asuka 17.2 B 9
Asunción 16 D 5
Atacama 16 C 5
Atatürkstausee 6/7 H 5
Atbara; Fluss 8/9 G 5
Atbara; Stadt im Sudan 8/9 G 5
Athabaska 14/15 K 4
Athabaskasee 14/15 K 4
Athen 6/7 G 5
Äthiopide 56.1
Äthiopien 8/9 GH 6, 58/59 H 3
Äthiopischer Schild 31.1

Atlanta 14/15 N 6
Atlantischer Ozean 6/7 B 3-C 4
Atlantisch-Indischer Rücken 31.1
Atlas, Hoher 6/7 D 5
Ätna 6/7 F 5
Auckland 12/13 I 7
Aucklandinseln 12/13 HI 8
Augsburg 4/5 E 4
Ausländer 50.2
Aussig (Usti nad Labem) 4/5 FG 3
Australide 56.1
Australien 12/13 D-F 6, 58/59 K 4
Australischer Schild 31.1
Azoren 8/9 A 3

B

Bachtaran 6/7 I 5
Baden 4/5 H 4
Baden-Württemberg 47
Bad Hersfeld 4/5 D 3
Bad Kreuznach 4/5 C 4
Bad Mergentheim 4/5 D 4
Baffin Bay 14/15 P 2
Baffininsel 14/15 N 2/P 3
Bagdad 6/7 I 5
Bahama-Inseln 14/15 O 7
Bahamas 14/15 O 7, 58/59 D 3
Bahía Blanca 16 C 6
Bahrain 8/9 I 4, 58/59 H 3
Bahr el-Djebel 8/9 G 6
Bahr el-Ghasal 8/9 F 6
Baikalien 10/11 LM 4
Baikalsee 10/11 L 4
Bairiki 12/13 I 3
Bakerinsel 12/13 J 3
Baku 6/7 I 4
Balchaschsee 10/11 I 5
Balearen 6/7 E 4/5
Bali 10/11 M 10
Balikpapan 10/11 M 10
Balkan 6/7 G 4
Baltikum 6/7 G 3
Baltimore 14/15 O 6, 45.4
Baltischer Schild 22.2
Bamako 8/9 C 5
Bamberg 4/5 E 4
Bambutide (Pygmäen) 56.1
Banaba (Oceaninsel) 12/13 HI 4
Bandar Seri Begawan 10/11 M 9
Bandasee 10/11 N 10
Bandjarmasin 12/13 C 4
Bandundu 8/9 E 7
Bandung 10/11 L 10
Bangalore 10/11 I 8
Bangassu 8/9 F 6
Bangka 10/11 L 10
Bangkok 10/11 L 8
Bangladesch 10/11 JK 7, 58/59 IJ 3
Bangui 8/9 E 6
Bangweolosee 8/9 FG 8
Banjul 8/9 B 5
Banksinsel 14/15 JK 2
Banksinseln 12/13 H 5
Bantuide 56.1
Baotou 10/11 LM 5
Barbados 14/15 PQ 8, 58/59
Barbuda 14/15 PQ 8
Barcelona; Stadt in Spanien 6/7 E 4, 39.3
Barcelona; Stadt in Venezuela 16 C 1/2
Bäreninsel 10/11 C 2
Barentssee 10/11 E-G 2
Bari 6/7 F 4
Barnaul 10/11 J 4
Barranquilla 16 B 1
Barrengrounds 14/15 K 3-P 5
Bartsch 4/5 H 3
Basel 4/5 C 5
Basra 10/11 F 6

Bassas da India 8/9 G 9
Bass-Straße 12/13 F 7
Bastei 19
Bastogne 4/5 B 3/4
Bata 8/9 D 6
Bathurst 14/15 P 5
Batman 6/7 I 5
Batumi 6/7 I 4
Bauland 19
Bautzen 4/5 G 3
Bayerische Alpen 4/5 EF 5
Bayerischer Wald 4/5 F 4
Bayern 47
Bayreuth 4/5 E 4
Beadmoregletscher 17.2 A
Beaufortsee 14/15 H-J 2
Bèchar 8/9 C 3
Bédarieux 6/7 E 4
Beerberg, Großer 19
Beijing 10/11 M 5/6, 54.3
Beira 8/9 G 8
Beirut 10/11 E 6
Belaja 6/7 J 3
Belchen, Großer 19
Belém 16 E 3
Belfast 6/7 D 3
Belfort 4/5 C 5
Belgien 6/7 E 3, 58/59 G 2
Belgorod 6/7 H 3
Belgrad 6/7 G 4
Belgrano II 17.2 B 3
Belitung 10/11 L 10
Belize 14/15 N 8, 58/59 D 3
Bell Bay 12/13 F 8
Belledonne 23.1
Bellingshausen 17.2 C 1
Bellingshausensee 17.2 BC 34
Belmopan 14/15 N 8
Belo Horizonte 16 E 4/5
Belomorsk 6/7 H 2
Belt, Kleiner 4/5 D 1
Belucha 10/11 J 5
Belutschistan 10/11 H 7/I 6
Bender Abbas 10/11 G 7
Bengasi 8/9 EF 3
Benguelastrom 40.2
Benin 8/9 D 5, 58/59 G 3
Ben Nevis 6/7 D 3
Benue 8/9 D 6
Berbera 8/9 H 5
Berbérati 8/9 E 6
Berchtesgaden 25.1+3
Bereda 8/9 I 5
Beresowo 6/7 K 2
Bergen 6/7 E 2
Bergland von Guayana 16 CD 2
Beringmeer 14/15 D 4-E 3
Beringowski 10/11 S 3
Beringstraße 14/15 EF 3
Berknerinsel 17.2 AB 1/2
Berlin; Stadt 4/5 F 2
Berlin; Bundesland 47
Bermuda-Inseln; Inseln 14/15 P 6
Bermuda-Inseln; Verwaltungseinheit 58/59 O 2
Bern 6/7 E 4
Bernburg 4/5 E 3
Bernhard O'Higgins 17.2 C 1
Besançon 4/5 BC 5
Bethel 17.1 C 14
Bevölkerung 49.1
Bhilai 10/11 J 7
Bhutan 10/11 JK 7, 58/59 J 3
Biak 10/11 O 10
Biberach 4/5 D 4
Biel 4/5 C 5
Bielefeld 4/5 D 2
Bihé, Hochland von 8/9 E 8
Bikini-Atoll 12/13 H 2
Bilbao 6/7 D 4
Bildung 56.3
Bilibino 17.1 C 17
Bingham 14/15 K 5/6
Bioko 8/9 D 6
Birdum 12/13 E 5

Birma (Myanmar) 10/11 K 7, 58/59 J 3
Birmingham; Stadt in Großbritannien 6/7 D 3
Birmingham; Stadt in den USA 14/15 N 6
Biscaya, Golf von 6/7 D 4
Bischkek 10/11 I 5
Bismarck 14/15 L 5
Bismarckarchipel 12/13 FG 4
Bissau 8/9 B 5
Bitterfeld 4/5 F 3
Blackwater 12/13 F 6
Blagoweschtschensk 10/11 N 4
Blantyre 8/9 G 8
Blauer Nil 8/9 G 5
Blumenau 16 E 5
Boa Vista 16 C 2
Bober 4/5 G 3
Böblingen 4/5 D 4
Bobo Diulasso 8/9 C 5
Bocholt 4/5 C 3
Bochum 4/5 C 3
Bodaibo 10/11 M 4
Boden 33, 37.1, 40.1
Bodendegradierung 28.1
Bodensee 4/5 D 5
Bogotá, Santa Fé de 16 B 2
Böhlen 4/5 F 3
Böhmen 4/5 FG 3
Böhmerwald 4/5 F 4
Böhmische Masse 22.2
Böhmisches Becken 19
Böhmisch-Mährische Höhe 4/5 GH 4
Bolesławiec (Bunzlau) 4/5 G 3
Bolivien 16 C 4, 56.4, 58/59 D 4
Bologna 6/7 F 4
Bombay 10/11 I 8
Bonaire 14/15 P 8
Bonininseln 10/11 P 7
Bonn 4/5 C 3
Boothia, Halbinsel 14/15 M 2
Bora 21.1
Bordeaux 6/7 D 4
Borkum 4/5 C 2
Borlänge 6/7 F 2
Bornholm 4/5 G 1
Bosnien-Herzegowina 6/7 F 4, 58/59 G 2
Bosporus 6/7 G 4
Boston 14/15 O 5
Botsuana 8/9 F 9, 58/59 G 4
Bottnischer Meerbusen 6/7 FG 2
Bougainville 12/13 G 4
Bounty-Inseln 12/13 IJ 8
Bouvetinsel 58/59 G 5, 31.2
Boxberg 48.2
Boyomafälle (Stanleyfälle) 8/9 F 6/7
Brae 6/7 E 3
Brahmaputra 10/11 K 7
Brandenburg; Stadt in Brandenburg 4/5 F 2
Brandenburg; Bundesland 47
Brasília 16 E 4
Brasilianischer Schild 31.1
Brasilianisches Bergland 16 D 4-E 5
Brasilien 16 C-E 3, 58/59 DE 4
Brasilstrom 40.2
Bratsk 10/11 L 4
Braukohletagebau 48.2
Braunschweig 4/5 E 2
Brazzaville 8/9 E 7
Brdywald 19
Breda 4/5 B 3
Bregenz 4/5 D 5
Bremen; Stadt 4/5 D 2
Bremen; Bundesland 47
Bremen-Magdeburg-Breslauer Urstromtal 19
Bremerhaven 4/5 D 2
Brent 6/7 E 2
Brescia 6/7 F 4

Breslau (Wrocław) 4/5 H 3
Brest; Stadt in Frankreich 6/7 D 4
Brest; Stadt in Weißrussland 6/7 G 3
Bretagne 6/7 D 4
Brianconais 23.1
Brieske 48.2
Brindisi 6/7 F 4
Brisbane 12/13 G 6
Bristol 6/7 D 3
Britische Inseln 6/7 CD 3
Brjansk 6/7 H 3
Brocken 4/5 E 3
Broken Hill 12/13 F 7
Brookskette 14/15 F-H 3
Brunei 10/11 M 9, 58/59 J 3
Brünn (Brno) 4/5 H 4
Brussel (Brüssel, Bruxelles) 4/5 B 3
Brüssel (Brussel, Bruxelles) 4/5 B 3
Brüx (Most) 4/5 F 3
Bruxelles (Brussel, Brüssel) 4/5 B 3
Buaké 8/9 C 6
Bucaramanga 14/15 O 9
Bucht von Tokyo 54.4
Budapest 6/7 F 4
Budweis (České Budějovice) 4/5 G 4
Budweiser Becken 19
Buenos Aires 16 D 6
Buenos-Aires-See 16 BC 7
Buffalo 14/15 O 5
Bugulma 6/7 J 3
Buguruslan 6/7 J 3
Bujumbura 8/9 F 7
Bukarest 6/7 G 4
Bulawayo 8/9 F 9
Bulgarien 6/7 G 4, 58/59 G 2
Bunbury 12/13 C 7
Bundesrepublik Deutschland 4/5 C 2-E 3, 58/59 G 2
Bunguraninseln 12/13 BC 3
Bunzlau (Bolesławiec) 4/5 G 3
Buraida 8/9 H 4
Buran 21.1
Burgan 8/9 H 4
Burgas 6/7 G 4
Burghausen 4/5 F 4
Burgundische Pforte 19
Burkina Faso 8/9 CD 5, 58/59 FG 3
Bursa 6/7 G 4
Buru 10/11 N 10
Burundi 8/9 FG 7, 58/59 GH 4
Butte 14/15 K 5
Butung 12/13 D 4

C

Caatingas 16 EF 3
Cabinda 8/9 E 7
Cabora Bassa-See 8/9 G 8
Cádiz 25.1+3
Cagliari 6/7 E 5
Caicosinseln 14/15 OP 7
Cairns 12/13 F 5
Calais 6/7 E 3
Calgary 14/15 K 4
Cali 16 B 2
Camagüey 14/15 O 7
Campellinsel 58/59 L 5
Campina Grande 16 F 3
Campinas 16 E 5
Campo Duran 16 C 5
Campo Grande 16 D 5
Campos; Landschaft 16 D 4/E 3
Campos; Stadt in Brasilien 16 E 5
Cananea 14/15 KL 6
Canberra 12/13 F 7
Can Tho 12/13 B 3
Canton 12/13 J 4

Capahuari 16 B 3
Caracas 16 C 1
Carajás 16 D 3
Cardiff 6/7 D 3
Cargados-Carajos-Inseln 58/59 HI 4
Carpentariagolf 12/13 EF 5
Cartagena 6/7 D 5
Caruaru 16 F 3
Casablanca 6/7 D 5
Casey 17.2 C 17/18
Casiquiare 16 C 2
Casper 14/15 L 5
Cayenne 16 D 2
Caymaninseln; Inseln 14/15 N 8
Caymaninseln; Verwaltungseinheit 58/59 D 3
Cebu 10/11 N 8
CEFTA (Central European Free Trade Agreement) 51.3
Celebessee 10/11 MN 9
Celle 4/5 E 2
Cerf 8/9 I 7
Cerro de Pasco 16 B 4
České Budějovice (Budweis) 4/5 G 4
Ceuta 6/7 D 5
Ceylon 10/11 J 9
CFA (Communauté Financière Africaine) 58.2
Chabarowsk 10/11 O 5
Cham 4/5 F 4
Chamsin 21.1
Changaigebirge 10/11 KL 5
Changchun 10/11 N 5
Changsha 10/11 M 7
Chanty-Mansisk 6/7 K 2
Charkow 6/7 H 3
Charleroi 4/5 B 3
Charleston 14/15 N 6
Charleville Mézières 4/5 B 4
Charlotte 14/15 N 6
Chathaminseln 12/13 J 8
Chaumont 4/5 B 4
Cheb (Eger) 4/5 F 3
Chemnitz 4/5 F 3
Chengdu 10/11 L 6
Cherrapunji 25.3
Chesterfieldinseln 12/13 G 5
Chiangmai 10/11 K 8
Chibougamau 14/15 O 4/5
Chicago 14/15 N 5
Chiclayo 16 B 3
Chiemsee 4/5 F 5
Chihuahua 14/15 L 7
Chile 16 B 6, 58/59 D 4/5
Chilerücken 31.1
Chiloé 16 B 7
Chimborasso 16 AB 2
Chimbote 16 B 3
China 10/11 K-M 6, 58/59 IJ 2
Chinesische Platte 30.3
Chingan, Großer 10/11 M 5/N 4
Chios 6/7 G 5
Chittagong 10/11 K 7
Chodzież (Kolmar) 4/5 H 2
Chogori (K2) 10/11 IJ 2
Choiseul 12/13 G 4
Chongqing (Tschunking) 10/11 L 6/7
Christchurch 12/13 I 8
Christiansø 4/5 G 1
Christmasinsel (Australien) 12/13 B 5
Christmasinsel (Kiribati) 58/59 A 3
Chromtau 10/11 G 4/5
Chuquicamata 16 C 5
Churchill; Stadt in Kanada 14/15 M 4
Churchill; Fluss 14/15 L 4
Cincinnati 14/15 N 6
Cinta 10/11 L 10
Ciudad Bolívar 16 C 2
Ciudad Guayana 16 C 2
Clermont-Ferrand 6/7 E 4

Cleveland 14/15 N 5
Climax 14/15 L 6
Clipperton 14/15 L 8
Cloppenburg 4/5 D 2
Coatsland 17.2 B 3/4
Cobar 12/13 F 7
Cobbinsel 31.2
Cochin 10/11 I 8/9
Cocos-Platte 31.1
Coetivy-Insel 8/9 I 7
Collie 12/13 C 7
Colmar 4/5 C 4
Colombo 10/11 IJ 9
Colorado 14/15 K 6
Columbia 14/15 K 5
Commandante 17.2 C 1
Comodoro Rivadavia 16 C 7
Conakry 8/9 B 6
Concarneau 6/7 D 4
Concepción 16 B 6
Constanța 6/7 G 4
Constantine 6/7 E 5
Coober Pedy 12/13 E 6
Cookinseln 58/59 A 4
Copiapó 16 B 5
Córdoba; Stadt in Spanien 6/7 D 5
Córdoba; Stadt in Argentinien 16 C 6
Cork 6/7 D 3
Coropuna 16 B 4
Corpus Christi 14/15 M 7
Corrientes 16 D 5
Corumbá 16 D 4
Costa Rica 14/15 N 9, 58/59 D 3
Côte d'Ivoire (Elfenbeinküste) 8/9 C 6, 58/59 F 3
Cote d'Or 4/5 B 5
Cotopaxi 16 B 3
Cottbus 4/5 G 3, 48.2
Crailsheim 4/5 E 4
Crozetinseln 58/59 H 5, 31.2
Cuiabá 16 D 4
Culiacán 14/15 L 7
Curaçao 14/15 P 8
Curitiba 16 E 5
Cuxhaven 4/5 D 2
Cuzco 16 B 4
Cyrenaika 8/9 F 3

D

Dachstein 4/5 F 5
Dakar 8/9 B 5
Dalap-Uliga-Darrit 12/13 I 3
Dallas 14/15 M 6
Dalmatien 6/7 F 4
Dalnegorsk 10/11 O 5
Damaskus 10/11 E 6
Dammam 10/11 FG 7
Dan 6/7 E 3
Danakil 8/9 H 5
Da Nang 10/11 L 8
Dänemark 4/5 DE 1, 58/59 G 2
Dänemarkstraße 14/15 ST 3
Danzig 6/7 F 3
Daqing 10/11 N 5
Dardanellen 6/7 G 4/5
Daressalam 8/9 G 7
Darfur 8/9 F 5
Darling 12/13 F 7
Darlingkette 12/13 C 6/7
Darmstadt 4/5 D 4
Darwin 12/13 E 5
Datong 10/11 M 5
Davao 10/11 N 9
Davis 17.2 C 14
Davissee 17.2 C 15/16
Davisstraße 14/15 Q 3
Dawson 17.1 C 11
Dawson Creek 14/15 J 4
Death Valley 25.4
Debrecen 6/7 G 4
Deggendorf 4/5 F 4
Deister 19

Dekkan 10/11 IJ 8
Delfzijl 4/5 C 2
Delhi 10/11 I 7
De Long-Straße 14/15 E 3/D 2
Demawend 10/11 G 6
Demokratische Republik Kongo (Zaire) 8/9 EF 7, 58/59 G 4
Dempo 31.2
Den Haag ('s-Gravenhage) 4/5 B 2
Den Helder 4/5 B 2
Dent Blanche 23.2
D'Entrecasteaux-Inseln 12/13 G 4/5
Denver 14/15 L 6
Derby 12/13 D 5
Der Kanal (Ärmelkanal) 6/7 D 3/4
Desertifikation 28.2
Dessau 4/5 F 3
Desventuradosinseln 16 AB 5
Detmold 4/5 D 3
Detroit 14/15 N 5
Deutschland 4/5 C-E 3, 58/59 G 2
Devoninsel 14/15 MN 2
Dhaka 10/11 K 7
Dhofar 10/11 G 8
Dickson 10/11 J 2
Diego Garcia 58/59 I 4
Dijon 4/5 B 5
Dili 25.2
Dillingen 4/5 C 4
Dinaride 56.1
Dinarisches Gebirge 23.1
Dingolfing 4/5 F 4
Diredaua 8/9 H 6
Disko-Insel 17.1 B 3
Distomon 6/7 G 5
Divriği 6/7 H 5
Diyarbakır 6/7 I 5
Djalo 8/9 F 4
Djidda 10/11 E 7
Djisan 10/11 F 8
Dnjepr 6/7 H 4
Dnjepropetrowsk 6/7 H 4
Dnjestr 6/7 G 4
Dodoma 8/9 G 7
Doha 10/11 G 7
Dole 4/5 B 5
Dolomiten 23.1
Dominica 14/15 PQ 8, 58/59 DE 3
Dominikanische Republik 14/15 OP 8, 58/59 D 3
Don 6/7 H 4
Donau 4/5 GH 4
Donaumoos 19
Donbass 45.1
Donez 6/7 H 4
Donezk 6/7 H 4
Donezplatte 22.2
Donnersberg 19
Dora Maria 23.1
Dordrecht 51.1
Dornbirn 4/5 D 5
Dortmund 4/5 C 3
Doubs 4/5 C 5
Douro (Duero) 6/7 D 4
Dover 6/7 E 3
Dovrefjell 6/7 EF 2
Drage 4/5 G 2
Drakensberge 8/9 F 10/G 9
Drakestraße 17.2 D 36/1
Dresden 4/5 F 3
Drygalsky-Insel 17.2 C 16
Dscheskasgan 10/11 H 5
Dschibuti; Staat 8/9 H 5, 58/59 H 3
Dschibuti; Stadt 8/9 H 5
Dschugdschurgebirge 10/11 OP 4
Duala 8/9 D 6
Dublin 6/7 D 3
Duero (Douro) 6/7 D 4
Duerobecken 22.2

Duisburg 4/5 C 3
Dukou 10/11 L 7
Duluth 14/15 M 5
Dumont d'Urville 17.2 C 20
Düna 6/7 G 3
Dundo 8/9 F 7
Dunedin 12/13 I 8
Dungau 19
Durango 14/15 L 7
Durban 8/9 G 9
Düren 48.2
Duschanbe 10/11 H 6
Düsseldorf 4/5 C 3
Dwina, Nördliche 6/7 I 2

E

East London 8/9 F 10
Eberswalde 4/5 F 2
Ebro 6/7 D 4
Ebrobecken 22.2
ECOWAS (Economic Community of West African States) 58.2
Ecuador 16 AB 3, 58/59 D 4
Eder 4/5 D 3
Edinburgh 6/7 D 3
Edith-Ronne-Land 17.2 A
Edmonton 14/15 K 4
Eduard-VII.-Halbinsel 17.2 B 27/28
Eelde 20
Efate 12/13 H 5
EFTA (European Free Trade Association) 51.3
Eger; Fluss 4/5 F 3
Eger (Cheb); Stadt in der Tschech.Rep 4/5 F 3
Egersenke 19
Eider 4/5 D 1
Eifel 4/5 C 3
Eindhoven 4/5 B 3
Eisenach 4/5 E 3
Eisenerz 4/5 G 5
Eisenhüttenstadt 4/5 G 2
Eisenstadt 4/5 H 5
Ekofisk 6/7 E 3
El-Aaiún 8/9 B 4
Elba 6/7 F 4
Elbe 4/5 D 2
Elbe-Seiten-Kanal 4/5 E 2
Elbrus 6/7 I 4
Elbsandsteingebirge 19
Elburs 10/11 G 6
Elde 4/5 E 2
Elephantinsel 17.2 CD 1
Elfenbeinküste (Côte d'Ivoire) 8/9 C 6
Elgon 8/9 G 6
El-Harra 8/9 F 4
El-Kharga 8/9 G 4
Ellesmereland 14/15 N 2/O 1
Ellice-Inseln 12/13 I 4
Ellsworthland 17.2 B 35-33
Ellsworth-Mountains 17.2 AB 33
Elm 19
El-Mukalla 10/11 F 8
El Niño 26.5
El Obeid 8/9 G 5
El Paso 14/15 L 6
El Salvador (Bergbau) 16 C 5
El Salvador (Staat) 14/15 MN 8, 58/59 CD 3
El Teniente 16 BC 6
El Tigre 16 C 2
Emden 4/5 C 2
Emi Koussi 31.2
Emmen 4/5 C 2
Ems 4/5 C 2
Enderbyland 17.2 BC 11/12
Enewetak-Atoll 12/13 H 2
Enns 4/5 G 5
Enschede 4/5 C 2
Entwicklungshilfe 55.2

Enugu 8/9 D 6
Epinal 4/5 C 4
Erbeskopf 19
Erdbeben 31.2
Erdgasförderung (K- und L-Felder) 4/5 AB 2
Erftstadt 48.2
Erfurt 4/5 E 3
Eriesee 14/15 NO 5
Eritrea 8/9 GH 5, 58/59 H 3
Erlangen 4/5 E 4
Ernährung 57.1
Eromanga-Insel 12/13 HI 5
Er-Rif 6/7 D 5
Ertsberg 12/13 E 4
Erwerbsstruktur 38.2
Erzgebirge 4/5 F 3
Erzurum 6/7 I 4/5
Esbjerg 6/7 E 3
Esch 4/5 BC 4
Eskimide 56.1
Esperanza 17.2 C 1
Espirito Santo 12/13 H 5
Essen 4/5 C 3
Estland 6/7 G 3, 58/59 G 2
Etesien 21.2
Etoschapfanne 8/9 E 8
EU (Europäische Union) 44.1
Euböa 6/7 G 5
Euphrat 6/7 I 5
Eurasische Platte 31.1
Euregio Maas-Rhein 49.4
Eureka 25.3
Europäisches Nordmeer 17.1 BC 33
Europarat 51.3
Europoort 4/5 B 3
EWR (Europäischer Wirtschaftsraum) 51.3
Eyre-Halbinsel 12/13 E 7
Eyresee 12/13 E 6

F

Fairbanks 14/15 H 3
Falkenau 4/5 F 3
Falklandinseln; Inseln 16 D 8
Falklandinseln; Verwaltungseinheit 58/59 DE 5
Falster 4/5 F 1
Faltenjura 23.2
Fanø 4/5 D 1
Faraday 17.2 C 36
Färöer; Inseln 6/7 D 2
Färöer; Verwaltungseinheit 58/59 F 1
Farquharinseln 8/9 I 8
Faya 8/9 E 5
F'Dérick 8/9 B 4
Fehmarn 4/5 E 1
Fehmarnbelt 4/5 E 1
Feldberg 4/5 C 5
Feldberg, Großer 19
Fergana 10/11 I 5
Fernando de Noronha 16 F 3
Fès 8/9 C 3
Fessan 8/9 E 4
Fethiye 6/7 G 5
Feuerland 16 BC 8
Fianarantsoa 8/9 H 9
Fichtelgebirge 19
Fidschi 12/13 I 5, 58/59 LM 4
Fier 6/7 F 4
Filchner 17.2 B 2
Filchner-Schelfeis 17.2 B 36/1
Finnischer Meerbusen 6/7 G 2/3
Finnland 6/7 G 2, 58/59 G 1
Finsteraarhorn 23.2
Firenze (Florenz) 6/7 F 4
Fläming 19
Flensburg 4/5 D 1
Flinders 12/13 F 5/6
Flin Flon 14/15 L 4
Florenz (Firenze) 6/7 F 4
Flores 10/11 N 10

Florianópolis 16 E 5
Florida, Halbinsel 14/15 N 6/7
Floridastraße 14/15 N 7
Fly 12/13 F 4
Föhn 21.1
Föhr 4/5 D 1
Forbach 4/5 C 4
Formosa 10/11 N 7
Forsayth 12/13 F 5
Fortaleza 16 F 3
Forties 6/7 E 3
Fort Nelson 14/15 J 4
Fort Worth 14/15 M 6
Foxebecken 14/15 NO 3
Frankenhöhe 19
Frankenwald 19
Frankfurt; Stadt in Brandenburg 4/5 G 2
Frankfurt; Stadt in Hessen 4/5 D 3, 49.3
Fränkische Alb 4/5 E 4
Frankreich 6/7 DE 4, 58/59 FG 2
Französische Kalkalpen 23.1
Französisch Guayana; Verwaltungseinheit 16 D 2, 58/59 E 3
Französisch-Polynesien 58/59 AB 4
Fraserinsel 12/13 G 6
Frechen 48.2
Freeport 14/15 O 7
Freetown 8/9 B 6
Freiberg 4/5 F 3
Freiburg 4/5 C 4/5
Friedrichshafen 4/5 D 5
Frigg 6/7 E 3
Frimmersdorf 48.2
Fudschijama 10/11 O 6
Fuerteventura 8/9 B 4
Fulda; Fluss 4/5 D 3
Fulda; Stadt in Hessen 4/5 D 3
Fulmar 6/7 E 3
Funafuti 12/13 IJ 4
Funchal 8/9 B 3
Fundy Bay 14/15 P 5
Fünen 4/5 E 1
Furneauxgruppe 12/13 F 7
Fürstenwalde 4/5 G 2
Fürth 4/5 E 4
Futuna 12/13 J 5
Fuzhou 10/11 M 7

G

Gaborone 8/9 F 9
Gabun 8/9 E 6/7, 58/59 G 4
Gafsa 25.2+4
Gaggenau 4/5 D 4
Galapagosinseln 31.2
Galați 6/7 G 4
Galdhøpping 6/7 E 2
Gallacaio 10/11 F 9
Gällivare 6/7 FG 2
Gambia 8/9 B 5, 58/59 F 3
Gambierinseln 58/59 B 4
Ganges 10/11 J 7
Garissa 25.2+4
Garmisch-Partenkirchen 4/5 E 5
Garonne 6/7 E 4
Gasli 10/11 H 5
Gaußberg 17.2 C 15
Gävle 6/7 F 2
Gaziantep 6/7 H 5
Gdingen 20
Gebrüch 19
Geel 4/5 B 3
Gelbes Meer 10/11 N 6
Geleen 4/5 B 3
Genève (Genf) 6/7 E 4
Genf (Genève) 6/7 E 4
Genk 4/5 B 3
Genova (Genua) 6/7 E 4
Genua (Genova) 6/7 E 4
Geologie 19, 22.1, 23.1, 31.1

Geomagnetischer Pol (Antarktis) 17.2 B 18
Geomagnetischer Pol (Arktis) 17.1 B 3/4
Georgetown 16 D 2
Georgien 6/7 I 4, 58/59 H 2
Georg-V.-Küste 17.2 C 21/22
Geotektonik 31.1
Gera 4/5 F 3
Geraldton 12/13 C 6
Germersheim 46.2
Gerswalde 32.2
Gesellschaftsinseln 58/59 AB 4
Gesira 8/9 G 5
Gesundheit 56.2
Ghadames 8/9 D 3/4
Ghana 8/9 C 6, 58/59 F 3
Ghardaïa 8/9 D 3
Gheorghe Gheorghiu-Dej 6/7 G 4
Ghawar 8/9 H 4
Gibraltar; Stadt 6/7 D 5
Gibraltar; Verwaltungseinheit 58/59 F 2
Gibsonwüste 12/13 D 6
Gießen 4/5 D 3
Gijón 6/7 D 4
Gilbertinseln 12/13 I 3/4
Gisborne 12/13 I 7
Glasgow 6/7 D 3
Glatz (Kłodzko) 4/5 H 3
Gleichberg, Großer 19
Globalstrahlung 25.6
Glogau (Głogów) 4/5 H 3
Glogau-Baruther Urstromtal 19
Glogow (Głogów) 4/5 H 3
Gmünd 4/5 G 4
Gobi 10/11 K-M 5
Godhavn (Qeqertarssuaq) 17.1 C 3
Godthåb (Nuuk) 14/15 Q 3
Goiânia 16 E 4
Goldenberg 48.2
Golfe du Lion 6/7 E 4
Golfstrom 40.2
Golf von Aden 10/11 FG 8
Golf von Alaska 14/15 H 4
Golf von Bengalen 10/11 JK 8
Golf von Biscaya 6/7 D 4
Golf von Campeche 14/15 M 7
Golf von Darién 16 B 2
Golf von Guinea 8/9 D 6
Golf von Honduras 14/15 N 8
Golf von Kalifornien 14/15 K 6/L 7
Golf von Martaban 10/11 K 8
Golf von Mexiko 14/15 MN 7
Golf von Oman 10/11 GH 7
Golf von Panama 16 B 2
Golf von Siam 12/13 B 2
Golf von Tehuantepec 14/15 M 8
Golf von Tonking 10/11 L 7/8
Gomel 6/7 H 3
Gondwana 17.2 B 23
Goonyella 12/13 F 6
Goose Bay 14/15 P 4
Gorkier Stausee 6/7 I 3
Görlitz 4/5 G 3, 48.1
Gorzów Wielkopolski (Landsberg) 4/5 G 2
Goslar 4/5 E 3
Göteborg 6/7 F 3
Gotland 6/7 F 3
Göttingen 4/5 D 3
Goughinsel 8/9 C 11
Gove 12/13 E 5
Grabfeld 19
Grahamland 17.2 C 36/1
Granada 6/7 D 5
Gran Canaria 8/9 B 4
Gran Chaco 16 C 5
Grangemouth 6/7 D 3
Gran Paradiso 23.2
Gran Sasso 6/7 F 4
Grants 14/15 L 6

Great Dividing Range 12/13 F 5-G 6
Great Wall 17.2 C 1
Greifswald 4/5 F 1
Grenada 14/15 P 8, 58/59 D 3
Grevenbroich 48.2
Griechenland 6/7 FG 5, 58/59 G 2
Groningen 4/5 C 2
Grönland; Verwaltungseinheit 14/15 RS 2, 58/59 EF 1
Grönland; Insel 17.1 BC 2
Grönlandsee 14/15 UV 2
Groote Eylandt 12/13 E 5
Grosny 6/7 I 4
Großbritannien 6/7 DE 3, 58/59 FG 2
Große Antillen 14/15 N 7/P 8
Große Arabische Wüste 10/11 F 8/G 7
Große Australische Bucht 12/13 DE 7
Große Ebene 10/11 M 6
Großer Arber 4/5 F 4
Großer Bärensee 14/15 JK 3
Großer Beerberg 4/5 E 3
Großer Belchen 4/5 C 5
Großer Chingan 10/11 M 5/N 4
Großer Sklavensee 14/15 K 3
Große Salzwüste 10/11 G 6
Große Sandwüste 12/13 D 6
Großes Artesisches Becken 12/13 E 6
Großes Barriereriff 12/13 FG 5
Großes Becken 14/15 K 5/6
Große Syrte 8/9 E 3
Große Victoriawüste 12/13 DE 6
Großglockner 6/7 F 4
Großnamaland 8/9 E 9
Grünberg (Zielona Góra) 4/5 G 3
Guadalajara 14/15 L 7
Guadalcanal 12/13 GH 5
Guadalquivir 6/7 D 5
Guadalupe 14/15 K 7
Guadeloupe; Insel 14/15 P 8
Guadeloupe; Verwaltungseinheit 58/59 DE 3
Guam; Insel 12/13 F 2
Guam; Verwaltungseinheit 12/13 F 2, 58/59 K 3
Guanahani (Watlinginsel, San Salvador) 14/15 OP 7
Guangzhou 10/11 M 7
Guatemala; Staat 14/15 MN 8, 58/59 CD 3
Guatemala; Stadt in Guatemala 14/15 M 8
Guayanaschild 31.1
Guayaquil 16 B 3
Gubkin 6/7 H 3
Guinea 8/9 B 5, 58/59 F 3
Guinea-Bissau 8/9 B 5, 58/59 F 3
Guineastrom 40.2
Guiyang (Kweijang) 10/11 L 7
Guleman 6/7 I 5
Gulfaks (Erdölförderung) 6/7 E 2
Gunnbjörnfjeld 14/15 ST 3
Gurjew 6/7 J 4
GUS (Gemeinschaft Unabhängiger Staaten) 44.1
Güstrow 4/5 F 2
Gütersloh 4/5 D 3
Guyana 16 D 2, 58/59 DE 3
Gweru 8/9 F 8
Gydan, Halbinsel 10/11 IJ 3
Györ 6/7 F 4

H

Ha'apai-Inseln 12/13 J 5/6
Haardt 19
Haarlem 4/5 B 2
Hadleyzelle (Meridionale Zirkulation) 26.5
Hadramaut 10/11 FG 8

Haikou 12/13 C 2
Hail 8/9 H 4
Hailar 10/11 M 5
Hainan 10/11 M 8
Haiphong 12/13 B 1
Haiti 14/15 O 8, 58/59 D 3
Halberstadt 4/5 E 3
Halifax 14/15 P 5
Halle 4/5 E 3
Halley 17.2 B 4
Hallinseln 12/13 G 3
Halmahera 10/11 NO 9
Hamada 8/9 E 4
Hambach 4/5 C 3
Hamburg; Stadt 4/5 DE 2
Hamburg; Bundesland 47
Hameln 4/5 D 2
Hami 10/11 K 5
Hamm 4/5 C 3
Hanau 4/5 D 3
Handel 44.2
Hannover 4/5 D 2
Hanoi 10/11 L 7
Harare 8/9 G 8
Harbin 10/11 N 5
Hardangervidda 6/7 E 2/3
Harstad 6/7 F 1
Harz 4/5 E 3
Hase 4/5 CD 2
Hassberge 19
Hasselt 49.4
Hassi-Messaud 8/9 D 3
Hassi-R'Mel 8/9 D 3
Hatschinohe 10/11 P 5
Hausruck 19
Havanna (La Habana) 14/15 N 7
Havel 4/5 F 2
Havnbjerg 4/5 D 1
Hawaii 58/59 A 3
Heardinsel 58/59 I 5
Hebriden 6/7 D 3
Hebriden, Neue 12/13 HI 5
Hedleyzelle (Meridionale Zirkulation) 26.2
Hedschas 10/11 E 7
Hegau 19
Heide 4/5 D 1
Heidelberg 4/5 D 4
Heidenheim 4/5 E 4
Heilbronn 4/5 D 4
Helgoland 4/5 C 1
Helgoländer Bucht 4/5 C 1-D 2
Helmstedt 4/5 E 2
Helsinki 6/7 G 2
Helvetische Decken 23.3
Hennigsdorf 4/5 F 2
Herat 10/11 H 6
Herford 4/5 D 3
Heringen 4/5 D 3
Hermosillo 14/15 K 7
Hersfeld, Bad 4/5 D 3
Herzegowina, Bosnien- 6/7 F 4, 58/59 G 2
Herzogenbusch 4/5 B 3
Hesselberg 19
Hessen 47
Hessische Senke 19
Hidalgo 14/15 L 7
Highlands 6/7 D 3
Hiiumaa 6/7 G 3
Hildesheim 4/5 D 2
Hilversum 4/5 B 2
Himalaya 10/11 I 6/K 7
Hindukusch 10/11 HI 6
Hindustan 10/11 IJ 7
Hiroschima 10/11 O 6
Hirschau 4/5 EF 4
Hirschberg (Jelenia Góra) 4/5 G 3
Hispaniola 14/15 OP 8
Hobart 12/13 F 8
Hochfilzen 4/5 F 5
Ho Chi Minh 10/11 L 8
Hochland von Adamaua 8/9 DE 6

Hochland von Asir 10/11 F 7/8
Hochland von Bihé 8/9 E 8
Hochland von Mato Grosso 16 D 4
Hochschwab 4/5 G 5
Hof 4/5 E 3
Hofuf 8/9 H 4
Hohe Acht 19
Hohenloher Ebene 19
Hoher Atlas 6/7 D 5
Hohe Tatra 6/7 G 4
Hohe Tauern 23.1
Hokkaido 10/11 P 5
Holsteinsborg (Sisimiut) 17.1 C 3
Homs 6/7 H 5
Hondsdrug 19
Honduras 14/15 N 8, 58/59 D 3
Hongkong 10/11 M 7
Honiara 12/13 G 4
Honschu 10/11 P 6
Horn 14/15 T 3
Hornisgrinde 19
Horno 48.2
Houston 14/15 M 7
Howlandinsel 12/13 J 3
Hoyerswerda 48.2
Hradec Králové (Königgrätz) 4/5 G 3
Hrebeny 19
Hsikiang 10/11 M 7
Huambo 8/9 E 8
Huascarán 16 B 3
Hudson Bay 14/15 N 3/4
Hudsonstraße 14/15 OP 3
Hué 12/13 B 2
Huelva 6/7 D 5
Hugoton 14/15 L 6
Humboldtstrom 40.2
Hunedoara 6/7 G 4
Hunsrück 4/5 C 4
Hunte 4/5 D 2
Huronsee 14/15 N 5
Husum 4/5 D 1
Hvannadalshnúkur 6/7 C 2
Hwangho 10/11 L 6
Hyderabad 10/11 I 8

I

Iași 6/7 G 4
Ibadan 8/9 D 6
Ibbenbüren 4/5 C 2
Iberische Masse 22.2
Ibiza 6/7 E 5
Idar-Oberstein 4/5 C 4
Iglau (Jihlava) 4/5 G 4
Igloolik 17.1 BC 6
IJssel 4/5 C 2
IJsselmeer 4/5 B 2
Ilha-Grande-Stausee 16 D 5
Illampu 16 C 4
Iller 4/5 E 5
Illimani 16 C 4
Ilmensee 6/7 GH 3
Iloilo 12/13 D 2
Ilorin 8/9 D 6
Imandrasee 6/7 H 2
Imatra 6/7 G 2
Imini 8/9 C 3
Inarisee 6/7 G 2
Indianapolis 14/15 N 6
Indianide 56.1
Indide 56.1
Indien 10/11 I 8/J 7, 58/59 I 3
Indigirka 10/11 P 2/3
Indisch-Antarktischer Rücken 31.1
Indisch-Australische Platte 31.1
Indischer Ozean 10/11 H-K 10
Indisches Schild 31.1
Indomelanide 56.1
Indonesien 10/11 L-O 10, 58/59 JK 4
Indore 10/11 I 7

Indus 10/11 I 6/7
Ingolstadt 4/5 E 4
Inn 4/5 F 4
Inneranatolien 6/7 H 5
Innertropische Konvergenz (ITC) 26.1
Innsbruck 4/5 E 5
In-Salah 8/9 D 4
Inuvik 14/15 I 3
Invercargill 12/13 H 8
Invergordon 6/7 D 3
Ionisches Meer 6/7 F 5
Ipoh 10/11 L 9
Iquique 16 BC 4/5
Iquitos 16 B 3
Irak 6/7 I 5, 58/59 H 2
Iran 6/7 I 5, 58/59 H 2
Iranische Platte 31.1
Irawadi 10/11 K 7
Irazu 31.2
Irische See 6/7 D 3
Irkutsk 10/11 L 4
Irland 6/7 D 3, 58/59 F 2
Irtysch 6/7 K 3
Isar 4/5 F 4
Ischewsk 6/7 J 3
Iser 4/5 G 3
Isfahan 10/11 G 6
Islamabad 10/11 I 6
Island; Staat 6/7 BC 2, 58/59 F 1
Island; Insel 31.2
Israel 10/11 E 6, 58/59 H 2
Issykkul 10/11 I 5
İstanbul 6/7 G 4
Istrien 23.1
Italien 6/7 F 4, 58/59 G 2
ITC (Innertropische Konvergenz) 26.1
Ittoqqortoormiit (Scoresbysund) 14/15 T 2
Iturup 10/11 P 5
Itzehoe 4/5 D 2
Iwanowo 6/7 I 3
Iwdel 6/7 JK 2
İzmir 6/7 G 5
İzmit 6/7 G 4

J

Jackson 12/13 F 6
Jacksonville 14/15 N 6
Jaffa, Tel Aviv- 8/9 G 3
Jagst 4/5 D 4
Jakarta 10/11 L 10
Jakuten 56.1
Jakutsk 10/11 N 3
Jamaika 14/15 O 8, 58/59 D 3
Jamal, Halbinsel 10/11 HI 2
Jamantau 6/7 J 3
James Bay 14/15 NO 4
Jangtsekiang 10/11 LM 6
Jan Mayen 14/15 V 2
Jänschwalde 48.2, 4/5 G 3
Japan 10/11 O 6, 30.3, 58/59 K 2
Japanische Inseln 30.3
Japanisches Meer 10/11 O 5/6
Japanisch-Koreanischer Typ 56.1
Jaroslawl 6/7 H 3
Jarvisinseln 58/59 A 3
Jaunde 8/9 E 6
Java 10/11 LM 10
Javasee 10/11 LM 10
Jayapura 12/13 F 4
Jekaterinburg 6/7 K 3
Jelenia Góra (Hirschberg) 4/5 G 3
Jeluit-Atoll 12/13 HI 3
Jemen 10/11 F 8, 58/59 H 3
Jena 4/5 E 3
Jenissei 10/11 J 3
Jerewan 6/7 I 4
Jerusalem 10/11 E 6
Jiamusi 10/11 O 5
Jihlava (Iglau) 4/5 G 4

Jinan 10/11 M 6
Jishou 10/11 L 7
Joensuu 6/7 GH 2
Johannesburg 8/9 F 9
Johnstoninsel 12/13 K 2
Jokohama 54.4
Jordanien 10/11 E 6/7, 58/59 H 2
Jos 8/9 D 6
Joseph-Bonaparte-Golf 12/13 D 5
Juan de Fuca-Platte 31.1
Juan Fernández 31.2
Juan-Fernández-Inseln 16 AB 6
Juárez 14/15 L 6
Juba 8/9 G 6
Jubany 17.2 C 1
Jugoslawien 6/7 FG 4, 58/59 G 2
Juist 4/5 C 2
Jujuy 16 C 5
Julianehåb (Qarqortoq) 17.1 C 2
Juneau 14/15 I 4
Jungbunzlau (Mladá Boleslav) 4/5 G 3
Jungferninseln; Inseln 14/15 P 7/8
Jungferninseln; Verwaltungseinheit 58/59 DE 3
Jünnan-Plateau 12/13 AB 1
Jura 4/5 C 5
Juruá 16 C 3
Juschno-Sachalinsk 10/11 P 5
Jütland 4/5 D 1

K

K 2 (Chogori) 10/11 IJ 6
Kabul 10/11 H 6
Kachowkaer Stausee 6/7 H 4
Kaduna 8/9 D 5
Kagera 8/9 G 7
Kagoschima 10/11 O 6
Kahler Asten 19
Kai-Inseln 12/13 E 4
Kairo 8/9 G 3/4
Kaiserslautern 4/5 C 4
Kaiserstuhl 19
Kajaani 6/7 G 2
Kalahari 8/9 F 9
Kaledonisches Gebirge 22.2
Kalemie 8/9 F 7
Kalgoorlie 12/13 D 7
Kalifornien 30.2
Kalifornischer Strom 40.2
Kalimantan 10/11 M 9/10
Kalkutta 10/11 J 7
Kalle 4/5 C 2
Kalmit 19
Kältepol (Antarktis) 17.2 B 17
Kältepol (Arktis) 17.1 C 19/20
Kama 6/7 J 2
Kama-Stausee 6/7 J 3
Kambodscha 10/11 L 8, 58/59 J 3
Kamerun 8/9 DE 6, 58/59 G 3
Kamerunberg 31.2
Kamina 8/9 F 7
Kampala 8/9 G 6
Kamtschatka, Halbinsel 10/11 R 4
Kanada 14/15 L-N 4, 58/59 A-D 2
Kanadischer Schild 31.1
Kanadische Seenplatte 14/15 M-P 4
Kanal, Der (Ärmelkanal) 6/7 D 3/4
Kananga 8/9 F 7
Kanarische Inseln 8/9 B 4
Kandahar 10/11 H 6
Känguruhinsel 12/13 E 7
Kanin, Halbinsel 6/7 I 2
Kankan 8/9 C 5
Kano 8/9 D 5
Kanpur 10/11 IJ 7

Kansas City 14/15 M 6
Kaohsiung 10/11 N 7
Kaolack 8/9 B 5
Kap Adare 17.2 B 24
Kap Agulhas (Nadelkap) 8/9 F 10
Kap Barrow 14/15 G 2
Kap Batterbee 17.2 C 12
Kap Blanc 8/9 B 4
Kap Bon 6/7 F 5
Kap Branco 16 F 3
Kap Byron 12/13 G 6
Kap Ca Mau 10/11 L 9
Kap Canaveral 14/15 N O 7
Kap Chidley 14/15 P 3
Kap Colbeck 17.2 B 27
Kap Comorin 10/11 I 9
Kap Conception 14/15 J 6
Kap d'Ambre 8/9 H 8
Kap Dart 17.2 B 30
Kap Delgado 8/9 H 8
Kap der Guten Hoffnung 8/9 E 10
Kap Deschnew 10/11 T 3
Kap d'Urville 10/11 O 10
Kap Farvel (Ùmánarssuaq) 14/15 R 4
Kap Finisterre 6/7 CD 4
Kap Frio 8/9 E 8
Kap Gallinas 16 B 1
Kap Guardafui 8/9 I 5
Kap Hatteras 14/15 O 6
Kap Hoorn 16 C 8
Kap Kanin 17.1 BC 29
Kap Konin 10/11 F 3
Kapland 8/9 EF 10
Kap Leeuwin 12/13 C 7
Kap Lopatka 10/11 Q 4/5
Kap Lopez 8/9 D 7
Kap Maria van Diemen 12/13 I 7
Kap Mendocino 14/15 J 5/6
Kap Morris Jesup 14/15 P-S 1
Kap Negrais 10/11 K 8
Kap Norvegia 17.2 B 4/5
Kap Palmas 8/9 C 6
Kap Pariñas 16 A 3
Kap Passero 6/7 F 5
Kap Poinsett 17.2 C 18
Kap Prince of Wales 14/15 F 3
Kap Race 14/15 Q 5
Kap Sainte Marie 8/9 H 9
Kap San Lucas 14/15 K 7
Kap São Roque 16 F 3
Kap Schelanija 10/11 HI 2
Kapstadt 8/9 E 10
Kap Tres Puntas 16 C 7
Kap Tscheljuskin 10/11 L-N 2
Kapuas 10/11 M 10
Kap Verde; Kap 8/9 B 5
Kap Verde; Staat 58/59 F 3
Kap Verde Inseln 31.2
Kap York 12/13 F 5
Kap-York, Halbinsel 12/13 F 5
Karaganda 10/11 I 5
Karaginski-Insel 10/11 R 4
Karakorum 10/11 I 6
Karamay 10/11 J 5
Karasee 10/11 HI 2
Karastraße 10/11 G 2/3
Karatschi 10/11 H 7
Karelien 6/7 GH 2
Karesuando 20
Karibasee 8/9 F 8
Karibische Platte 31.1
Karibisches Meer 14/15 N-P 8
Karlovy Vary (Karlsbad) 4/5 F 3
Karlsbad (Karlovy Vary) 4/5 F 3
Karlsruhe 4/5 D 4
Karolineninseln 12/13 E-G 3
Karpaten 6/7 FG 4
Kasachstan 6/7 IJ 4, 58/59 HI 2
Kasai 8/9 E 7
Kasan 6/7 I 3
Kasbek 6/7 IJ 4
Kaschmir 10/11 I 6
Kaskadenkette 14/15 J 5

Kaspische Senke 22.2
Kaspisches Meer 6/7 I 4/J 5
Kassala 8/9 G 5
Kassel 4/5 D 3
Kastilisches Scheidegebirge 6/7 D 4
Katanga (Shaba) 8/9 F 7
Katar 10/11 FG 7, 58/59 H 3
Kathiawar, Halbinsel 10/11 HI 7
Kathmandu 10/11 J 7
Katmai 31.2
Kattegat 6/7 F 3
Kattowitz 6/7 F 3
Katzenbuckel 19
Kaukasien 6/7 HI 4
Kaukasus 6/7 I 4
Kausche 48.2
Kawasaki 54.4
Kayes 8/9 B 5
Kayseri 6/7 H 5
Kebnekajse 6/7 F 2
Keetmanshoop 8/9 E 9
Keilberg 4/5 F 3
KEI (Wirtschaftliche Zusammenarbeit am Schwarzen Meer) 58.2
Kelut 31.2
Kem 20
Kemerowo 10/11 J 4
Kemi 6/7 G 2
Kempten 4/5 E 5
Kenia 8/9 GH 6, 58/59 H 3
Kerbela 6/7 I 5
Kerguelen 58/59 I 5, 31.2
Kerinci 10/11 L 10
Kermadecinseln 12/13 IJ 7
Kerman 10/11 G 6
Kertsch 6/7 H 4
Kermanshahpol 22/23 (not visible – omitted)
K-Felder (Erdgasförderung) 4/5 A 2
Khartoum 8/9 G 5
Khoisanide 56.1
Khon Kaen 12/13 B 2
Khouribga 8/9 D 5
Kiel 4/5 E 1
Kieler Bucht 4/5 E 1
Kieta 12/13 G 4
Kiew 6/7 H 3
Kiewer Stausee 6/7 GH 3
Kigali 8/9 G 7
Kilimandscharo 8/9 G 7
Kimberley; Stadt in Südafrika 8/9 F 9
Kimberley; Landschaft 12/13 D 5
Kimberley; Stadt in Kanada 14/15 K 4/5
Kinabalu 10/11 M 9
Kinginsel 12/13 M 10
King Sejong 17.2 C 1
Kingston 14/15 O 8
Kinshasa 8/9 E 7
Kiogasee 8/9 G 6
Kirgistan 10/11 I 5, 58/59 I 2
Kiribati 12/13 IJ 4, 58/59 A 3
Kirikkale 6/7 H 5
Kirischi 6/7 H 3
Kirkenes 6/7 G 2
Kirkuk 6/7 I 5
Kirow 6/7 I 3
Kirowsk 6/7 H 2
Kiruna 6/7 G 2
Kisangani 8/9 F 6
Kischinjow 6/7 G 4
Kischinow 20
Kısılırmak 6/7 H 4
Kisumu 8/9 G 6/7
Kitakiuschu 10/11 O 6
Kitimat 14/15 J 4
Kitwe 8/9 F 8
Kitzbüheler Alpen 19
Kiuschu 10/11 O 6
Kiwusee 8/9 F 7
Kladno 4/5 G 3
Klagenfurt 20
Klarälv 6/7 F 2
Klatovy (Klattau) 4/5 F 4

Klattau (Klatovy) 4/5 F 4
Klausenburg 6/7 G 4
Kleine Antillen 14/15 OP 8
Kleiner Belt 4/5 D 1
Kleine Sunda-Inseln 10/11 MN 10
Kleine Syrte 8/9 E 3
Klimadiagramme 20/21
Klimazonen (Neef) 30.1
Klingenthal 4/5 F 3
Kljutschewskaja Sopka 10/11 QR 4
Kłodzko (Glatz) 4/5 H 3
Knoxküste 17.2 C 17
Knoxville 14/15 N 6
Knüll 19
København (Kopenhagen) 6/7 F 3
Koblenz 4/5 C 3
Kocher 4/5 D 4
Kodiak 14/15 G 4
Kokkola 6/7 G 2
Kokonau 10/11 O 10
Kokosinsel 14/15 N 9
Kokosinseln 12/13 A 5
Kola, Halbinsel 6/7 H 2
Kolberg (Kołobrzeg) 4/5 G 1
Kolgujewinsel 10/11 F 3/G 2
Kolin 4/5 G 3
Kolmar (Chodzież) 4/5 H 2
Köln 4/5 C 3, 48.2
Kołobrzeg (Kolberg) 4/5 G 1
Kolonia 12/13 G 3
Kolumbien 16 AB 2, 58/59 O 3
Kolwezi 8/9 F 8
Kolyma 10/11 Q 3
Kolymagebirge 10/11 QR 3
Komagatake 31.2
Kommandeurinseln 10/11 R 4
Komoren 8/9 H 8, 58/59 H 4
Komotau 4/5 F 3
Komsomolsk 10/11 O 4
Kongo (Zaire); Fluss 8/9 F 6
Kongo; Staat 8/9 E 6, 58/59 G 3/4
Kongo, Demokratische Republik (Zaire) 8/9 EF 7, 58/59 G 4
Kongur 10/11 I 6
Königgrätz (Hradec Králové) 4/5 G 3
Königin-Charlotte-Inseln 14/15 I 4
Königin-Elisabeth-Inseln 17.1 A/B 9
Königin-Mary-Küste 17.2 C 16
Königin-Maud-Land 17.2 B 6-10
Königsberg 6/7 G 3
Konschakowski Kamen 6/7 JK 3
Konstanz 4/5 D 5
Konvektion 30.3
Konya 6/7 H 5
Konz 46.1
Kopenhagen (København) 6/7 F 3
Kopet-Dag 10/11 G 6
Korallensee 12/13 G 5
Korbach 4/5 D 3
Kordilleren (Anden) 16 B 2-7
Kordofan 8/9 FG 5
Korea, Nord 10/11 O 5/6, 58/59 K 2
Korea, Süd 10/11 NO 6, 58/59 K 2
Korf 17.1 C 17
Korjakengebirge 10/11 RS 3
Koromandelküste 10/11 J 8
Koror 12/13 E 3
Korsika 6/7 E 4
Korsør 4/5 E 1
Košice 6/7 G 4
Köslin (Koszalin) 4/5 H 1
Kosova 6/7 G 4
Kosrae 12/13 H 3
Kosti 8/9 G 5
Kostschagyl 6/7 J 4
Koszalin (Köslin) 4/5 H 1

Kota Baharu 12/13 B 3
Kota Kinabalu 10/11 M 9
Kotka 6/7 G 2
Kotlas 6/7 I 2
Kraichgau 19
Krakatau 31.2
Krakau 6/7 F 3
Kralupy 4/5 G 3
Krasnodar 6/7 H 4
Krasnojarsk 10/11 K 4
Krasnowodsk 20
Krefeld 4/5 C 3
Krementschug 6/7 H 4
Krementschuger Stausee 6/7 H 4
Krems 4/5 G 4
Krenkel-Observatorium 17.1 A
Kreta 6/7 G 5
Kreuznach, Bad 4/5 C 4
Krim, Halbinsel 6/7 H 4
Krishna 10/11 I 8
Kristiansand 6/7 E 3
Kristiansund 6/7 E 2
Kristineberg 6/7 F 2
Kriwoi Rog 6/7 H 4
Kroatien 6/7 F 4, 58/59 G 2
Kronstadt 6/7 G 4
Kropfmühl 4/5 F 4
Ksyl-Orda 8/9 J 2
Kuala Lumpur 10/11 L 9
Kuba 14/15 NO 7, 58/59 D 3
Kuban 6/7 I 4
Kubango 8/9 E 8
Kuching 10/11 M 9
Küddow 4/5 H 2
Kufstein 4/5 F 5
Kuibyschewer Stausee 6/7 IJ 3
Kumasi 8/9 C 6
Kunaschir 10/11 P 5
Kunene 8/9 E 8
Kunlun Shan 10/11 J-L 6
Kunming 10/11 L 7
Kuopio 6/7 G 2
Kura 6/7 I 4
Kurdistan 6/7 I 5
Kurilen 10/11 PQ 5
Kuroschio 40.2
Kursk 6/7 H 3
Kusbass 45.1
Kuschiro 10/11 P 5
Kustanai 20
Küstengebirge 14/15 I 3/J 4
Küstenkanal 4/5 C 2
Küstenkette 14/15 J 5/6
Kutaissi 6/7 I 4
Kuujjuaq 14/15 P 4
Kuwait; Staat 10/11 F 7, 58/59 H 3
Kuwait; Stadt 10/11 F 7
Kwa 8/9 E 7
Kwajalein-Atoll 12/13 H 3
Kweijang (Guiyang) 10/11 L 7
Kyffhäuser 19
Kykladen 6/7 G 5
Kysyl 10/11 K 4
Kysylkum 8/9 J 2

L

Labrador City 14/15 P 4
Labrador, Halbinsel 14/15 OP 4
Labradorsee 14/15 Q 3/4
Labradorstrom 40.2
Lac du Der-Chantecoq 4/5 B 4
La-Chaux-de-Fonds 4/5 C 5
La Coruña 6/7 D 4
Ladogasee 6/7 H 2
Lae 12/13 F 4
La Fournaise 31.2
Lagos 8/9 D 6
La Habana (Havanna) 14/15 N 7
La Hague 6/7 D 4
Lahn 4/5 D 3
Lahore 10/11 I 6
Laisvall 6/7 F 2

Lakkadiven (Lakshadweepinseln) 10/11 HI 8
Lakkadivensee 10/11 I 9
Lakshadweepinseln (Lakkadiven) 10/11 HI 8
La Mancha 6/7 D 5
Lambertgletscher 17.2 B 13/14
Landsberg (Gorzów Wielkopolski) 4/5 G 2
Land's End 6/7 D 4
Landshut 4/5 F 4
Landwirtschaft 27.2, 34, 37.2, 41.1, 42/43
Langeland 4/5 E 1
Langeoog 4/5 C 2
Lanin 16 B 6
Lanzhou 10/11 L 6
Laos 10/11 L 7/8, 58/59 J 3
La Palma 8/9 AB 4
La Paz; Stadt in Mexiko 14/15 K 7
La Paz; Stadt in Bolivien 16 C 4
La Plata 16 D 6
Lappide 56.1
Lappland 17.2
Laptewsee 10/11 M-O 2
Laptewstraße 10/11 PQ 2
Larsen-Schelfeis 17.2 C 36
La Serena 16 B 5
Las Palmas 8/9 B 4
Lauchhammer 48.2
Lau-Inseln 12/13 J 5
Lausitz 4/5 FG 3, 48.2
Lausitzer Gebirge 19
Lech 4/5 E 4
Le Coruña 20
Le Creusot 6/7 E 4
Leeds 6/7 D 3
Leeuwarden 4/5 B 2
Legnica (Liegnitz) 4/5 H 3
Le Havre 6/7 E 4
Leiden 4/5 B 2
Leigh Creek 12/13 E 7
Leine 4/5 D 3
Leipzig 4/5 F 3
Leipziger Bucht 19
Lek 4/5 B 3
Leman-Bank 6/7 E 3
Lemberg; Stadt in der Ukraine 6/7 G 4
Lemberg; Berg 19
Lena 10/11 N 2
Leoben 4/5 G 5
León 14/15 L 7
Leonora 12/13 D 6
Lesbos 6/7 G 5
Lesotho 8/9 F 9, 58/59 GH 4
Leszno 4/5 H 3
Lettland 6/7 G 3, 58/59 G 2
Leveche 21.1
Leverkusen 4/5 C 3
L-Felder (Erdgasförderung) 4/5 B 2
Lhasa 10/11 K 7
Libanon 6/7 H 5, 58/59 H 2
Libau 6/7 G 3
Liberec (Reichenberg) 4/5 G 3
Liberia 8/9 BC 6, 58/59 F 3
Libreville 8/9 D 6
Libyen 8/9 EF 4, 58/59 G 3
Libysche Wüste 8/9 F 4
Liechtenstein 4/5 DE 5, 58/59 G 2
Liège (Lüttich) 4/5 B 3
Liegnitz (Legnica) 4/5 H 3
Ligurische Alpen 23.1
Ligurischer Apennin 23.1
Ligurisches Meer 6/7 E 4
Likasi 8/9 F 8
Lille 6/7 E 3
Lilongwe 8/9 G 8
Lima 16 B 4, 54.1+2
Limburger Becken 19
Limerick 6/7 D 3
Limoges 6/7 E 4

Limpopo 8/9 G 9
Linares 6/7 D 5
Line-Inseln 58/59 A 3/4
Lingen 4/5 C 2
Lingga-Inseln 12/13 B 4
Linköping 6/7 F 3
Linz 4/5 G 4
Liparische Inseln 6/7 F 5
Lipezk 6/7 H 3
Lippe 4/5 D 3
Lippener Stausee 4/5 F 4
Lissabon 6/7 D 5
List 20
Litauen 6/7 G 3, 58/59 G 2
Lithosphäre 30.3
Liuzhou 10/11 L 7
Liverpool 6/7 D 3
Ljubljana 6/7 F 4
Llama 31.2
Llanos de Mamoré 16 C 4
Llanos de Orinoco 16 BC 2
Lobito 8/9 E 8
Łodz 6/7 F 3
Lofoten 6/7 F 2
Loire 6/7 D 4
Lolland 4/5 E 1
Lombok 10/11 M 10
Lomé 8/9 D 6
London 6/7 DE 3
Londoner Becken 22.2
Longreach 12/13 F 6
Longyearbyen 14/15 X 2
Lord-Howe-Insel 12/13 G 7
Los Angeles 14/15 K 6
Lothringen 4/5 BC 4
Lothringische Hochfläche 19
Louisiade-Archipel 12/13 G 5
Louisville 14/15 N 6
Loyality-Inseln 12/13 H 6
Lualaba (Zaïre) 8/9 F 7
Luanda 8/9 E 7
Lubango 8/9 E 8
Lübbenau 48.2, 4/5 F 3
Lübeck 4/5 E 2
Lübecker Bucht 4/5 E 1
Lüben (Lubin) 4/5 H 3
Lubin (Lüben) 4/5 H 3
Lubumbashi 8/9 F 8
Luckenwalde 4/5 F 2
Lüda 10/11 N 6
Ludwigsfelde 4/5 F 2
Ludwigshafen 4/5 D 4
Luftdruck 24
Lugansk 6/7 H 4
Luleå 6/7 G 2
Lüneburg 4/5 E 2
Lüneburger Heide 4/5 DE 2
Lusaka 8/9 F 8
Luton 6/7 D 3
Lüttich (Liège) 4/5 B 3
Lut, Wüste 8/9 I 3
Lützow-Holm-Bucht 17.2 C 10/11
Luxembourg (Luxemburg) 4/5 C 4
Luxemburg; Staat 4/5 BC 4, 58/59 G 2
Luxemburg (Luxembourg); Stadt in Luxemburg 4/5 C 4
Luzern 4/5 D 5
Luzon 10/11 N 8
Lynn Lake 14/15 LM 4
Lyon 6/7 E 4

M

Maas 4/5 BC 3, 49.4
Maastricht 4/5 B 3
Macao; Stadt 10/11 M 7
Macao; Verwaltungseinheit 10/11 M 7, 58/59 J 3
Macapá 16 D 2/3
Macdonnellkette 12/13 E 6
Maceió 16 F 3
Mackay 12/13 F 6

Mackenzie 14/15 J 3
Mackenziegebirge 14/15 IJ 3
Macquarie-Inseln 58/59 L 5
Madagaskar 8/9 HI 8, 58/59 H 4
Madang 25.2+4
Madeira; Insel 8/9 B 3
Madeira; Fluss 16 C 3
Madras 10/11 J 8
Madrid 6/7 D 4
Madura 12/13 C 4
Madurai 10/11 I 8/9
Madüsee 4/5 G 2
Magadan 10/11 Q 4
Magdalena 16 B 2
Magdeburg 4/5 E 2
Magellanstraße 16 C 8
Maghreb 8/9 CD 3
Magnetischer Pol (Antarktis) 17.2 C 20
Magnetischer Pol (Arktis) 17.1 B 8/9
Magnitogorsk 6/7 J 3
Magnus 6/7 E 2
Mahajanga 8/9 H 8
Mahapaye 8/9 F 9
Maiduguri 8/9 E 5
Mailand 6/7 E 4
Main 4/5 E 3/4
Mai-Ndombe-See 8/9 EF 7
Mainz 4/5 D 3/4
Maipo 31.2
Maitri 17.2 BC 8
Majuro 12/13 I 3
Makarikarisalzpfanne 8/9 F 9
Makassarstraße 12/13 C 3/4
Makat 6/7 J 4
Malabarküste 10/11 I 8/9
Malabo 8/9 D 6
Málaga 6/7 D 5
Malagasy 56.1
Malaita 12/13 H 4
Malakka, Halbinsel 10/11 KL 9
Malakkastraße 10/11 KL 9
Malakula 12/13 H 5
Malang 12/13 C 4
Mälarsee 6/7 F 3
Malatya 6/7 H 5
Malawi 8/9 G 8, 58/59 H 4
Malawisee (Njassa) 8/9 G 8
Malaysia 10/11 LM 9, 58/59 J 3
Male 10/11 I 9
Malediven 10/11 HI 9, 58/59 I 3
Mali 8/9 CD 5, 58/59 FG 3
Mallorca 6/7 E 5
Malmö 6/7 F 3
Maloelap-Atoll 12/13 HI 3
Malpelo-Insel 16 AB 2
Malta 6/7 F 5, 58/59 G 2
Mamoré 16 C 4
Man 6/7 D 3
Manado 10/11 N 9
Managua 14/15 N 8
Manaus 16 CD 3
Manchester 6/7 D 3
Mandalay 10/11 K 7
Mandschurei 10/11 N 5
Mangyschlak 6/7 J 4
Manhattan 53.1
Manila 12/13 D 2
Mannheim 4/5 D 4
Manono 8/9 F 7
Manytschniederung 6/7 I 4
Maputo 8/9 G 9
Marabá 16 E 3
Maracaibo 16 B 1
Maracaibosee 16 B 2
Marajó 16 DE 3
Marambio 17.2 C 1
Marañon 16 B 3
Marburg 8/9 D 3
Marcone 16 B 4
Marcusinsel 10/11 Q 7
Mar del Plata 16 D 6
Margarita 16 C 1
Marianeninseln 12/13 F 2

Mariánské Lázně (Marienbad) 4/5 F 4
Marie-Byrd-Land 17.2 B 31/A
Marienbad (Mariánské Lázně) 4/5 F 4
Maritza 6/7 G 4
Mariupol 6/7 H 4
Marl 4/5 C 3
Marmarameer 6/7 G 4
Marmul 8/9 I 5
Marne 4/5 B 4
Marokko 6/7 D 5, 58/59 F 2
Marquesasinseln 58/59 B 4
Marrakesch 6/7 D 5
Marsa el-Brega 8/9 E 3/4
Marseille 6/7 E 4
Marshallinseln; Staat 12/13 H 2, 58/59 L 3
Martaban, Golf von 12/13 A 2
Martinique; Insel 14/15 PQ 8
Martinique; Verwaltungseinheit 58/59 D 3, 14/15 P 8
Marua 8/9 E 5
Mary 10/11 H 6
Maseru 8/9 F 9
Masira-Insel 10/11 GH 7
Maskarenen 8/9 I 8/9
Maskat 10/11 G 7
Massaisteppe 8/9 G 7
Massina 8/9 C 5
Masuren 6/7 G 3
Matagami Lake 14/15 O 5
Mato Grosso, Hochland von 16 D 4
Matterhorn 23.2
Maturín 16 C 2
Maures 23.1
Mauretanien 8/9 BC 5, 58/59 F 3
Mauritius 8/9 I 8, 58/59 HI 4
Mawson 17.2 C 13
Mayon 31.2
Mayotte 8/9 H 8
Mazedonien 6/7 G 4, 58/59 G 2
Mbabane 8/9 G 9
Mbandaka 8/9 E 6/7
Mbuji-Mayi 8/9 F 7
Mc Donaldinseln 58/59 I 5, 31.2
M'Clure-Straße 14/15 JK 2
McMurdo 17.2 B 23
McRobertson-Land 17.2 BC 12/13
Mecklenburg-Vorpommern 47
Medan 10/11 K 9
Medellín 16 B 2
Medicine Hat 14/15 KL 4/5
Medina 8/9 G 4
Mediterranide 56.1
Meekatharra 12/13 C 6
Meißner 19
Mekka 10/11 E 7
Mekong 10/11 L 8
Melaneside 56.1
Melanesien 12/13 F 4-I 5
Melbourne 12/13 F 7
Melibocus 19
Melilla 6/7 D 5
Melville, Halbinsel 14/15 N 3
Melville-Insel 12/13 DE 5
Melvillesund 14/15 KL 2
Memel 6/7 G 3
Memmingen 4/5 E 5
Memphis 14/15 MN 6
Menderes Massiv 22.2
Mendoza 16 C 6
Menorca 6/7 E 4
Mensel-Burgiba 6/7 EF 5
Mentawai-Inseln 10/11 K 10
Merapi 31.2
Merauke 12/13 F 4
Mergentheim, Bad 4/5 D 4
Mergui-Archipel 12/13 A 2
Mérida 14/15 N 7
Meridionale Zirkulation (Hadleyzelle) 26.2
Merkantour 23.1
Merkers 4/5 E 3

Merseburg 4/5 E 3
Meschhed 10/11 G 6
Mesopotamien 6/7 I 5
Messina 6/7 F 5
Mestizen 56.1
Metawai-Inseln 10/11 K 10
Mettlach 4/5 C 4
Metz 4/5 C 4
Mexicali 14/15 K 6
Mexiko; Staat 14/15 L 7/M 8, 58/59 C 3
Mexiko; Stadt 14/15 M 7/8
Miami 14/15 N 7
Michigansee 14/15 N 5
Midwayinseln 58/59 M 3
Mieres 8/9 C 2
Migration 52.2
Mikronesien; Staat 12/13 G 3, 58/59 KL 3
Mikronesien; Inseln 12/13 G 2-J 4
Mildura 12/13 F 7
Mili-Atoll 12/13 I 3
Milmersdorf 32.2
Milwaukee 14/15 N 5
Minatitlán 14/15 M 8
Mindanao 10/11 N 9
Minden 4/5 D 2
Mindoro 10/11 MN 8
Minneapolis 14/15 M 5
Minsk 6/7 G 3
Minya Gongkar 10/11 L 6/7
Miquelon 14/15 Q 5
Mirny 10/11 M 3
Mirnyj 17.2 C 16
Mississippi 14/15 M 6
Missouri 14/15 M 6
Misti 31.2
Mistral 21.1
Mittelatlantischer Rücken 31.1
Mittellandkanal 4/5 CD 2
Mittelmeer 6/7 D-G 5
Mittenwald 32.2
Mittlerer Westen 14/15 MN 5
Mladá Boleslav (Jungbunzlau) 4/5 G 3
Moanda 8/9 E 7
Mogadischu 8/9 H 6
Mogilew 6/7 H 3
Mokhotlong 25.4
Mol 4/5 B 3
Molassebecken 23.2
Moldau; Fluss 4/5 G 4
Moldau; Staat 6/7 GH 4, 58/59 G 2
Molodeschnaja 17.2 C 11
Molukken 10/11 NO 10
Mombasa 8/9 G 7
Møn 4/5 F 1
Monaco 6/7 E 4, 58/59 G 2
Mönchengladbach 4/5 C 3
Mongolei 10/11 KL 5, 58/59 J 2
Mongolen 56.1
Mongolischer Altai 10/11 JK 5
Mongolischer Schild 31.1
Monroe 14/15 M 6
Monrovia 8/9 B 6
Møns Klint 4/5 F 1
Monsun 26.1
Montaña 16 B 4
Montblanc 6/7 E 4
Montenegro 6/7 FG 4
Monterrey 14/15 L 7
Montes Claros 16 E 4
Montevideo 16 D 6
Monte Viso 23.2
Montreal 14/15 O 5
Montschegorsk 6/7 H 2
Montserrat 14/15 P 8, 58/59 D 3
Moody Point 17.2 C 1
Moomba 12/13 F 6
Moonie 12/13 F 6
Moosonee 14/15 N 4
Mopti 8/9 C 5
Morenci 14/15 L 6
Moroni 8/9 H 8

Morotai 12/13 DE 3
Mosambik 8/9 G 9, 58/59 H 4
Mosel 4/5 C 3
Mosjøen 6/7 F 2
Moskau 6/7 H 3
Moskwa 6/7 H 3
Mossul 6/7 I 5
Most (Brüx) 4/5 F 3
Mould Bay 17.1 B 9/10
Moulmein 10/11 K 8
Mount Bruce 12/13 C 6
Mount Burney 31.2
Mount Cook 12/13 HI 8
Mount Egmont 12/13 I 7
Mount Erebus 17.2 B 23/24
Mount Everest 10/11 J 7
Mount Isa 12/13 E 6
Mount Jackson 17.2 B 36
Mount Kenia 31.2
Mount Kirkpatrick 17.2 A
Mount Kosciusko 12/13 F 7
Mount Lamington 31.2
Mount Logan 14/15 I 3
Mount Magnet 12/13 C 6
Mount McKinley 14/15 GH 3
Mount Menzies 17.2 B 12/13
Mount Mitchell 14/15 N 6
Mount Pelée 31.2
Mount Rainer 31.2
Mount Rainier 14/15 J 5
Mount Sabine 17.2 B 23
Mount Saint Helens 31.2
Mount Shasta 14/15 J 5
Mount Sidley 17.2 B 30
Mount Whitney 14/15 K 6
Moura 12/13 FG 6
Mühlhausen (Mulhouse) 4/5 C 5
Mulatten 56.1
Mulde 4/5 F 3
Mulhouse (Mühlhausen) 4/5 C 5
Muluja 6/7 D 5
München 4/5 E 4, 39.1
Muğla 6/7 G 5
Münster 4/5 C 3
Münsterland 4/5 CD 3
Mur 4/5 G 5
Murcia 6/7 D 5
Murgul 6/7 I 4
Müritz 4/5 F 2
Murmansk 6/7 H 2
Murray 12/13 F 7
Musgravekette 12/13 E 6
Mutare 8/9 G 8
Mwerusee 8/9 FG 7
Myanmar (Birma) 10/11 K 7, 58/59 J 3
Myitkyina 10/11 K 7
Mythen-Klippen 23.2

N

Naab 4/5 EF 4
Nabarlek/Ranger 12/13 E 5
Nabereschnyje Tschelny 6/7 J 3
Nachtbevölkerung 49.3
Nadelkap (Kap Agulhas) 8/9 F 10
Nadym 10/11 I 3
Næstved 4/5 E 1
NAFTA (North American Free Trade Agreement) 44.1
Nagoja 10/11 O 6
Nagpur 10/11 I 7
Nairobi 8/9 G 7
Nakskov 4/5 E 1
Namcha Barwa 10/11 K 6
Namib 8/9 E 8/9
Namibe 8/9 E 8
Namibia 8/9 E 9, 58/59 G 4
Nampula 8/9 G 8
Namur 4/5 B 3
Nanchang 10/11 M 7
Nancy 4/5 C 4
Nanda Devi 10/11 I 6
Nanga Parbat 10/11 I 6

Nanjing 10/11 M 6
Nanning 10/11 L 7
Nan Shan 10/11 KL 6
Nantes 6/7 D 4
Narjan-Mar 10/11 G 3
Narodnaja 6/7 JK 2
Narvik 6/7 F 1
Nashville 14/15 N 6
Nassau 14/15 O 7
Nassersee 8/9 G 4
Natal 16 F 3
NATO (North Atlantic Treaty Organization) 59.2
Naumburg 4/5 E 3
Nauru 12/13 H 4, 58/59 L 4
Nazcaplatte 31.1
N'Dalatando 8/9 E 7
N'Djamena 8/9 E 5
Ndola 8/9 F 8
Ndzuwani 8/9 H 8
Neapel 6/7 F 4
Nebit Dag 8/9 I 3
Nedschd 10/11 F 7
Neftekamsk 6/7 I 4
Neftekumsk 6/7 J 3
Negritos 56.1
Negros 10/11 N 9
Neiße 4/5 G 3
Nelson; Fluss 14/15 M 4
Nelson; Stadt in Neuseeland 12/13 I 8
Nepal 10/11 J 7, 58/59 I 3
Neskaupstaður 6/7 C 2
Netze 4/5 H 2
Neubrandenburg 4/5 F 2
Neubritannien 12/13 FG 4
Neue Hebriden 12/13 HI 5
Neuengland 14/15 OP 5
Neufundland 14/15 Q 4/5
Neuguinea 12/13 EF 4
Neuirland 12/13 G 4
Neukaledonien; Verwaltungseinheit 12/13 H 5/6, 58/59 L 4
Neukaledonien; Insel 12/13 H 6
Neumark 4/5 G 2
Neumayer 17.2 B 6
Neumünster 4/5 DE 1
Neunkirchen 4/5 C 4
Neuquén 16 C 6
Neurath 48.2
Neuruppin 4/5 F 2
Neuschottland, Halbinsel 14/15 PQ 5
Neuschwabenland 17.2 B 6-8
Neuseeland 12/13 IJ 8, 58/59 L 5
Neuseeländische Alpen 12/13 HI 8
Neusibirische Inseln 10/11 OP 2
Neusiedler See 4/5 H 5
Neustettin (Szczecinek) 4/5 H 2
Neustrelitz 4/5 F 2
Neuwied 4/5 C 3
Neuwieder Becken 19
Newcastle (Industrie) 8/9 G 9
Newcastle (Stadt in Australien) 12/13 G 7
Newcastle upon Tyne 6/7 D 3
Newman 12/13 C 6
New Orleans 14/15 M 6/7
New York 14/15 O 5, 53.2-4
Ngazidja 8/9 H 8
Niagarafälle 14/15 O 5
Niamey 8/9 D 5
Nias 10/11 K 9
Nicaragua 14/15 N 8, 58/59 D 3
Nicaraguasee 14/15 N 8
Niederaußem 48.2
Niedere Tauern 4/5 FG 5
Niederkalifornien, Halbinsel 14/15 K 7
Niederlande 4/5 BC 2/3, 51.1, 58/59 G 2
Niederländische Antillen und Aruba 16 C 1, 58/59 O 3

Niederrheinische Bucht 19
Niedersachsen 47
Niederschläge 18.1, 20, 25.1+3, 26.1+3
Niederschlagsvariabilität 25.5
Niger; Fluss 8/9 D 6
Niger; Staat 8/9 DE 5, 58/59 G 3
Nigeria 8/9 DE 5, 58/59 G 3
Nijmegen (Nimwegen) 4/5 B 3
Nikel 6/7 H 2
Nikobaren 10/11 K 9
Nikolajew 6/7 H 4
Nikosia 6/7 H 5
Nil 8/9 G 4
Nil, Blauer 8/9 G 5
Nilotide 56.1
Nil, Weißer 8/9 G 5
Nimwegen (Nijmegen) 4/5 B 3
Ninian 6/7 E 2
Nischni Nowgorod 6/7 I 3
Nischni-Tagil 6/7 J 3
Niue; Insel 12/13 K 5
Niue; Verwaltungseinheit 58/59 M 4
Njassa (Malawisee) 8/9 G 8
Noginsk 10/11 K 3
Nome 14/15 F 3
Noranda 14/15 O 5
Nordamerikanische Platte 31.1
Nordäquatorialstrom 40.2
Nordatlantischer Strom 40.2
Norderney 4/5 C 2
Nordfriesische Inseln 4/5 CD 1
Nordhalbkugel 29.2
Nordide 56.1
Nordindianide 56.1
Nordinsel (Neuseeland) 12/13 I 7
Nordkap (Neuseeland) 12/13 I 7
Nordkap (Norwegen) 6/7 G 1
Nordkorea 10/11 O 5/6, 58/59 K 2
Nördliche Dwina 6/7 I 2
Nördliche Kalkalpen 23.1
Nördliche Marianen 10/11 P 8, 58/59 LM 3
Nordostengland 39.2
Nordostmonsun 24
Nordostpassat 24
Nord-Ostsee-Kanal 4/5 D 1/2
Nordpfälzer Bergland 19
Nordpol 17.1 A
Nordpolarmeer 17.1 A/B 16
Nordrhein-Westfalen 47
Nordsee 6/7 E 3
Nordwestkap (Australien) 12/13 C 6
Nordwestmonsun 24
Nordwestpassage 14/15 KL 3
Nordwik 10/11 M 2
Norfolk 14/15 O 6
Norfolkinsel 12/13 H 6
Norilsk 10/11 J 3
Normandie 6/7 DE 4
Norman Wells 14/15 J 3
Norrköping 6/7 F 3
Norwegen 6/7 EF 2, 58/59 G 1
Notia 21.1
Nouadhibou 8/9 B 4
Nouakchott 8/9 B 5
Nouméa 12/13 H 6
Nowaja Semlja 10/11 G-I 2
Nowgorod 6/7 H 3
Nowy Port 10/11 I 3
Nowokusnezk 10/11 J 4
Nowolasarewskaja 17.2 B 8
Nowosibirsk 10/11 J 4
Nubien 8/9 FG 5
Nubische Wüste 8/9 G 4/5
Nuku'alofa 12/13 J 6
Nukumanu-Atoll 12/13 GH 4
Nullarborebene 12/13 DE 7
Nunivak 14/15 F 4
Nürnberg 4/5 E 4
Nuuk (Godthåb) 14/15 Q 3
Ny Ålesund 17.1 B 32

O

OAS (Organization of American States) 59.2
OAU (Organization of African Unity) 59.2
Ob 6/7 K 2
Oban 20
Obbusen 17.1 BC 26
Oberer See 14/15 N 5
Oberpfälzer Wald 4/5 F 4
Oberrheingraben 19
Obra 4/5 G 2
Obrakanal 4/5 H 2
Observatorium, Kap Tscheljuskin 17.1 B 23
Observatorium, Krenkel- 17.1 A 29
Observatorium, Schmidta- 17.1 C 15
Oceaninsel (Banaba) 12/13 HI 4
Ocha 10/11 P 4
Ochotsk 10/11 P 4
Ochotskische Platte 30.3
Ochotskisches Meer 10/11 PQ 4
Ödenburg (Sopron) 4/5 H 5
Odense 4/5 E 1
Odenwald 4/5 D 4
Oder 4/5 G 2
Odessa 6/7 H 4
OECD (Organization for Economic Cooperation and Development 58.2
Offenbach 4/5 D 3
Offenburg 4/5 C 4
Ogaden 8/9 H 6
Ogbomosho 8/9 D 6
Ohio 14/15 N 6
Oimjakon 10/11 P 3
Ojaschio 40.2
Ojos del Salado 16 C 5
Oka 6/7 I 3
Okawango 8/9 EF 8
Okawangodelta 8/9 F 8/9
Okiep 8/9 E 9
Okinawainseln 10/11 NO 7
Oklahoma City 14/15 M 6
Ökozonen 27.1
Ok Tedi 12/13 F 4
Öland 6/7 F 3
Oldenburg 4/5 D 2
Olenjok 17.1 C 22
Olten 4/5 C 5
Olymp 6/7 G 4
Omaha 14/15 M 5
Oman 10/11 G 7, 58/59
Omdurman 8/9 G 5
Omsk 10/11 I 4
Onegasee 6/7 H 2
Ontariosee 14/15 O 5
Ontong-Java-Atoll 12/13 GH 4
OPEC (Organization of Petroleum Exporting Countries) 58.2
Oran 6/7 D 5
Orange 12/13 F 7
Oranje 8/9 E 9
Oranjemund 8/9 E 9
Orapa 8/9 F 9
Orcadas 17.2 C 2
Ordos 10/11 LM 6
Orenburg 6/7 J 3
Orientalide 56.1
Orinoco 16 C 2
Orito 16 B 3
Orkney-Inseln 6/7 D 3
Orlasenke 19
Orléans 6/7 E 4
Orsk 6/7 J 3
Ortler 6/7 F 4
Oruro 16 C 4
Osaka 10/11 O 6
Oseberg 6/7 E 2
Oslo 6/7 F 2/3
Osnabrück 4/5 D 2

Ostalpen 23.3
Ostalpine Decken 23.3
Ostanatolien 6/7 HI 5
Ostaustralstrom 40.2
Ostchinesisches Meer 10/11 N 6/7
Oste 4/5 D 2
Osterinsel 58/59 C 4, 31.2
Österreich 4/5 F-H 4, 58/59 G 2
Österreichische Alpen 4/5 G 5
Östersund 20
Osteuropide 56.1
Ostfriesische Inseln 4/5 C 2
Ostghats 10/11 I 8/J 7
Ostkap (Neuseeland) 12/13 I 7
Östliche Sierra Madre 14/15 LM 7
Ostpatagonien 16 C 7/8
Ostpazifischer Rücken 31.1
Ostrau 6/7 F 4
Ostsee 4/5 G 1
Ostseerat 51.3
Ostsibiride 56.1
Ostsibirische See 10/11 P-S 2
OSZE (Organisation für Sicherheit und Zusammenarbeit in Europa) 59.2
Ottawa 14/15 O 5
Ouagadougou 8/9 CD 5
Ouenza 6/7 E 5
Oulu 6/7 G 2
Oulusee 6/7 G 2
Ovamboland 8/9 E 8
Ozon 29.2

P

Padang 10/11 L 10
Paderborn 4/5 D 3
Pagalu 8/9 D 7
Pagan 31.2
Pagnirtung 17.1 C 4
Pago Pago 12/13 J 5
Pakanbaru 12/13 B 3
Pakistan 10/11 H 7, 58/59 I 3
Palämongolide 56.1
Palänegride 56.1
Palau 12/13 E 3, 58/59 K 3
Palau-Inseln 12/13 E 3
Palawan 10/11 M 9/8
Palembang 10/11 L 10
Palermo 6/7 F 5
Palma 6/7 E 5
Palmer 17.2 C 36
Palmerarchipel 17.2 C 36
Palmerland 17.2 BC 36
Palmmyra-Insel 58/59 A 3
Pampa 16 C 6
Panama; Staat 14/15 NO 9, 58/59 D 3
Panama; Stadt 16 B 2
Panamakanal 14/15 N 8/9
Panay 10/11 N 8
Panhandle 14/15 L 6
Pannonisches Becken 23.1
Pantanal 16 D 4
Papenburg 4/5 C 2
Papua-Neuguinea 12/13 F 4, 58/59 KL 4
Paraburdoo/Tom Price 12/13 C 6
Paracelinseln 10/11 M 8
Paragominas 16 E 3
Paraguay; Fluss 16 D 5
Paraguay; Staat 16 CD 5, 58/59 DE 4
Paramaribo 16 D 2
Paraná; Stadt in Argentinien 16 C 6
Paraná; Fluss 16 D 5/6
Pardubice (Pardubitz) 4/5 G 3
Pardubitz (Pardubice) 4/5 G 3
Paris 6/7 E 4, 51.2
Pariser Becken 22.2
Parry-Inseln 14/15 KL 2
Partenkirchen, Garmisch- 4/5 E 5

Passat 24
Passau 4/5 F 4
Pasto 16 B 2
Patna 10/11 J 7
Patras 6/7 G 5
Paulo-Afonso-Fälle 16 F 3/4
Pawlodar 10/11 I 4
Pazifische Platte 30.3
Pazifischer Ozean 12/13 G 3-I 6
Peace River 14/15 K 4
Pearyland 14/15 ST 1
Pécs 20
Peene 4/5 F 2
Peine 4/5 E 2
Peipussee 6/7 G 3
Pellworm 4/5 D 1
Peloponnes, Halbinsel 6/7 G 5
Pelvoux-Massiv 23.1
Pemba 8/9 H 7
Pembrook 14/15 L 6
Pemex 14/15 M 8
Penninische Decken 23.3
Pensa 6/7 I 3
Perlak 10/11 H 9
Perm 6/7 J 3
Perpignan 20
Persante 4/5 G 1
Persischer Golf 10/11 FG 7
Perth 12/13 C 7
Peru 16 B 4, 58/59 D 4
Peshawar 10/11 I 6
Peter-I.-Insel 17.2 C 33
Petrel 17.2 C 1
Petropawlowsk-Kamtschatski 10/11 Q 4
Petrosawodsk 6/7 H 2
Petschora; Fluss 6/7 J 2
Petschora (Erdölförderung) 6/7 J 1/2
Pewek 17.1 C 16
Pfälzerwald 4/5 C 4
Pfänder 19
Pforzheim 4/5 D 4
Phalaborwa 8/9 F 9
Philadelphia 14/15 O 5/6, 45.4
Philippinen 10/11 N 8, 58/59 K 3
Philippinische Platte 30.3
Philippsthal 4/5 D 3
Phnom Penh 10/11 L 8
Phoenix 14/15 K 6
Phoenixinseln 12/13 J 4
Phuket 10/11 K 9
Pico 8/9 A 3
Pico Bolivar 16 B 2
Pico da Bandeira 16 E 4/5
Pico de Aneto 6/7 DE 4
Piła (Schneidemühl) 4/5 H 2
Pilcomayo 16 CD 5
Pilsen (Plzeň) 4/5 F 4
Pilsener Becken 19
Pinang 10/11 KL 9
Pinatubo 31.2
Piombino 6/7 F 4
Piper 6/7 E 3
Pirmasens 4/5 C 4
Pitcairn 31.2, 58/59 B 4
Pittsburgh 14/15 NO 5
Pityusen 6/7 E 5
Pjatigorsk 20
Pjöngjang 10/11 N 6
Plateau de Langres 4/5 B 5
Platte 14/15 M 5
Plauen 4/5 F 3
Pleskau 6/7 G 3
Plock 6/7 F 3
Plojeşti 6/7 G 4
Plovdiv 6/7 G 4
Plymouth 6/7 D 3
Plzeň (Pilsen) 4/5 F 4
Po 6/7 F 4
Pobeda 10/11 P 3
Pobeda-Eisinsel 17.2 C 16
Podgorica 6/7 F 4
Podolische Platte 22.2
Poebene 23.1
Pohai 10/11 MN 6

Pohnpei 12/13 G 3
Point Barrow 17.1 B 13/C 14
Pointe du Raz 6/7 D 4
Pointe Noire 8/9 E 7
Polen 4/5 GH 2, 58/59 G 2
Polyneside 56.1
Pomalaa 10/11 N 10
Pommern 4/5 F 2-H 1
Pommersche Bucht 4/5 G 1
Ponta Delgada 8/9 A 3
Pont-à-Mousson 4/5 C 4
Pontianak 10/11 L 9/10
Pontisches Gebirge 6/7 HI 4
Popocatepetl 31.2
Pori 6/7 G 2
Port-au-Prince 14/15 O 8
Port Elizabeth 8/9 F 10
Port Gentil 8/9 D 7
Port Harcourt 8/9 D 6
Port Hedland 12/13 C 6
Portimão 6/7 D 5
Portland 14/15 J 5
Port Louis 8/9 I 9
Porto 6/7 D 4
Pôrto Alegre 16 D 5/6
Port-of-Spain 16 C 1
Porto Novo 8/9 D 6
Porto-Primavera-Stausee 16 DE 5
Pôrto Trombetas 16 D 3
Pôrto Velho 16 C 3
Port Pirie 12/13 E 7
Port Radium 17.1 C 9
Port Stanley 16 D 8
Port Sudan 8/9 G 5
Portugal 6/7 C 5/D 4, 58/59 F 2
Port Vila 12/13 H 5
Posen (Poznań) 4/5 H 2
Potosí 16 C 4
Potsdam 4/5 F 2
Poza Rica 14/15 M 7
Poznań (Posen) 4/5 H 2
Präalpen 23.2
Prag 4/5 G 3
Prärien 14/15 K 4/L 6
Prenzlau 4/5 F 2
Preßburg 6/7 F 4
Pretoria 8/9 F 9
Příbram 4/5 FG 4
Prignitz 4/5 EF 2
Prince-Charles-Mountains 17.2 BC 13
Prince George 14/15 J 4
Prince of Wales-Insel 14/15 LM 2
Prince Rupert 25.1
Prinz-Eduard-Inseln 58/59 H 5
Prinzessin-Astrid-Küste 17.2 B 7/8
Prinzessin-Martha-Küste 17.2 B 5-7
Prinzessin-Ragnhild-Küste 17.2 B 9/10
Pripjet 6/7 G 3
Pripjetniederung 6/7 G 3
Provençalische Ketten 23.1
Provence 6/7 E 4
Prowidenija 10/11 T 3
Prudhoe Bay 14/15 GH 2
Pruth 6/7 G 4
Ptolemais 6/7 G 4
Pucallpa 16 B 3
Puebla 14/15 M 8
Puerto Rico; Insel 14/15 P 8
Puerto Rico; Verwaltungseinheit 58/59 D 3, 14/15 P 8
Puncak Jaya 10/11 O 10
Punjab 10/11 I 6/7
Punta Arenas 16 B 8
Punto Fijo 14/15 OP 8
Purus 16 C 3
Pusan 10/11 N 6
Putoranagebirge 10/11 K 2/3
Putumayo 16 B 3
Pygmäen (Bambutide) 56.1
Pyrenäen 6/7 DE 4

Q

Qaqortoq (Julianehåb) 17.1 C 2
Qeqertarssuaq (Godhavn) 17.1 C 3
Qingdao 10/11 N 6
Qiqihar 10/11 N 5
Quebec 14/15 O 5
Quelimane 8/9 G 8
Quezon City 10/11 N 8
Quilpie 12/13 F 6
Quinette 14/15 JK 4
Quito 16 B 3

R

Rabat 8/9 C 3
Rabaul 12/13 G 4
Ralikgruppe 12/13 H 3
Ranger/Nabarlek 12/13 E 5
Ranshofen 4/5 F 4
Ras el-Had 10/11 H 7
Ras Fartak 8/9 I 5
Ras Lanuf 8/9 E 3
Rassen 56.1
Ratakgruppe 12/13 I 2/3
Rattray Head 20
Raumordnung 51.2
Ravenna 6/7 F 4
Recife 16 F 3
Red River 14/15 M 6
Rega 4/5 G 2
Regen 4/5 F 4
Regensburg 4/5 F 4
Regina 14/15 L 4
Regnitz 4/5 E 4
Reichenberg (Liberec) 4/5 G 3
Rennes 6/7 D 4
Rentiersee 14/15 L 4
Republik China (Taiwan) 10/11 N 7, 58/59 K 3
Rescht 10/11 F 6
Resolute 14/15 M 2
Reutlingen 4/5 D 4
Revilla-Gigedo-Inseln 14/15 K 8
Reykjanes Rücken 31.1
Reykjavík 6/7 B 2
Reynosa 14/15 M 7
Rhein 4/5 C 3, 46.2
Rheine 4/5 C 2
Rheinisches Schiefergebirge 19
Rheinland 48.2
Rheinland-Pfalz 47
Rhein-Marne-Kanal 4/5 B 4
Rhodopenmassiv 22.2
Rhodos 6/7 G 5
Rhön 4/5 E 3
Rhône 6/7 E 4
Riad 10/11 F 7
Richards Bay 8/9 G 9
Ries 4/5 E 4
Riesa 4/5 F 3
Riga 6/7 G 3
Riiser-Larsen, Halbinsel 17.2 C 10
Rijeka 6/7 F 4
Rio Branco 16 C 2/3
Rio de Janeiro 16 E 5
Río de la Plata 16 D 6
Rio Gallegos 16 C 8
Rio Grande (USA); Fluss 14/15 M 7
Rio Grande; Stadt in Brasilien 16 D 6
Rio Negro (Brasilien) 16 C 3
Río Negro (Argentinien) 16 C 6/7
Rio Turbio 16 B 8
Riukiu-Inseln 10/11 N 7
Rjasan 6/7 H 3
Roanoke 14/15 NO 6
Robinson-Crusoe-Insel 16 B 6

Rockall 6/7 C 3
Rockhampton 12/13 G 6
Rocky Mountains 14/15 J 3/L 6
Rodolfo Marsh 17.2 C 1
Rodrigues 58/59 I 4
Rom (Roma) 6/7 F 4
Roma (Rom); Stadt in Italien 6/7 F 4
Roma; Stadt in Australien 12/13 F 6
Rømø 4/5 D 1
Rongelap-Atoll 12/13 H 2
Rønne 4/5 G 1
Rönnskär 6/7 G 2
Rooseveltinsel 17.2 B 25/26
Roraima 16 CD 2
Rosario 16 C 6
Rosenberg, Sulzbach- 4/5 E 4
Rosenheim 4/5 F 5
Rössing 8/9 E 9
Rossmeer 17.2 B 26-24
Ross-Schelfeis 17.2 A
Rostock 4/5 F 1
Rostow 6/7 H 4
Rotes Becken 10/11 L 6/7
Rotes Meer 8/9 G 4/H 5
Rothaargebirge 4/5 D 3
Rothera 17.2 C 35
Rotterdam 4/5 B 3
Rotuma 12/13 I 5
Rourkela 10/11 J 7
Rovuma 8/9 G 8
Ruanda 8/9 FG 7, 58/59 G 4
Ruapehn 31.2
Rüdersdorfer Kalkberge 19
Rudny 10/11 H 4
Rudolfsee (Turkanasee) 8/9 G 6
Rügen 4/5 F 1
Rukwasee 8/9 G 7
Rumänien 6/7 G 4, 58/59 G 2
Rur 4/5 C 3
Rüsselsheim 4/5 D 4
Russische Tafel 22.2
Russland 10/11 G-L 3, 58/59 H-K 1
Rybinsk 6/7 H 3
Rybinsker Stausee 6/7 HI 3

S

Saagermoor 4/5 CD 2
Saale 4/5 E 3
Saar 4/5 C 4, 46.1
Saaremaa 6/7 G 3
Saarbrücken 4/5 C 4
Saarburg 46.1
Saarland 47
Saarlouis 4/5 C 4
Sable-Insel 14/15 PQ 5
Sabrinaküste 17.2 C 18/19
Sachalin 10/11 P 4/5
Sachsen 47
Sachsen-Anhalt 47
Sacramento 14/15 J 6
Sahara; Landschaft 8/9 B-F 4
Sahara; Staat 8/9 B 4, 58/59 F 3
Sahel 8/9 C-E 5
Sahidan 10/11 H 7
Saimaasee 6/7 G 2
Saint Denis 8/9 I 9
Saint-Dizier 4/5 B 4
Saint John 14/15 P 5
Saint John's 14/15 Q 5
Saint Louis 14/15 M 6
Saint Lucia 14/15 P 8, 58/59 D 3
Saint Paul (Stadt in den USA) 14/15 M 5
Saint Paul (Insel) 58/59 I 5
Saint-Pierre 14/15 Q 5
Saint Vincent und die Grenadinen 14/15 P 8, 58/59 D 3
Saipan 12/13 F 2
Saissansee 10/11 IJ 5
Sajama 16 C 4
Sajan; Gebirge 10/11 K 4

Sajan; Stadt in Russland 45.2
Salala 10/11 G 8
Salawat 6/7 J 3
Sala y Gómez 58/59 C 4
Salechard 20
Salomonen 12/13 H 4, 58/59 L 4
Salomoninseln 12/13 G 4-H 5
Saloniki 6/7 G 4
Salt Lake City 14/15 K 5
Saluën 10/11 K 7/8
Salvador 16 F 4
Salzach 4/5 F 5
Salzburg 4/5 F 5
Salzburger Alpen 19
Salzgitter 4/5 E 2
Salzwedel 4/5 E 2
Samar 10/11 N 8
Samara 6/7 J 3
Samarai 25.1+3
Samarkand 10/11 H 6
Sambesi 8/9 G 8
Sambia 58/59 GH 4, 8/9 FG 8
Samoa 12/13 J 5, 58/59 M 4
Samoa-Inseln 12/13 JK 5
Samsun 6/7 H 4
Sanaa 10/11 F 8
Sanae 17.2 C 6
San Ambrosio 16 B 5
San Andreas Verwerfung 30.2
San Andrés 16 AB 1
San Antonio 14/15 M 7
San Cristobal 12/13 H 5
San Diego 14/15 K 6
San Félix 16 A 5
San Francisco 14/15 J 6
Sangihe-Inseln 12/13 D 3
San José 14/15 N 8/9
San Juan; Stadt in den USA 14/15 L 6
San Juan; Stadt in Puerto Rico 14/15 P 8
Sankt Christopher und Nevis 14/15 P 8, 58/59 D 3
Sankt Gallen 23.2
Sankt Helena; Insel 8/9 C 8
Sankt Helena; Verwaltungseinheit 58/59 F 4
Sankt-Lorenz-Golf 14/15 P 5
Sankt-Lorenz-Insel 14/15 E 3
Sankt-Lorenz-Strom 14/15 O 5-P 4
Sankt-Matthäus-Insel 14/15 E 3/4
Sankt Petersburg 6/7 G 3
Sankt Pölten 4/5 G 4
San Marino 6/7 F 4, 58/59 G 2
San Martin 17.2 C 36
San Matías-Golf 16 C 7
San Salvador; Stadt in El Salvador 14/15 N 8
San Salvador (Watlinginsel, Guanahani); Insel 14/15 OP 7
Sansibar 8/9 G 7
Santa Cruz 16 C 4
Santa Cruz-Inseln 12/13 H 5
Santa Fé 16 C 6
Santa Fé de Bogotá 16 B 2
Santa Isabel 12/13 GH 4
Santander 20
Santarém 16 D 3
Santiago de Chile 16 B 6
Santiago de Cuba 14/15 O 7/8
Säntis 23.2
Santo Domingo 14/15 P 8
Santos 16 E 5
San Valentin 16 B 7
São Francisco 16 E 4
São Miguel 8/9 A 3
Saône 4/5 B 5
São Paulo (Stadt in Brasilien) 16 E 5
São Paulo (Insel) 58/59 F 3
São Tomé und Principe 8/9 D 6/7, 58/59 G 3
Saporoschje 6/7 H 4
Sapporo 10/11 P 5

Sarajewo 6/7 F 4
Saransk 6/7 I 3
Saratow 6/7 I 3
Saratower Stausee 6/7 IJ 3
Sardinien 6/7 E 4
Sarh 8/9 E 6
Sarsaitine; Stadt in Algerien 8/9 D 4
Sarsaitine; Stadt in Angola 8/9 E 8
Saskatchewan 14/15 L 4
Saskatoon 14/15 L 4
Saßnitz 4/5 F 1
Satawan-Atoll 12/13 G 3
Saudi-Arabien 10/11 FG 7, 58/59 H 3
Sauerland 4/5 CD 3
Sault Sainte-Marie 14/15 N 5
Savannah 14/15 N 6
Save 6/7 F 4
Sazawa 4/5 G 4
Schachty 6/7 I 4
Schaffhausen 4/5 D 5
Schaim 6/7 K 2
Schanghai 10/11 N 6
Schari 8/9 E 5/6
Schaschubai 10/11 I 5
Schelesnogorsk 6/7 H 3
Schelichowgolf 10/11 Q 3/4
Schiermonnikoog 4/5 BC 2
Schikoku 10/11 O 6
Schilka 10/11 M 4
Schiras 10/11 G 7
Schirokko 21.1
Schkapowo 6/7 J 3
Schlei 4/5 D 1
Schlesien 4/5 GH 3
Schleswig 4/5 D 1
Schleswig-Holstein 47
Schmidta-Observatorium 17.1 C 15
Schneeberg 19
Schneekoppe 4/5 G 3
Schneidemühl (Piła) 4/5 H 2
Schönebeck 4/5 E 2/3
Schott Djerid 8/9 D 3
Schwäbische Alb 4/5 D 4
Schwandorf 4/5 F 4
Schwarze Elster 4/5 F 3
Schwarze Pumpe 48.2, 4/5 G 3
Schwarzes Meer 6/7 H 4
Schwarzwald 4/5 C 5-D 4
Schweden 4/5 FG 1, 58/59 G 1
Schwedt 4/5 G 2
Schweidnitz (Świdnica) 4/5 H 3
Schweinfurt 4/5 E 3
Schweiz 4/5 CD 5, 58/59 G 2
Schweizer Jura 19
Schwenningen, Villingen- 4/5 D 4
Schwerin 4/5 E 2
Schwertberg 4/5 G 4
Scoresbysund 14/15 T 2
Scotia-Platte 31.1
Scott 17.2 B 23
Seattle 14/15 J 5
Sebha 8/9 E 4
Sedan 4/5 B 4
Seeland 4/5 E 1
Seine 6/7 E 4
Sekondi-Takoradi 8/9 C 6
Selb 4/5 F 3
Selenga 10/11 L 5
Sellafield 6/7 D 3
Selten 8/9 E 4
Selvas 16 B-D 3
Semarang 12/13 C 4
Semeru 10/11 M 10
Sendai 10/11 P 6
Senegal; Fluss 8/9 B 5
Senegal; Staat 8/9 B 5, 58/59 F 3
Senftenberg 4/5 G 3
Seoul 10/11 N 6
Sept-Îles 14/15 P 4
Seram 10/11 NO 10
Serbien 6/7 FG 4

Serginy 6/7 K 2
Serir 8/9 F 4
Serón 6/7 D 5
Serow 6/7 K 3
Serra do Navio 16 D 2
Seschellen 10/11 FG 10, 58/59 HI 4
Setúbal 6/7 D 5
Sevilla 6/7 D 5
Sewansee 6/7 I 4
Seward 17.1 C 12
Seward, Halbinsel 14/15 F 3
Sewarnaja Semlja 10/11 H-K 2
Sewero-Jenissejski 10/11 K 3
Sfax 8/9 E 3
's-Gravenhage (Den Haag) 4/5 B 2
Shaba (Katanga) 8/9 F 7
Shackleton-Schelfeis 17.2 C 16/17
Sheffield 6/7 D 3
Shenyang 10/11 N 5
s'Hertogenbosch 51.1
Shetlandinseln 6/7 D 2
Shijiauhuang 10/11 M 6
Siam, Golf von 12/13 B 2
Sibirien 10/11 I-N 3
Sichote-Alin 10/11 O 5
Siedenburg 4/5 D 2
Sieg 4/5 C 3
Siegen 4/5 D 3
Sierra Leone 8/9 B 5, 58/59 F 3
Sierra Madre, Östliche 14/15 LM 7
Sierra Madre, Südliche 14/15 LM 8
Sierra Madre, Westliche 14/15 L 7
Sierra Nevada 14/15 JK 6
Signy 17.2 C 2
Simbabwe 8/9 FG 8, 58/59 GH 4
Simbirsk 6/7 I 3
Simferopol 20
Simpsonwüste 12/13 E 6
Sinai, Halbinsel 10/11 E 7
Sinco 16 C 2
Sind 10/11 H 7
Sindelfingen 4/5 D 4
Sinder 8/9 D 5
Sines 6/7 D 5
Singapur 10/11 L 9, 58/59 J 3
Sinide 56.1
Sinkiang 10/11 JK 5
Sishen 8/9 F 9
Sisimiut (Holsteinsborg) 17.1 C 3
Sittard 49.4
Siwa 8/9 F 4
Sizilien 6/7 F 5
Skaelskør 4/5 E 1
Skagerrak 6/7 E 3
Skagway 17.1 D 11
Skikda 6/7 E 5
Skopje 6/7 G 4
Slatoust 6/7 J 3
Slea Head 6/7 C 3
Slochteren 4/5 C 2
Slowakische Republik 6/7 FG 4, 58/59 G 2
Slowenien 6/7 F 4, 58/59 G 2
Słupsk (Stolp) 4/5 H 1
Smolensk 6/7 H 3
Snake 14/15 K 5
Snaresinseln 12/13 HI 8
Sobradinho-Stausee 16 E 3
Sochaux 4/5 C 5
Sodankylä 20
Sofia 6/7 G 4
Söhlingen 4/5 D 2
Sokoto 8/9 D 5
Sokotra 10/11 G 8
Soligorsk 6/7 G 3
Solikamsk 6/7 J 3
Sol-Ilezk 6/7 J 3
Solling 19
Somalia 8/9 H 6, 58/59 H 3

Sonnen 48.2
Sopron (Ödenburg) 4/5 H 5
Sorau (Zary) 4/5 G 3
Sorong 10/11 O 10
Sør Rondane 17.2 B 9
Sotschi 6/7 H 4
Soufrière 31.2
Sousse 6/7 F 5
Southamptoninsel 14/15 NO 3
Southhampton 6/7 D 3
Spanien 6/7 D 4/5, 58/59 F 2
Spencergolf 12/13 E 7
Spessart 4/5 D 3/4
Speyer 46.2
Spiekeroog 4/5 C 2
Spitzbergen 14/15 Y 2
Split 6/7 F 4
Spokane 14/15 K 5
Spratly-Insel 10/11 M 9
Spratly-Inseln 10/11 M 8
Spree 4/5 FG 2, 48.2
Spremberg 48.2
Sri Lanka 10/11 J 9, 58/59 I 3
Stade 4/5 D 2
Stanleyfälle (Boyomafälle) 8/9 F 6/7
Stanowoibergland 10/11 MN 4
Stanowoigebirge 10/11 NO 4
Stargard 4/5 G 2
Starnberger See 4/5 E 5
Statfjord 6/7 E 2
Stausee von Tscheboksary 6/7 I 3
Stavanger 6/7 E 3
Stawropol 6/7 I 4
Steep Point 12/13 C 6
Steglitz 32.2
Steigerwald 4/5 E 4
Steinamanger (Szombathely) 4/5 H 5
Stendal 4/5 E 2
Stettin (Szczecin) 4/5 G 2
Stettiner Haff 4/5 G 2
Stewartinsel 12/13 HI 8
Steyr 4/5 G 4
Stockholm 6/7 F 3
Stolp (Słupsk) 4/5 H 1
Strakonice 4/5 F 4
Stralsund 4/5 F 1
Strasbourg (Straßburg) 4/5 C 4
Straßburg (Strasbourg) 4/5 C 4
Straße von Dover 6/7 E 3
Straße von Gibraltar 6/7 D 5
Straße von Hormus 8/9 I 4
Straße von Mosambik 8/9 H 8
Straße von Yucatán 14/15 N 7
Straubing 4/5 F 4
Stuttgart 4/5 D 4, 49.2
Suchoma 6/7 I 2
Sucre 16 C 4
Südafrika 8/9 F 9/10, 58/59 GH 4/5
Südamerikanische Platte 31.1
Sudan 8/9 FG 5, 58/59 GH 3
Sudanide 56.1
Südäquatorialstrom 40.2
Sudbury 14/15 N 5
Südchinesisches Bergland 10/11 MN 7
Südchinesisches Meer 10/11 M 8/9
Sudd 8/9 FG 6
Sudeten 4/5 GH 3
Südgeorgien 16 F 8
Südhalbkugel 29.2
Südindianide 56.1
Südinsel (Neuseeland) 12/13 I 8
Südkorea 10/11 NO 6, 58/59 K 2
Südliche Kalkalpen 23.1
Südliche Sierra Madre 14/15 LM 8
Südorkney-Inseln 17.2 C 2
Südostasien 45.3
Südostkap (Tasmanien) 12/13 F 8
Südostpassat 24

Südpol 17.2 A
Südsandwich-Inseln 58 F 5
Südshetland-Inseln 17.2 D 36/C 1
Südsibirischer Typ 56.1
Südwestmonsun 26.3
Suhl 4/5 E 3
Sui 10/11 H 7
Sula-Inseln 10/11 N 10
Sulawesi 10/11 MN 10
Sulu-Inseln 10/11 MN 9
Sulusee 10/11 MN 9
Sulzbach-Rosenberg 4/5 E 4
Sumatra 10/11 K 9/L 10
Sumba 10/11 MN 11
Sumbawa 10/11 M 10/11
Sumgait 6/7 I 4
Sunda-Inseln, Kleine 10/11 MN 10
Sundastraße 12/13 B 4
Sundgau 19
Sundsvall 6/7 F 2
Sunndalsøra 6/7 E 2
Surabaya 10/11 M 10
Surgut 10/11 I 3
Suriname 16 D 2, 58/59 E 3
Sussuman 10/11 P 3
Susupe 10/11 P 8
Suva 12/13 I 5
Suwalki 20
Sverdrupinseln 14/15 L-N 2
Swainsinsel 12/13 JK 5
Swasiland 8/9 G 9, 58/59 H 4
Swidnica (Schweidnitz) 4/5 H 3
Swinemünde (Świnoujście) 4/5 G 2
Świnoujście (Swinemünde) 4/5 G 2
Sydney 12/13 G 7
Syktywkar 6/7 J 2
Sylt 4/5 D 1
Syowa 17.2 C 10
Syrakus 6/7 F 5
Syr-Darja 10/11 H 5
Syrien 6/7 H 5, 58/59 H 2
Syrische Wüste 8/9 GH 3
Syrjanka 10/11 Q 3
Syrte, Große 8/9 E 3
Syrte, Kleine 8/9 E 3
Sysran 6/7 I 3
Szczecin (Stettin) 4/5 G 2
Szczecinek (Neustettin) 4/5 H 2
Szombathely (Steinamanger) 4/5 H 5

T

Taal 31.2
Tabiteuea-Inseln 12/13 I 4
Tábor 4/5 G 4
Täbris 6/7 I 5
Tadschikistan 10/11 HI 6, 58/59 I 2
Tafeljura 23.2
Tagbevölkerung 49.3
Taimyr, Halbinsel 10/11 LM 2
Taimyrsee 10/11 L 2
Taipeh 10/11 N 7
Taiwan (Republik China) 10/11 N 7, 58/59 K 3
Taiyuan 10/11 M 6
Tajo (Tejo) 6/7 D 4
Tajobecken 22.2
Tajumulco 14/15 M 8
Takla Makan 10/11 IJ 6
Talaudinseln 12/13 D 3
Tallinn 6/7 G 3
Tamanrasset 8/9 D 4
Tambora 31.2
Tambow 6/7 I 3
Tampa 14/15 N 7
Tampere 6/7 G 2
Tampico 14/15 M 7
Tananarive (Antananarivo) 8/9 H 8

Tanasee 8/9 G 5
Tanesruft 8/9 CD 4
Tanganjikasee 8/9 G 7
Tanimbarinseln 10/11 O 10
Tanjungkarang 12/13 B 4
Tannugebirge 10/11 K 4/5
Tansania 8/9 G 7, 58/59 H 4
Tapajós 16 D 3
Tarbagatai 10/11 J 5
Tarent 6/7 F 4
Tarim; Fluss 10/11 J 5
Tarim; Stadt in Jemen 8/9 H 5
Tarnobrzeg 6/7 G 3
Tarragona 6/7 E 4
Tas 10/11 J 3
Taschaus 10/11 G 5
Taschkent 10/11 H 5
Tasmanien 12/13 F 8
Tasmansee 12/13 GH 7
Tatra, Hohe 6/7 G 4
Tauernfenster 23.2
Taunus 19
Taurus 6/7 GH 5
Tawara-Atoll 12/13 I 3
Tawda 10/11 K 3
Tegucigalpa 14/15 N 8
Teheran 10/11 G 6
Tejo (Tajo) 6/7 D 5
Tektonik 22.2, 23.2, 30.2, 31.1
Tel Aviv-Jaffa 8/9 G 3
Telfer 12/13 D 6
Tellatlas 6/7 DE 5
Temperaturen 18.2, 21, 25.2+4
Ténéré 8/9 E 4/5
Teneriffa 8/9 B 4
Tennant Creek 12/13 E 5
Tennessee 14/15 N 6
Terceira 8/9 A 3
Ternate 31.2
Terni 6/7 F 4
Terschelling 4/5 B 2
Teutoburger Wald 19
Texel 4/5 B 2
Thailand 10/11 KL 8, 58/59
Thaya 4/5 G 4
Theiß 6/7 G 4
Themse 6/7 D 3
Thetford 14/15 O 5
Thionville 4/5 C 4
Thirsday-Inseln 25.1
Thorn-Eberswalder Urstromtal 19
Thule 14/15 P 2
Thunder Bay 14/15 N 5
Thüringen 47
Thüringer Becken 19
Thüringer Wald 4/5 E 3
Thurstoninsel 17.2 BC 33
Tianjin 10/11 M 6
Tian Shan 10/11 I-K 5
Tibesti 8/9 E 4
Tibet 10/11 JK 6
Tibeter 56.1
Tiflis 6/7 I 4
Tigris 6/7 I 5
Tihama 8/9 H 4/5
Tijuana 14/15 K 6
Tilburg 4/5 B 3
Timangebirge 22.2
Timbuktu 8/9 C 5
Timișoara 6/7 G 4
Timor 10/11 N 10/11
Timorsee 12/13 D 5
Tirana 6/7 F 4
Titicacasee 16 BC 4
Tixi 17.1 B 21
Tjumen 6/7 K 3
Tobago 14/15 PQ 8
Tobolsk 20
Tocantins 16 E 3
Töging 4/5 F 4
Togo 8/9 D 5/6, 58/59 G 3
Tokelau-Inseln 12/13 JK 4
Tokyo 10/11 O 6, 54.4
Tokyo, Bucht von 54.4
Toljatti 6/7 I 3

Tom Price/Paraburdoo 12/13 C 6
Tomsk 10/11 J 4
Tonga 12/13 J 5, 58/59 M 4
Tonga-Inseln 12/13 J 6
Tongatapu-Inseln 12/13 J 6
Tonking, Golf von 12/13 B 1/2
Tonle-Sap 12/13 B 2
Topsee 6/7 H 2
Torischima 31.2
Torneälv 6/7 G 2
Toronto 14/15 N O 5
Torreón 14/15 L 7
Torresstraße 12/13 F 4/5
Toskanischer Apennin 23.1
Totes Gebirge 19
Toulouse 6/7 E 4
Tours 20
Townsville 12/13 F 5
Transantarktisches Gebirge 17.2 A/B 22
Transhimalaya 10/11 I-K 6
Trapani 6/7 F 5
Trattendorf 48.2
Trautenau (Trutnov) 4/5 G 3
Trelleborg 4/5 F 1
Trés-Marias-Stausee 16 E 4
Trier 4/5 C 4
Triest 6/7 F 4
Triglav 23.2
Trinidad 14/15 P 8/Q 9
Trinidad und Tobago 14/15 PQ 8, 58/59 E 3
Tripolis 8/9 E 3
Tripolitanien 8/9 E 3
Tristan da Cunha 8/9 B 10
Trobriandinseln 12/13 G 4
Tromelininsel 8/9 I 8
Tromsø 20
Trondheim 6/7 F 2
Trujillo 16 B 3
Trukinseln 12/13 G 3
Trutnov (Trautenau) 4/5 G 3
Tsaidambecken 10/11 K 6
Tsamkong 12/13 C 1
Tsangpo 10/11 J K 7
Tschad; See 8/9 E 5
Tschad; Staat 8/9 EF 5, 58/59 G 3
Tschagosinseln 58/59 I 4
Tscheboksary 6/7 I 3
Tscheboksary, Stausee von 6/7 I 3
Tschechische Republik 4/5 F-H 4, 58/59 G 2
Tscheljabinsk 6/7 K 3
Tscherepowez 6/7 H 3
Tscherskigebirge 10/11 OP 3
Tschimkent 10/11 H 5
Tschita 10/11 M 4
Tschojbalsan 10/11 M 5
Tschöngdschin 10/11 N 5
Tschuktschen, Halbinsel 10/11 T 3
Tschunking (Chongqing) 10/11 L 6/7
Tshikapa 8/9 F 7
Tsuneb 8/9 E 8
Tuamotuarchipel 58/59 B 4
Tubai-Inseln 58/59 A 4
Tubkal 6/7 D 5
Tucson 14/15 K 6
Tucumán 16 C 5
Tucurui-Stausee 16 DE 3
Tuimasy 6/7 J 3
Tula 6/7 H 3
Tulsa 14/15 M 6
Tunesien 6/7 EF 5, 58/59 G 2
Tunguska, Untere 10/11 JK 3
Tunis 6/7 F 5
Tupiza 16 C 5
Tura 10/11 L 3
Turanide 56.1
Turin 6/7 E 4
Turkanasee (Rudolfsee) 8/9 G 6
Türkei 6/7 GH 5, 58/59 GH 2

Turkmenistan 10/11 G 5/6, 58/59 HI 2
Turks-und Caicos-Inseln 14/15 OP 7, 58/59 D 3
Turku (Åbo) 6/7 G 2
Turnhout 4/5 B 3
Tuvalu 12/13 I 4, 58/59 LM 4
Tuz gölü 6/7 H 5
Tuzla 6/7 F 4
Twer 6/7 H 2
Tyrrhenisches Meer 6/7 F 4/5

U

Ubangi 8/9 E 6
Ucayali 16 B 3
Uchta 6/7 J 2
Uckermark 32.2
Uelle 8/9 F 6
Uelzen 4/5 E 2
Ufa 6/7 J 3
Uganda 8/9 G 6, 58/59 H 3
Ujda; Stadt 6/7 D 5
Ujda; Bergbau 8/9 C 3
Ujung Pandang 10/11 M 10
Ukraine 6/7 GH 4, 58/59 GH 2
Ula 6/7 E 3
Ulan-Bator 10/11 L 5
Ulan-Ude 10/11 L 4
Ulithi-Atoll 12/13 EF 2
Ulm 4/5 D 4
Ùmánarssuaq (Kap Farvel) 14/15 R 4
Umeå 6/7 G 2
Ungarn 4/5 H 5, 58/59 G 2
Ungava, Halbinsel 14/15 O 3
Unstrut 4/5 E 3
Unterengadiner Fenster 23.2
Unterer Kamastausee 6/7 J 3
Untere Tunguska 10/11 JK 3
Upernavik 17.1 B 3
Uppsala 6/7 F 3
Ural; Fluss 6/7 J 4
Ural; Gebirge 22.2
Uralgebirge 6/7 J 2/3
Uranium City 14/15 L 4
Uruguay; Fluss 16 D 5
Uruguay; Staat 16 D 6, 58/59 E 5
Urumiehsee 6/7 I 5
Ürümqi 10/11 J 5
Urup 10/11 Q 5
USA (Vereinigte Staaten) 58/59 BC 2
Usbekistan 10/11 H 5, 58/59 HI 2
Usedom 4/5 FG 1
Ushuaia 25.2+4
Ust-Balyk 6/7 L 2
Usti nad Labem (Aussig) 4/5 FG 3
Ust-Kamenogorsk 10/11 J 4
Ust-Kamtschatsk 10/11 R 4
Utrecht 4/5 B 2

V

Vaal 8/9 F 9
Vaasa 6/7 G 2
Vaiaku 12/13 I 4
Valdivia 16 B 6
Valencia 6/7 D 5
Valentia 20
Valetta 6/7 F 5
Valladolid 6/7 D 4
Vallegrande 56.4
Valparaíso 16 B 6
Vancouver 14/15 J 5
Vancouverinsel 14/15 IJ 5
Vänersee 6/7 F 3
Vansee 6/7 I 5
Vanua Levu 12/13 J 5
Vanuatu 12/13 H 5, 58/59 L 4
Varanasi 10/11 J 7
Vardø 25.4

Variskisches Gebirge 22.2
Varna 6/7 G 4
Vatikan 58/59 G 2
Vatikanstadt 6/7 F 4
Vatnajökull 6/7 C 2
Vättersee 6/7 F 3
Vava'u-Inseln 12/13 J 5
Vegetationszonen 40.2
Velsen 4/5 B 2
Venedig 6/7 F 4
Venezuela 16 C 2, 58/59 D 3
Venlo 4/5 C 3
Veracruz 14/15 M 8
Verdun 4/5 B 4
Vereinigte Staaten 14/15 K-N 6, 58/59 BC 2
Verkehr 36.1-3
Verstädterung 52.1
Vesuv 6/7 F 4
Vetschau 48.2
Victoria; Stadt auf den Seschellen 10/11 G 10
Victoria; Stadt in Kanada 14/15 J 5
Victoriafälle 8/9 F 8
Victoria-Insel 14/15 KL 2
Victorialand 17.2 B 22/23
Victoriasee 8/9 G 7
Vientiane 10/11 L 8
Vietnam 10/11 LM 8, 58/59 J 3
Vigo 6/7 D 4
Ville; Bergbau 4/5 C 3
Ville; Höhenzug 19
Villes nouvelles 51.2
Villingen-Schwenningen 4/5 D 4
Vinsonmassiv 17.2 B 34
Visbek 4/5 D 2
Vishakhapatnam 10/11 J 8
Viti Levu 12/13 I 5
Vitória 16 E 5
Vlieland 4/5 B 2
Vogelsberg 4/5 D 3
Vogesen 4/5 C 4/5
Volta-Stausee 8/9 C 6
Vulkaninseln 10/11 P 7
Vulkanismus 30.2, 31.2

W

Waal 4/5 B 3
Wadai 8/9 EF 5
Wadi Halfa 8/9 G 4
Wad Medani 8/9 G 5
Waha 8/9 EF 4
Wake-Insel 12/13 HI 2
Wałbrzych (Waldenburg) 4/5 H 3
Waldaihöhe 6/7 H 3
Waldenburg (Wałbrzych) 4/5 H 3
Waldzerstörung 29.1
Walfischbai 8/9 E 9
Walgreenküste 17.2 B 32
Wallisinsel 12/13 J 5
Wallis und Futuna 12/13 IJ 5, 58/59 LM 4
Wanderungen 49.2
Wangerooge 4/5 C 2
Waren 4/5 F 2
Warschau (Warszawa) 6/7 G 3
Warschau-Berliner Urstromtal 19
Warszawa (Warschau) 6/7 G 3
Warthe 4/5 G 2
Washington 14/15 O 6, 45.4
Wasserkuppe 19
Watlinginsel (San Salvador, Guanahani) 14/15 OP 7
Watsa 8/9 F 6
Watzmann 4/5 F 5
Webi Schebeli 8/9 H 6
Weddellmeer 17.2 C 1/B 3
Weichsel 6/7 F 3
Weiden 4/5 F 4

Weinsberger Wald 19
Weipa 12/13 F 5
Weiß 32.1
Weißer Nil 8/9 G 5
Weißes Meer 6/7 H 2
Weißrussland 6/7 GH 3, 58/59 GH 2
Weisweiler 48.2
Welkom 8/9 F 9
Wellington 12/13 I 8
Wels 8/9 G 4
Welthandel 44.2
Werchojansk 10/11 O 3
Werchojansker Gebirge 10/11 N-P 3
Werra 4/5 E 3
Weser 4/5 D 2
Weserbergland 19
Westafrikanischer Schild 22.2
Westalpen 23.3
Westanatolien 6/7 GH 5
Westaustralstrom 40.2
Westerwald 4/5 CD 3
Westfälische Bucht 19
Westfriesische Inseln 4/5 BC 2
Westghats 10/11 I 7/8
Westkap (Neuseeland) 12/13 H 8
Westliche Sierra Madre 14/15 L 7
Westpatagonien 16 B 7/8
Westrich 19
West-Schelfeis 17.2 C 15
Westsibiride 56.1
Westsibirisches Tafelland 22.2
Westwinddrift 40.2
Westwinde 24
Wetar 10/11 N 10
Wetterau 19
Wetzlar 4/5 D 3
WEU (Westeuropäische Union), 51.3
Weyburn 14/15 L 5
Whitehorse 14/15 I 3
Whitehouse 17.1 D 11
Whyalla 12/13 E 7
Wiborg 6/7 G 2
Wichita 14/15 M 6
Wiehengebirge 19
Wien 4/5 H 4
Wiener Neustadt 4/5 H 5
Wiesbaden 4/5 D 3
Wilhelmshaven 4/5 D 2
Wiljui 10/11 MN 3
Wilkesland 17.2 C 20-17
Wilkizkistraße 10/11 J-L 2
Wilna 6/7 G 3
Wilseder Berg 19
Winde 20, 24, 26, 30.1
Windhuk 8/9 E 9
Winnipeg 14/15 M 5
Winnipegsee 14/15 M 4
Wirtschaft 35, 38.1, 44.1
Wismar 4/5 E 2
Witebsk 6/7 H 3
Wittenberg 4/5 F 3
Wittenberge 4/5 E 2
Wittgauer Becken 19
Wjatka 6/7 I 3
Wladiwostok 10/11 O 5
Woleai-Atoll 12/13 F 3
Wolfen 4/5 F 3
Wolfsburg 4/5 E 2
Wolga 6/7 I 4
Wolgograd 6/7 I 4
Wolograder Stausee 6/7 I 3
Wolynien 6/7 G 3
Woomera 12/13 E 7
Workuta 10/11 H 3
Woronesch 6/7 H 3
Wörth 4/5 D 4
Wotkinsker Stausee 6/7 J 3
Wrangelinsel 10/11 T 2
Wrocław (Breslau) 4/5 H 3
WTO (World Trade Organization) 58.2

Wuhai 10/11 L 6
Wuhan 10/11 M 6
Wuktyl 6/7 J 2
Wuppertal 4/5 C 3
Würzburg 4/5 D 4
Wüste Lut 8/9 I 3
Wyndham 12/13 D 5
Wytschegda 6/7 J 2

X

Xi'an 10/11 L 6
Xingu 16 D 3
Xuzhou 10/11 H 6

Y

Yamoussoukro 8/9 C 6
Yampi Sound 12/13 D 5
Yanbo 10/11 E 7
Yangon 10/11 K 8
Yangon 12/13 A 2
Yapinseln 12/13 E 3
Yaren 12/13 H 4
Yeelirrie 12/13 D 6
Yellowknife 14/15 K 3
Yos Sudarso 10/11 O 10
Ystad 4/5 F 1
Yucatán, Halbinsel 14/15 MN 7/8
Yukon 14/15 G 3
Yumen 10/11 K 5
Yungas 16 C 4

Z

Zaberner Senke 19
Zagreb 6/7 F 4
Zagrosgebirge 10/11 F 6/G 7
Zaire (Kongo); Fluss 8/9 F 6
Zaire (Lualaba); Fluss 8/9 F 7
Zaire (Demokratische Republik Kongo) 8/9 EF 7, 58/59 G 4
Zamboanga 10/11 N 9
Zamość 20
Zaragoza 6/7 D 4
Żary (Sorau) 4/5 G 3
Zelinograd 10/11 I 4
Zenica 6/7 F 4
Zentralafrika 8/9 EF 6, 58/59 G 3
Zentralalpen 23.1
Zentralindischer Rücken 31.1
Zentralmassiv 6/7 E 4
Zhengzhou 10/11 M 6
Zhongshan 17.2 C 14
Zielitz 4/5 E 3
Zielona Góra (Grünberg) 4/5 G 3
Zimljansker Stausee 6/7 I 4
Zingst 4/5 F 1
Zittau 4/5 G 3
Znaim (Znojmo) 4/5 H 4
Znojmo (Znaim) 4/5 H 4
Zonguldak 6/7 H 4
Zugspitze 4/5 E 5
Zürich 4/5 D 5
Zürichsee 4/5 D 5
Zwickau 4/5 F 3
Zwiesel 4/5 F 4
Zwolle 4/5 C 2
Zypern 6/7 H 5, 58/59 GH 2

70 Quellenverzeichnis

Organisationen

Alfred-Wegener-Institut, Bremerhaven/Potsdam
Amt für Agrarordnung, Prenzlau
Arbeitsgemeinschaft deutscher Verkehrsflughäfen e.V., Stuttgart
Arbeitskreis Volkswirtschaftliche Gesamtrechnungen der Länder, Stuttgart
Bauverwaltungsamt, Görlitz
Bundesanstalt für Arbeit, Nürnberg
Bundesanstalt für Forst- und Holzwirtschaft, Hamburg
Bundesanstalt für Geowissenschaften und Rohstoffe, Hannover
Bundesforschungsanstalt für Landeskunde und Raumordnung, Bonn
Bundesministerium für Ernährung, Landwirtschaft und Forsten, Bonn
Bundesministerium für Verkehr, Bonn
Bundesministerium für wirtschaftliche Zusammenarbeit und Entwicklung (BMZ), Bonn
Bundesstelle für Außenhandelsinformation, Köln
Center for Urban Studies, Tokyo
Deutsche Bahn AG, Mainz
Deutsche Gesellschaft für die Vereinten Nationen e.V., Bonn
Deutsche Gesellschaft für Technische Zusammenarbeit (GTZ), Eschborn
Deutscher Braunkohlen-Industrie-Verein e.V., Köln
Deutscher Wetterdienst, Zentralstelle Offenbach
Eft Verband, Bergheim
EUREGIO e.V., Aachen
Eurostat, Luxemburg
Food and Agriculture Organization of the United Nations (FAO), Rom
ing Informatie-en Dokumentatiecentrum voor de Geografie van Nederland, Utrecht
Industrie- und Handelskammer, Frankfurt
Industrie- und Handelskammer, München
Institut für Weltwirtschaft, Hamburg
International Labour Office, Genf
Internationale Koordinierungskommission MHAL
Kraftfahrt-Bundesamt, Flensburg
Kreditanstalt für Wiederaufbau (KfW), Frankfurt
Landwirtschaftsamt, Prenzlau
Lausitzer Bergbau-Verwaltungsgesellschaft (LBV), Brieske
Lausitzer Braunkohle AG (LAUBAG), Senftenberg
Center for Urban Studies, Tokyo
Münchener Rückversicherungsgesellschaft, München
National Geografisch Instituut, Brüssel
National Oceanic and Atmospheric Administration (NOAA), Washington D.C.,
National Weather Service, Kansas City
Northern Region Councils Association (NRCA), Newcastle
Organisation for Economic Cooperation auch Development (OECD), Paris
Ostasiatischer Verein e.V., Hamburg
Rheinbraun AG, Köln
RWE Energie AG, Essen
Stadtmessungsamt, Frankfurt
Stadtplanungsamt, Frankfurt
Stadtplanungsamt, Görlitz
Stadtplanungsamt, Stuttgart
Statistische Ämter der Bundesländer
Statistisches Amt der Landeshauptstadt Stuttgart
Statistisches Bundesamt, Wiesbaden/Berlin
Statistisches Landesamt, Stuttgart
UN High Commissioner for Refugees (UNHCR), Genf/Bonn
US Bureau of Census, Washington D.C.
US Deparment of Commerce, Washington D.C.
US Geological Survey, National Earthquake Information Center, Denver
US-Deparment of Commerce, Washington D.C.
Vereinte Energiewerke AG (VEAG), Berlin
Wirtschaftsministerium von Baden-Württemberg, Stuttgart
World Meteorological Organization (WMO), Genf
Zentrum zur Handelsförderung von Katalonien (COPCA), Stuttgart

Literaturverzeichnis

Agrarbericht, Bonn
Atlas de Planificacion microregional de la Provincia Vallegrande, Santa Cruz-Bolivien
Atlas of Beijing, Beijing
Beiträge aus Statistik und Stadtforschung der Landeshauptstadt Stuttgart
Berger: Die Stuttgarter Bürger-Umfrage 1990, Stuttgart
Buisiness Control Atlas, New York
Country and City Data Book, Washington D.C.
Die Bewässerungsgebiete im Mittelmeerraum, Passau
Die Umstrukturierung Nordost-Englands, Dortmund
Eurostat Regionen, Luxemburg
FAO Forest Resources Assessment, Rom
FAO Production Yearbook, Rom
FAO Trade Yearbook, Rom
FAO Yearbook of Fishery Statistics, Rom
FAO Yearbook of Forest Products, Rom
Fischer Almanach der Internationalen Organisationen, Frankfurt
Fischer Weltalmanach, Frankfurt
Förster: Verschwundene Dörfer des Lausitzer Braunkohlereviers, Bautzen
GAP Region and Master Plan Projekts, Ankara
Geografical Digest, Oxford
Geographische Rundschau, Braunschweig
Handbuch ausgewählter Klimastationen der Erde, Trier
Hartwich, R.; Behrens, J.; Eckelmann, W.; Haase, G.; Richter, A.; Roeschmann, G.; Schmidt, R. (1995): Bodenübersichtskarte der Bundesrepublik Deutschland 1 : 1000000. Karte mit Erläuterungen, Textlegende und Leitprofilen. Bundesanstalt für Geowissenschaften und Rohstoffe, Hannover
Kleine Geografie van Nederland
Kolars/Mitchel: The Euphrat River and the Southeast Anatolia Development Projekt, Edwardsville
Kraas-Schneider: Bevölkerungsgruppen und Minoritäten, Stuttgart
Länderberichte des Statistischen Bundesamtes, Wiesbaden/Berlin
Laufende Raumbeobachtungen der Bundesforschungsanstalt für Landeskunde und Raumordnung, Bonn
Les Villes Nouvelles en France, Paris
Manshard/Mäckel: Umwelt und Entwicklung in den Tropen, Darmstadt
Maurel: Cambio industrial y Desarrollo regional en España, Barcelona
Atlas de Catalunya, Barcelona
Mensching: Desertifikation, Darmstadt
Mitteilungen des Bundesanstalt für Forst- und Holzwirtschaft, Hamburg
OECD: Main Economic Indicators, Paris
Raumordnungsbericht, Bonn
Schéma Directeur de l'Ile-de-France, Paris
Schinz: Cities in China, Stuttgart
Statistisches Jahrbuch für die Bundesrepublik Deutschland, Wiesbaden/Berlin
Taira: Photographic Atlas of an Accretionary Prism, Geologic Strukturen of the Shimanto Belt in Japan, Berlin
The Statesman's Yearbook, London/Berlin
UN Human Development Report, New York/Oxford
UN Industrial Commodity Statistics, New York
UN Mouthely Bulletin of Statistics, New York
UN Statistical Yearbook, New York
UN World Urbanization Prospects, New York
UN Yearbook of International Trade Statistics, New York
UN Yearbook of Labour Statistics, New York
UNCTAD: Handbook of International Trade and Development Statistics, Genf
UNEP World Atlas of Desertification, London/New York, Melbourne, Auckland
UNEP World Map of the Status of human induced Soil Degradation
Weischet: Allgemeine Klimatologie, Stuttgart
Weltbank Jahresbericht, Washington D.C.
Weltentwicklungsbericht, Washington D.C.
WMO Klima Atlas of Asia, Genf
WMO Klima Atlas of Europe, Genf
World Bank Atlas, Washington D.C.
World Resources, Washington D.C.